AF222098

© 2021 Hrsg. Sanne Ebald
Alle Rechte an der Geschichte liegen bei der Autorin.
Herstellung und Verlag:
BoD - Books on Demand, Norderstedt
Covergestaltung und Buch-Layout: Sanne Ebald
Coverbild: Sanne Ebald

ISBN: 9783753427508

Sanne Ebald

Ihr spätes Erkennen

Coming-Out-Erzählung einer Frau und Mutter,
die es nur mit dem Mut der Verzweiflung schafft,
ihre heterosexuelle Vergangenheit
hinter sich zu lassen,
um als Lesbe ihr Glück zu suchen.

Weihnachten 2017
Eine ganz besondere Patchwork-Familie

Bo blickt versonnen durch die Scheiben des Wintergartens. Noch ist es still. Draußen legen sich sanft Schneeflocken wie Zuckerguss auf die noch jungen Büsche. Katrin und Bo, sie haben sich hier in der kleinen Reihenhaussiedlung ein gemütliches Reich geschaffen. Sie haben viel Energie hineingesteckt. Wie ein trauriges hässliches Entlein hatte ihr Haus ausgeschaut, doch sie haben es wieder erstrahlen lassen. So wie Katrin Bo zum Lachen gebracht hat. Ohne ihren Halt stünde sie jetzt nicht so glücklich hier, während sie auf ihre Söhne wartet. Und natürlich Vera. Ohne sie, die jetzt fern in der Schweiz wohnt, wäre die Geschichte vielleicht gar nicht ins Rollen gekommen.

Die Glocken des nahen Kirchturms läuten schon zur Weihnachtsmesse. Ein leichtes Kribbeln durchzieht ihren Körper. Ob es wirklich eine gute Idee ist, mit allen zusammen das Weihnachtsfest zu feiern? Gleich würde sie gemeinsam mit ihnen am Tisch sitzen. Eine seltsame Konstellation: Ihr Ex-Mann Frank mit seiner neuen Frau Judith, ihre Söhne Kai und Jannik - und ihre, Bos Frau Katrin, ihr spätes Glück. Vor ein paar Jahren hatte sie davon noch nicht zu träumen gehofft.

Sollte sie sich schon einmal überlegen, wo sie sich später

hinsetzen würde? Oder es dem Zufall überlassen? Jetzt wird sie doch nervös. Ein Schweißfilm breitet sich unter ihren Achseln aus und ihre Hände zittern leicht, als sie die Kerzen auf dem Tisch anzündet.

„Wo sind die Servietten?" Ihre Stimme kippt etwas. Katrins Kopf lugt durch die Küchentür. Ein sanftes Lächeln umspielt ihren Mund, während ihre Augen Bo schelmisch anfunkeln.

„Na, da wo du sie hingepackt hast. In der dritten Schublade." Bevor sie wieder verschwindet, zwinkert sie ihr zu. „Ganz ruhig, Bo, alles wird gut."

Wahrscheinlich hat sie Recht, was soll schon geschehen. Den großen Feuerlauf hat sie schon hinter sich. Trotzdem durchzuckt sie der grelle Klingelton der Türschelle wie ein Stromschlag. Vorsichtig öffnet sie dem Besuch die Tür. Vier Augenpaare schauen sie erwartungsvoll an.

„Hallo", unbefangen tänzelt Judith der Gruppe vorweg ins Wohnzimmer: „Schön habt ihr es hier! Und so nett dekoriert!" Frank folgt ihr dicht auf den Fersen, als könne er sich hinter ihr verstecken wie hinter einem Schutzschild. Kai und Jannik dagegen schlendern betont lässig ins Haus. Franks Blick wandert zaghaft zwischen Judith und Bo hin und her. Ob er uns vergleicht? Wahrscheinlich.

„Setzt euch doch. Ich hol mal den Sekt!" Dankbar für eine kurze Pause, huscht Bo in die Küche und kramt geräuschvoll im Kühlschrank nach der Flasche Mumm. Wenn es etwas Besonderes sein muss! Der Slogan klirrt durch ihren Kopf.

„Wer muss Auto fahren?" Katrin schaut sich keck um.

6

„Der kriegt nur Kranwasser." Sie kichert: „Okay, ein Gläschen ist erlaubt." Bos Ex-Mann sieht sie forschend an. Was geht ihm wohl durch den Kopf? Schließlich hat Katrin seine Stelle an ihrer Seite eingenommen. „Ich fahre. Ihr könnt trinken", murmelt Frank in die Runde.

Bo beäugt ihre Söhne, wie sie höflich an ihren Sektgläsern nippen. Sie sind erwachsen geworden. Groß und stattlich. Den jüngeren Jannik ärgern sogar schon die Geheimratsecken. Das filigrane Sektglas in seiner Hand wirkt etwas unplatziert. Seine Finger sind doch eher für kraftvolles Arbeiten an Fahrzeugen geeignet. Ganz der Opa.

Kai, der Ältere, kommt mehr nach Bo. Die schmale Figur, die schlanken Hände, der kleine Kopf. Nur die gebogene Nase ist vom Vater. Sie blinzelt heimlich von Frank zu Kai. Die Verwandtschaft ist nicht zu leugnen. Die Kinder werden sie für ewig verbinden. Gut so. Sie werden ja hoffentlich für den Rest ihres Lebens freundschaftlich verbunden bleiben. Bis dass der Tod euch scheidet. So hatte es vor dreißig Jahren bei ihrer Hochzeit geheißen.

„Prost! Auf unsere Zukunft!" Judith reißt Bo aus ihren Gedanken. Alles ist anders gekommen als gedacht. Aber sie ist glücklicher als jemals zuvor.

„Prost! Auf das wir uns weiterhin so gut verstehen!" Bos Lächeln hat wieder Sicherheit gewonnen und sie eilt erneut in die Küche. Was Vera, ohne die Bos Lebensweg höchstwahrscheinlich in alten, gewohnten Fahrwassern geblieben wäre, jetzt wohl sagen würde?

***

Hitzeblasen blubbern an der Oberfläche der Suppe. Vorsichtig füllt Bo die heiße Flüssigkeit in die Suppenschüssel. Zur Feier des Tages hat sie das hundertjährige Geschirr ihrer längst verstorbenen Eltern hervorgeholt. Wenn ihre Mutter das sehen könnte! Ein Essen im Kreise der Patchwork-Familie, alle in banger Erwartung, was der Abend wohl bringen wird. Ursprünglich gehörte das Goldrandgeschirr ihrer Oma, die es wahrscheinlich als Aussteuer zur Hochzeit bekommen hatte. Damals wäre so eine illustre Gesellschaft undenkbar gewesen.

Bo war in einer gutbürgerlichen Kleinfamilie groß geworden. Da zählte vor allem gutes Benehmen, Höflichkeit den älteren Menschen gegenüber und natürlich Fleiß. Luxus wie einen Ausflug oder gar Urlaub musste man sich verdienen. Ebenso die teure Markenjeans, die gab es nur zum Geburtstag oder Weihnachten. Wenn die Erwachsenen über Politik diskutierten, mussten Kinder schweigen. Über Ausländer, Sinti, Roma (die man zu der Zeit noch unverhohlen Zigeuner nannte) und Linksradikale schüttelte man mürrisch den Kopf. Das Thema Homosexualität, ja - das gab es irgendwie gar nicht. Damals war eben die Welt noch in Ordnung. Und wenn nicht, dann schwieg man halt. Hauptsache, die Nachbarn hatten einen guten Eindruck von der Familie.

Bo trägt die Schüssel ins Wohnzimmer, wo schon alle am Esstisch sitzen. Möglichst selbstbewusst tritt sie durch den Raum, bemüht so entspannt wie möglich zu gucken. Gut, dass man nicht hören kann, wie sehr ihr Herz klopft.

„So, hier die Vorspeise. Oma-Suppe.“

„Was ist denn Oma-Suppe?“ Judith reckt neugierig ihren Hals und schaut in die Schüssel.

„Oma-Suppe ist die beste Suppe, die es gibt.“ Jannik äugt in den Topf und beginnt die darin schwimmenden Klößchen zu zählen. „Wie viele Klößchen kriegt jeder?“

„Es sind genug da. Keine Panik.“ Bo nimmt den ersten Teller und beginnt die Suppe zu verteilen. „Eigentlich ist Oma-Suppe eine ganz normale Rindfleischsuppe mit vielen Markklößchen und Eierstich.“ Bo schaut Judith erklärend an. „Meine Mutter hat sie immer gemacht, wenn ein besonderer Tag war.“

„Am besten sind die Klößchen.“ Kai schielt auf den Teller seines Bruders. „Jannik hat einen mehr!“

„Du kommst nicht zu kurz.“ Franks Stimme dringt tadelnd aus der Ecke. Bisher hat er sich hinter Judith versteckt, die permanent plappert. „Ich will auch welche, wenn die so gut sind.“ Sie fuchtelt mit ihrem Löffel gefährlich nah an der Kerze vorbei, die schon ängstlich zittert. Dabei klimpert das Gewirr aus Kunstperlen und Metallkugeln, die an Judiths Handgelenk baumeln wie Tannenbaumglöckchen und Bo muss leicht schmunzelt. Sie dachte immer, Frank läge nichts an weiblichem Schnickschnack, wie er früher immer sagte. Aber anscheinend hatte er seine Meinung geändert. Im Gegensatz zu Bo ist Judith eine sehr frauliche Erscheinung im hautengen Blumenkleidchen, farbigen Netzstrümpfen und viel Schmuck. Während Frank wie eh und je in seiner Jeans

9

mit leichtem Hochwasser und dem karierten Hemd die gleiche Figur wie seit 30 Jahren abgibt.

„Lecker." Jannik schlürft vernehmlich und angelt sich aus der Schüssel einen weiteren Kloß.

„Was gibt's danach?" Kai schaut seine Mutter fragend an. „Ich muss ja entscheiden, ob ich noch mehr Suppe esse oder noch Platz lasse für den Rest." Grinsend streicht er sich über seinen Bauch. Dabei ist er gertenschlank. Er hat das Glück, essen zu können, so viel er will, ohne zuzunehmen, während sich bei Jannik ein wenig das Hemd spannt.

„Lasst euch überraschen." Katrin lächelt ihn spielerisch an. „Eure Mutter hat den ganzen Tag gekocht. Ich glaube, wir werden nicht verhungern." Liebevoll schaut sie kurz zu Bo, die schmunzelnd die Teller zusammen räumt. Bo äugt in die Runde: „Ich habe mir noch eine Überraschung überlegt." Sie hält kurz inne. „Bevor wir weiter essen, machen wir eine Nachtwanderung. Quasi einen Verdauungsspaziergang."

„Hä?" Jannik stutzt.

„Wieso nicht?" Kai blitzt seinen Bruder an. „Ist doch cool. Besser als in die Kirche zu gehen." Er blickt auffordernd in die Runde. Früher war alles standardmäßig abgelaufen. Kirche – Essen – Geschenke auspacken. Das sollte heute anders sein.

„Okay. Ich gehe vor und ihr werdet anhand von Leuchtstäben den Weg finden. Hoffe ich jedenfalls." Bo steht schon mit dem vorbereiteten Rucksack und dicker Jacke vor ihnen. „Ihr müsst mir nur zwanzig Minuten Vorsprung lassen." Sie eilt bepackt mit ihren Habseligkeiten zur Tür und sieht sich

10

schelmisch um. „Und schön brav alle Aufgaben unterwegs erfüllen, ich passe genau auf!"

Sie huscht aus der Tür. Eilends läuft sie in Richtung Wald. Ob auch Frank und Judith diese Art von Weihnachtsspektakel gefällt? Frank ist ja mehr der Verfechter alter Rituale. Aber vor seiner neuen Frau muss er sich fortschrittlich zeigen. Bo grinst ein wenig. Da muss er durch - und sie betritt den dunklen Pfad im Wald.

***

„Puh, jetzt hab ich mir aber den Braten verdient!" Judith wirft ihre Winterjacke auf den Haken. Frank steht noch etwas unschlüssig vor der Tür. „Wohin mit den schmutzigen Schuhen?" Er schaut Katrin fragend an. „Alle dreckigen Schuhe einfach in die Flurecke." Katrin managt die schnatternde Horde wie die Leiterin einer Jugendzeltgruppe. „Braucht jemand eine saubere Hose?"

„Nö, alles gut. Aber Hunger hab ich." Jannik schiebt sich an allen vorbei zum Esstisch und lacht. „Ansonsten sing ich weiter."

„Bloß nicht." Kai stupst ihn an. „Du singst nicht, du brummst."

„Aber immerhin laut."

Judith drapiert unterdessen ihre Kleidung richtig. „Ich fand das richtig super. Vor allem die Schnapsprobe im Fackelschein." Wie kleine aufgeregte Kinder schnattern alle durcheinander. Bo lächelt erleichtert. Die Nachtwanderung war ein voller Erfolg. Alle haben brav Weihnachtslieder gesungen, Gedichte aufgesagt und das alles bei Fackellicht im düsteren Wald. Sie selber hatte die Meute heimlich aus dem Dunkeln heraus beobachtet und erleichtert gesehen, wie der Bann gebrochen wurde und alle Beteiligten sich köstlich zusammen amüsiert haben.

„Tja, keine schlechte Idee." Frank räuspert sich. Als Einziger noch nüchtern, hat er es etwas schwerer die Euphorie der anderen zu teilen. Aber angesichts dessen, dass seine neue und alte Frau sich ganz gut zu verstehen scheinen, wirkt auch er gelockerter als zu Beginn des Abends.

„So, jetzt aber ran an den Braten." Katrin kommt mit dampfenden Knödeln und Sauerbraten aus der Küche.

„Jaaa, alles meins." Jannik lacht und greift schon nach den Knödeln. „Die haben wir uns verdient."

In den nächsten Minuten ist fast nichts zu hören außer Geschirrklappern und leichtem Schmatzen. Bo kaut besonnen ihr Fleisch, als sie aus ihren Gedanken gerissen wird. Judith schaut sie geradewegs an, als wolle sie ihre Vorgängerin genauestens unter die Lupe nehmen.

„Ich bin einfach mal neugierig." Sie kichert wie ein Teenager und Frank blickt gespannt zu seiner Freundin.

„Das ist zu befürchten." Leichte Unruhe macht sich auf seinem Gesicht breit. Doch Bo nimmt die Spannung aus dem Raum und lächelt Judith an.

„Was willst du denn wissen?"

Judith zögert nicht lange.

„Also, du bist auch aus dem Münsterland, richtig?" Bo

12

nickt nur. „Wie habt ihr euch denn damals kennen gelernt? Ich finde so Geschichten immer spannend. Heutzutage sucht man ja einfach im Internet nach dem Richtigen." Sie lacht laut los, wobei sie Frank verliebt anschaut, der allerdings leicht rot anläuft. Doch bevor es zu indiskret werden könnte, setzt sich Bo gerade auf. Legt ihr Besteck zur Seite und nimmt einen Schluck Wein aus ihrem Glas. Dabei geht ihr Blick zu Frank, der wie gebannt dasitzt.

„Tja, wie war das damals."

Für einen Moment verstummt sie. Ihre Augen wandern über die Gesichter, dann verschwindet ihr Blick in der Ferne.

Sommer 1976
Der erste Freund.

Ein heißer Sommertag neigt sich dem Ende zu. Alle sind froh, dass die Hitze der vergangenen Stunden einem kühlen Abend weicht. Bo betritt betont selbstbewusst den Eingang der Scheune. Allerdings kämpft sie in ihrem Inneren mit ungewohnter Aufregung. Ihre Eltern haben ihr erlaubt, dass sie mit ihren fünfzehn Jahren auf die große Bauernfete gehen darf. Aber um 22 Uhr bist du zu Hause!

Sie kann nicht behaupten, dass ihre Eltern zu streng sind. Aber sie haben doch Angst, Bo könnte mit ihren fünfzehn Jahren zu weit gehen und sich auf Liebespfade begeben.

Dabei ist sie dafür noch viel zu schüchtern. Sehr eindringlich hat ihre Mutter vor den Konsequenzen einer zu frühen Schwangerschaft gewarnt. Nicht wirklich mit Worten, darüber spricht man nicht in ihrem Elternhaus. Dazu sind ihre Eltern viel zu verklemmt. Nie hat sie sie mal nackt gesehen. Selbst der Schlafanzug wird keusch im Bademantel versteckt. Aber moralische Predigten kann man auch zwischen den Zeilen verkünden. Darin ist ihre Mutter ein Profi. Ein strenger Blick, das gehobene Kinn und der Satz:" Mach mir keinen Kummer, du weißt was ich meine." Sie sieht wieder den strengen Blick ihrer Mutter vor sich.

Sie wird pünktlich sein. Klar, ansonsten ist es für lange Zeit die erste und letzte Party. Aber nun steht sie tatsächlich zwischen den vielen jungen Leuten und schaut sich zaghaft um.

„Bier und Wein gibt's dahinten! Hallo, ich bin Monika. Bedien dich einfach." Eine freundliche junge Frau schaut sie neugierig an. „Oh, ich bin Bo. Ich hab von eurer Party gehört. Also, nett hier." Bo wird rot und es läuft ihr heiß den Rücken runter. Stell dich nicht so dämlich an, denkt sie und bemüht sich wieder um Coolness. Aber Monika spricht fröhlich weiter. „Autofahrer zahlen fünf Mark, die anderen acht. Später gibt's auch Brötchen zu essen." Als müsse sie den Eintrittspreis verteidigen, schaut sie Bo lächelnd an. Sofort zückt Bo ihre acht Mark. „Es gibt noch einen Stempel. Sonst verliere ich den Überblick." Sie hebt die rechte Hand mit dem Smiley-Stempel. „Wohin?" Schnell hält Bo ihr Handgelenk hin. Sie soll nicht merken, dass es für sie neu ist, abgestempelt zu werden.

„Okay, danke und viel Spaß." Monika wendet sich den nächsten Ankömmlingen zu und überlässt Bo wieder ihrer Unsicherheit. Am liebsten hätte sie sich an Monikas Fersen geheftet. Stattdessen sucht sie sich eine sichere Stelle neben der großen Musikbox. Mit der beruhigenden Wand im Rücken, kann sie erstmal die Menge beobachten. Zumindest sieht sie, dass ihr Outfit richtig gewählt ist. Mit Latzhose, T-shirt und Birkenstocksandalen reiht sie sich perfekt in die Reihe der Gäste ein.

Das Licht im Innern der Scheune ist gedämpft. Auf den Biertischen ringsum brennen Teelichter in alten Gläsern, während im Takt der Musik die Scheinwerfer ihr Licht auf die Tanzfläche werfen. Inzwischen ist die Party im vollen Gange und zum Sound von Phil Collins wogt die tanzende Menge auf und ab. Vereinzeltes Lachen, freudiges Wiedersehen und aufmunterndes Zuprosten durchbricht die Musik.

Bo muss sich jetzt nur noch trauen zur Musik von Patty Smith ihre langen ungekämmten Locken auf der Tanzfläche zum Schwingen zu bringen. Aber noch fehlt ihr die letzte Courage. Da sieht sie ihn.

Mitten in dieser fröhlichen Meute bewegt er sich betont lässig in kaputten Jeans, halboffenem Flanellhemd und schulterlangen Locken. Er schiebt sich durch die Tanzenden. Verwirrt bemerkt Bo, dass er direkt auf sie zusteuert. Unsicher blinzelt sie nach rechts und links. Kein Zweifel. Sie steht allein an der Wand. Er kommt tatsächlich auf sie zu.

„Hey, neu hier?" Seine tiefe Stimme dringt Bo nur verschwommen an ihr Ohr. Inzwischen hat Manfred Mann's Earth Band die lautstarke Regie übernommen und sie müssen sich schon anschreien, um ein Wort zu verstehen.

„Ich bin Frank. Hast du Lust zu tanzen?" Er stellt sein Bierglas auf die Musikbox und deutet mit dem Kopf in Richtung Tanzfläche. Sie überlegt nicht lange und folgt ihm.

Bos Puls bebt. Ihr T-shirt klebt ihr schon im Rücken und ihre Knie zittern leicht. Doch auf der Tanzfläche fühlt sie sich wohl. Da kann sie sich frei zur Musik bewegen. Ihre Haare fliegen im Takt um ihren Kopf und je länger sie in der Menge mitschwingt, um so sicherer wird sie. Frank ist nicht unbedingt der geborene Tänzer, aber frei von Selbstzweifeln. Er gibt ihr schnell das Gefühl, sich völlig unbefangen bewegen zu können. Inmitten dieser fröhlichen Menschen fühlt sie sich grenzenlos. Natürlich bemerkt sie die neugierigen Blicke der anderen, die sie beobachten. Verschmitzt lächelnd zwinkert sie Frank zu und er erwidert es mit einem unbeschwerten Lachen.

„Ich hol uns nochmal was zu trinken." Frank brüllt ihr ins Ohr und verschwindet in Richtung Theke. Gleich umringen sie andere Tänzer und lachen ihr zu. Bo gewinnt immer mehr das Gefühl, aufgenommen zu sein in dieser großen Gemeinschaft Gleichgesinnter.

Langsam steigt die Temperatur durch die schwitzenden Körper ins Unerträgliche. Bo schaut suchend nach Frank. Da sieht sie ihn mit zwei Bier durch die Masse bugsieren, was in der Enge schwierig ist. Der ein oder andere Schluck schwappt ihm über die Finger, deshalb zeigt er lächelnd an, zum Scheunentor zu gehen.

„Hier, dein Bier. Unterwegs ist leider etwas verloren gegangen." Er prostet ihr zu. Bo kann ihm unmöglich sagen, dass sie eigentlich nur Wasser trinken will. Schüchtern nimmt sie einen Schluck. Ihre Sicherheit ist kribbelnder Aufregung gewichen, doch nach außen versucht sie cool zu erscheinen.

„Gefällt es dir hier?" Frank schaut sie fragend an. Er hat kleine Augen, die sich keck über einer etwas zu großen Nase unter den Augenbrauen ducken. Seine schmalen Lippen sind umsäumt von ersten Bartstoppeln, in denen sich Bierschaum verirrt hat.

„Gute Party. Kennt ihr euch alle hier?" Bo schaut auf die wogende Menge. Eine kollektive Ausgelassenheit bestimmt die Atmosphäre und packt auch sie.

„Na ja, fast alle. Wir machen hier oft Feten und jeder aus unserer Clique bringt immer mal neue Leute mit. So wächst der Haufen ständig."

Bo horcht auf. „Das heißt, du wohnst hier?"

„Genau." Frank grinst. „Jetzt muss ich leider Dienst schieben." Er deutet auf die Ecke vom Mischpult. „Musik machen. Aber später übernimmt wieder ein anderer den Posten." Frank sieht Bo fragend an. „Du kannst mir ja Gesellschaft leisten."

Er fasst vorsichtig nach ihrer freien Hand und zieht sie mit zur Musikanlage. Drei improvisierte Stufen führen auf eine kleine Plattform, auf der eine komplette Musikanlage aufgebaut ist. Plattenspieler, Tonbandgerät, Kassettenrecorder, Mischpult. Bo schaut neugierig auf die viele Technik. Von dort oben hat sie einen perfekten Blick auf die tanzende Menge. Bo setzt sich auf einen alten Schemel direkt hinter Frank, der sofort konzentriert nach der nächsten LP sucht. So viele Schallplatten hat Bo noch nie gesehen, abgesehen von ihren Besuchen im Musikladen. Frank blättert flink durch die teilweise schon sehr abgewetzten Hüllen der LP's.

„Weißt du denn, wonach du suchst?" Bo ist beeindruckt. „Ich kenne die Titel gar nicht alle, geschweige denn die dazugehörigen Gruppen." Sie schaut Frank weiter zu, der geschickt das Ende des einen Liedes mit dem Anfang des nächsten Liedes überblendet. Dazu verschiebt er zwei Regler auf einem Pult mit unzähligen Knöpfen sacht in entgegengesetzte Richtung und schon kreischt Tina Turner durch die Halle. Ein euphorischer Jubel erschallt auf der Tanzfläche und vor allem die Frauen bewegen sich im Rhythmus der Musik.

Frank ist jetzt völlig in seine Aufgabe versunken. Per Kopfhörer sucht er schon nach dem nächsten Lied und Bo kann ihn unverhohlen betrachten. Seine langen Locken kleben ihm im Nacken. Unter dem verschwitzten Hemd zeichnen sich seine schmalen Schultern ab. Er hat nicht gerade die Figur eines Arnold Schwarzeneggers, aber seine Armmuskeln zeugen doch von einer gewissen Sportlichkeit.

Erneut legt er eine andere Schallplatte auf und für einen kurzen Moment nimmt er den Kopfhörer ab.

„Tut mir leid, wenn ich jetzt nicht viel Zeit habe, aber die Musik muss laufen, sonst gibt es Gemecker." Entschuldigend blickt er Bo in die Augen, während er schon wieder den Hörer aufsetzt. Bo winkt verständnisvoll mit der Hand ab und lächelt ihn an. So kann sie herrlich von ihrem erhöhten Platz die Feier beobachten und die Stimmung genießen.

Bo blickt heimlich auf ihre Uhr. Mist, schon so spät. Immer muss sie gehen, wenn es nett wird. Ihre Freundinnen dürfen schon viel länger ausgehen. Nur sie muss schon gegen zehn Uhr wieder Zuhause sein. Bo tippt Frank auf die Schulter.

„Ich kann leider nicht so lange bleiben." Verlegen schaut sie auf den Boden. Wie peinlich, denkt sie. Was muss er jetzt denken? Doch Frank lächelt sie an. „Dann komm doch morgen zum Frühstück wieder. Nicht zu früh versteht sich." Er lacht schallend. „Die meisten zelten hier und morgens wird dann zusammen gefrühstückt. Ganz gemütlich." Er wechselt schnell eine Schallplatte. „So circa 10-11 Uhr. Okay?"

„Ich schau mal." Immer cool bleiben, sonst denkt er noch, du bist ein Küken. „Okay, ich versuch zu kommen."

„Ja dann." Unsicher schauen sie sich an. Bo reicht ihm die Hand und er hält sie fest. „Ich würde mich freuen, wenn du morgen wieder kommst." Er beugt sich vor und haucht ihr einen schüchternen Kuss auf den Mund. Dabei schmeckt Bo einen leichten Salzgeschmack und spürt für eine Sekunde die pieksenden Bartstoppeln. Ihre Wangen röten sich, was er im Halbdunkeln der Empore aber zum Glück nicht bemerkt. Ihr Herz klopft schneller und ihre Unerfahrenheit lässt sie zaudern. Bevor Frank jedoch reagieren kann, hüpft sie vom Stuhl, winkt ihm zu und drängt sich durch die Menge nach draußen.

Die Musik schallt über den ganzen Hof, als Bo zu ihrem Fahrrad geht. Wie in Trance trampelt sie den langen Weg nach Hause. Der Kuss von Frank klebt noch immer auf ihren Lippen und sie beginnt lächelnd zu singen. Doch schon kommen Zweifel auf. Was soll sie nur ihren Eltern erzählen, warum sie morgen noch einmal zurück möchte?

***

Bo streckt sich in ihrem Bett noch einmal lang aus und gähnt. Sie lächelt bei dem Gedanken an gestern Abend und überlegt, was sie gleich ihren Eltern erzählen könnte.

„Zum Frühstück?" Ungläubig zieht ihre Mutter die Augenbrauen hoch. „Was ist das denn für eine Feier, wo alle in Zelten übernachten?"

„Du denkst immer gleich an ‚Hottentotten'. Das sind alles nette Leute, die zusammen feiern. Und wenn sie was getrunken haben, eben dort zelten. Ist doch vernünftig." Bo schaut ihre Mutter genervt an. Was sie immer gleich denkt, fährt es ihr durch den Kopf. „Du kannst ja gucken kommen!" Insgeheim erschrickt Bo bei dem Gedanken, ihre Eltern könnten sie begleiten. Das wäre die peinlichste Geschichte, die in die Analen eingehen würde.

„Ich kenne den Hof. Zumindest die Nachbarn." Bos Vater mischt sich ein, was selten geschieht. „Das sind ganz ordentliche Leute. Also lass ihr doch den Spaß."

Ihre Mutter zieht die Lippen kraus. „Dann fahr, aber benimm dich." Bo hört nur noch halb zu. Schon flitzt sie zu ihrem Rad und trampelt los. Während sie so Kilometer um Kilometer durch die angenehme Morgenluft radelt, kommen ihr die ersten Bedenken. Was ist eigentlich, wenn Frank sie gleich gar nicht beachtet? Sie konnte sich doch nicht so einfach zu den anderen gesellen? Bo fährt langsamer. Leichte Zweifel machen sich in breit. Ach, Quatsch. Dann fahr ich halt wieder. Laut spricht sie mit einer Krähe, die krächzend vom Straßenrand auffliegt. In dem Moment kommt hupend ein Auto heran.

„Hey, bis gleich!" Ein winkender Arm aus dem Seitenfenster tuschiert sie beinah und Bo blickt erschrocken in Monikas Gesicht. „Ich denke, du kommst zu uns?" Monika lacht und zeigt auf den Rücksitz. „Wir haben gerade 120 Brötchen geholt. Die ersten Gestalten sind schon dabei, Kaffee zu kochen." Bo versucht mit dem Wagen mitzuhalten.

„Ja klar, bis gleich", brüllt sie etwas zu laut in den röhrenden Käfer und schon knattert der Wagen davon. Beschwingt tritt Bo in die Pedalen. Alle Zweifel fallen von ihr ab. Die sind wirklich nett und unkompliziert, geht es ihr durch den Kopf. Während der Wagen in der Ferne auf den Bauernhof einbiegt, betrachtet Bo das bunte Meer an Zelten auf der Wiese neben dem Hof. Wie gerne hätte sie auch dort übernachtet, aber ob ihre Eltern das jemals erlauben werden?

Leicht verschwitzt erreicht sie die Einfahrt. Nun klopft

ihr das Herz aber doch wieder und das nicht nur vor Anstrengung. Während sie ihr Rad abstellt, sucht sie verstohlen nach Frank. Unsicher geht sie auf die gedeckten Tische zu, die schon einladend in der Sonne stehen.

„Morgen!"

„Morgen." Leicht verkaterte, aber lächelnde Gesichter schauen sie an.

„Komm, hier ist noch Platz genug." Aufmunternd zeigt eine zerzauste junge Frau auf eine freie Stelle ihr gegenüber. „Aber am besten holst du dir vorher dort hinten einen Kaffee."

Als wäre Bo eine von ihnen, nehmen sie sie auf und Bos Unsicherheit verfliegt ein wenig. Als sie noch unschlüssig überlegt, was sie als erstes tun soll, legt sich wie selbstverständlich ein Arm um ihre Schulter. Bo zuckt leicht zusammen und blickt in Franks Gesicht.

„Guten Morgen. Schön dich zu sehen." Seine blauen Augen lachen sie unverhohlen an, diesmal etwas versteckt hinter einer Nickelbrille. „Komm, wir setzen uns da hin." Und er schiebt sie einfach zum nächsten freien Platz.

„Bist du gut nach Hause gekommen?"

„Ja klar. Kein Problem."

Bo räuspert sich kurz und lächelt. So einfach ist das also! Sie fühlt sich im siebten Himmel. Ist das gerade der Anfang einer Freundschaft?

Bo äugt vorsichtig um sich, während sie versucht eines der Brötchen, die fertig geschmiert vor ihr auf dem Tisch liegen, zu essen. Vor Aufregung bleibt ihr fast jeder Bissen im Halse stecken und sie trinkt Unmengen Milchkaffee, um nicht zu ersticken.

„Hast du heute mehr Zeit?" Frank sieht sie aufmerksam an. „Wir räumen gleich zusammen alles auf und dann genießen wir den Rest des Tages in der Sonne."

Frank legt erneut den Arm um Bos Schulter, als wäre es das Normalste von der Welt. „Und heute nachmittag gibt es den besten Erdbeerkuchen von meiner Mutter. Aber nur für die Familienmitglieder." Er zwinkert ihr zu. Bo wird es glühend heiß im Rücken. Familienmitglieder. Und sie soll dabei sein.

***

„Das ist Bo." Frank schiebt sie in die Wohnküche. Ein Geruch von alten Möbeln, frisch gewaschenen Gardinen und duftendem Kuchen liegt in der Luft. Bo drückt sich auf die Eckbank und lächelt schüchtern.

„Hallo Mädchen." Ein prüfender Blick von Franks Mutter klebt an Bo vom Scheitel bis zur Sohle. „Lasst es euch schmecken." Und sie setzt den frisch gebackenen Erdbeerkuchen auf den Esstisch, dessen alte Holzplatte von einer bunt geblümten Plastikdecke versteckt ist. Am liebsten hätte Bo sich nun doch lieber entfernt oder zumindest unterm Tisch versteckt, aber eingekeilt zwischen Frank und seinen Geschwistern ist kein Entkommen. Ein Stück Kuchen lacht sie an, als auch schon die ersten

Fragen kommen.

„Bist du vom Dorf? Du warst so früh weg."

„Wo wohnst du denn?"

„Hat's dir gefallen?"

Bo kommt mit ihren Antworten gar nicht hinterher.

„Nun lasst das Mädchen doch mal essen!" Die Mutter rettet sie aus der Fragestunde und Bo schaut sie dankbar an.

„Ja, ich wohne im Dorf. Im Neubaugebiet."

„Ah, bei meinem Bruder hinter der Weide."

Als würde diese Aussage Bo als guten Menschen darstellen, geht die Mutter ihrer Arbeit in der Küche nach und überlässt den jungen Leuten das Feld. Scheinbar hat Bo die erste Prüfung überstanden. Auch die Geschwister lassen ab von der Befragung und widmen sich lieber dem Kuchen. Franks Arm berührt wie selbstverständlich ihren Arm, so nahe ist er an ihre Seite gerückt. Bos Herz klopft. So ist das also, wenn man den ersten Freund seines Lebens hat und sie fühlt sich um Jahre erwachsener.

Insgeheim freut sie sich auf den nächsten Kuss, doch sie lässt sich nichts anmerken. Dabei betrachtet sie Franks Hände und fragt sich im Stillen wie es ist, wenn diese über ihre Haut streichen.

Die Kerzen auf dem Tisch sind schon ein Stück heruntergebrannt und längst ist das Essen verspeist. Aber niemand macht den Anschein, gehen zu wollen. Im Gegenteil. Während draußen die Nacht ihre Arme ausbreitet, hängen drinnen alle gebannt an Bos Lippen. Längst hat der Wein sein Werk vollbracht und Bo erzählt ohne Hemmungen aus der Vergangenheit. Die Beine lässig verschränkt, den Arm um Katrins Schultern, berichtet sie aus der Zeit, die ihr fern erscheint. Inzwischen ist soviel geschehen, dass sie es noch immer nicht alles glauben kann. Aber die Wärme, die von Katrin ausgeht, beweist ihr, dass alles seine Richtigkeit hat.

„Na, das ging ja recht flott mit euch." Judith zwinkert Bo zu, wobei sie Franks Hand hält. „Bei mir war er etwas zögerlicher. Aber nach einer Scheidung ist man natürlich vorsichtig, was eine neue Liebe angeht." Jetzt klingt Judith gar nicht mehr so teenagerhaft, sondern die Erfahrung der letzten Jahre lassen ihre Stimme bedächtig klingen. „Ich weiß ja auch, wovon ich rede. Bin ebenfalls geschieden und war ganz schön verletzt und traurig. Vor allem durcheinander, was die Zukunft angeht. Alles fällt plötzlich zusammen. Da muss man erstmal sein Leben sortieren. Aber scheinbar halten Beziehungen der Westfalen sehr lange. Das beruhigt."

„Ja. Wir sind quasi zusammen erwachsen geworden. Was

26

nicht heißt, dass es immer reibungslos verlief." Bo runzelt die Stirn. „Natürlich gab es auch mal Höhen und Tiefen."

„Was denn zum Beispiel?" Kai mischt sich ein. Neugierig will er mehr von seinen Eltern erfahren. Bo blickt ihren Sohn ernst an.

„Ihr wart und seid auf jeden Fall was besonders Schönes."

„Und was war nicht so schön?" Auch Jannik horcht auf, wobei Frank ihr lauernd in die Augen schaut.

„Na, zum Beispiel, dass ich immer auf Frank warten musste, bis er gewillt war, sein Hobby liegen zu lassen, damit wir gemeinsam etwas unternehmen konnten." Bo hebt ihre Schultern. „Das war oft zum verzweifeln."

„Und das scheint er heute noch so zu handhaben." Judith guckt etwas konsterniert. Da ergreift auch Frank mal das Wort.

„Es ist eben mein Hobby an Autos zu basteln. Da vergisst man schon mal die Zeit."

Doch bevor die Stimmung kippt, grätscht Katrin dazwischen.

„Anscheinend müsst ihr da noch etwas dran arbeiten. Aber das dürfte heute Abend nicht gelingen." Sie wendet sich an Bo. „Wie ging es denn weiter mit euch, damals?"

Dankbar schauen Kai und Jannik auf Katrin.

„Ja, Mama, erzähl mal weiter."

1984
Ein Kribbeln auf der Kopfhaut.

Wenn es eins ist, dann ist ihr Leben todnormal. Aus der ersten zarten Romanze ihres Lebens wurde eine feste Bindung und aus einem Jahr wurden Jahre. Bo und Frank sind noch immer ein Paar. Ihre Beziehung ist nicht aufregend, aber verlässlich. Sie sind sich treu. Anders hätte eine Beziehung auch nicht funktionieren können, denn inzwischen trennen sie hunderte Kilometer. Frank studiert in Trier. Bo in Dortmund. Ohne what's app, Skype und Twitter erfährt man unter der Woche nichts vom dem anderen. Aber Vertrauen und Treue ist Ehrensache.

Auch außerhalb ihrer Beziehung gibt es kaum Aufregung. Außenpolitisch ist es die Zeit von Glasnost und Perestroika. Die Supermächte lassen endlich ab vom ewigen Aufrüsten und die Studenten haben kaum noch Grund zu demonstrieren. Was Bos Elternhaus angeht, beruhigt sich auch dort der Sturm der letzten Jahre. Bos Leben war lange beeinflusst von ihrer krebskranken Mutter. Der Alltag aus Pflicht und Sorge für die Mutter hat ein Ende, als sie verstirbt. Bo ist da erst 25 Jahre alt. Ab dann genießt sie ihr Studentenleben.

Bo sitzt inmitten einer lustigen Frauenrunde. Mit dem wenigen Geld, das sie als Studentinnen haben, sind ein paar billige Flaschen Wein gekauft worden und nun hockt Bo zwischen ihren Kommilitoninnen auf dem Teppichboden ihrer Altbauwohnung.

Der Teppich ist schon arg in die Jahre gekommen. Sein ursprüngliches Beige ist einem schmuddeligen Braun gewichen und zahlreiche Flecken machen ihn zu einem Mosaik aus vergangenen Geschichten. So stört es Bo auch nicht, wenn zusätzliche Weintropfen ihre Spuren hinterlassen.

Im Gegensatz zum Teppich strahlen die weiß gestrichenen Wände, so dass die bunten Bilder gut zur Geltung kommen. Bo und die anderen Frauen studieren allesamt Grafik-Design. Ein Studium, indem sich die Welt um Kunst und Werbung dreht. Jeden Tag beschäftigen sie sich mit Malerei und Fotografie. Da ist es nicht verwunderlich, dass viele Arbeiten die Wohnung schmücken. Die wenigen Möbel von Bo sind dagegen ein Sammelsurium vom Speermüll und abgelegten Stücken der Verwandtschaft.

Besonders beliebt ist der alte Ohrensessel, dessen Stoff an vielen Stellen verschlissen ist, aber seine Gemütlichkeit hat er nicht verloren. Diesmal hat ihre Mitbewohnerin Sabine sich den bequemen Platz ergattert, während die anderen auf dem Boden hocken.

Bo fühlt sich wohl inmitten dieser Gruppe. Das Leben ist herrlich. Alltagsprobleme verschwinden hinter den ausgelassenen Abenden zusammen mit ihren Freundinnen.

„Prooooost!" Bo hebt ihr Glas und lacht. „Wer von euch kann mir denn mal die Haare schneiden?" Beschwipst schaut sie in die Runde. „Ich seh' euch schon gar nicht mehr." Demonstrativ lässt sie ihre Locken ins Gesicht fallen und versteckt ihre Augen.

„Das geht doch ratzfatz", lacht Sabine. „Gib mir mal den Cutter." Sie nimmt sich das scharfe Messer, das Allzweckwerkzeug jeder Grafikerin zum Schneiden von Papier und Pappe.

„Lass Anette ran, die macht das immer gut!"

Übermütige Stimmen umschwirren Bo.

„Okay, wo ist denn eine Schere?" Anette meldet sich zu Wort. Schnell werden Kamm und Schere aus dem Bad geholt. Mit geübten Handgriffen kämmt Anette die Haare von Bo. Mit sanften, aber gezielten Fingerstrichen fährt sie über die Locken. Ein wohliges Gefühl macht sich in Bo breit. Während der Kamm in Anettes Händen seine Furchen durch Bos Haar zieht, verbreitet sich ein Kribbeln auf ihrer Kopfhaut, bis hinunter in den Rücken.

Sie genießt die Berührung und schließt die Augen. Sie denkt an Franks Hände. Immer etwas rau haben sie nichts gemeinsam mit den sanften Händen von Anette. Wie viel feinfühliger doch die Hände einer Frau sind, schießt es ihr durch den Kopf. Für eine Weile taucht sie ganz ein in die Berührungen und nur das Schnipsen der Schere unterbricht ihre Gedanken.

„Hey, nicht einschlafen." Sabine schubst sie an und beinah hätte Anette eine Kerbe in Bos Haare geschnitten.

„Pass doch auf!" Anette funkelt Sabine wütend an. „So, das reicht. Kurz genug." Anette betrachtet ihre Arbeit und Bo bleibt nichts anders übrig, als ihre Augen zu öffnen und in die Runde zurückzukehren. Dabei würde sie das Gefühl von zarten Frauenfingern gerne noch länger spüren.

„Danke, Anette." Bo blinzelt sie an. „Damit hast du dir ein Glas Wein verdient."

Lachend schaut sie in die Runde, doch die anderen beachten sie gar nicht. Sabine hängt verträumt im Ohrensessel: „Wie findet ihr eigentlich unseren neuen Proff?"

„Der ist süß! Hast du gesehen, was er für schmale Hände hat?"

„Eben ein Künstler", brüllt eine aus der hinteren Ecke des Zimmers.

Der Geräuschpegel nimmt mit jedem Glas Wein stetig zu.

Bos Herz klopft im Rhythmus der Musik, die aus dem Kassettenrecorder dringt. Sie eilt zum Bad, um kurz für sich zu sein. Sie betrachtet ihr Gesicht im Spiegel. Perfekt geschnitten, alle Achtung, geht es ihr durch den Kopf.

„Danke Anette." Sie nickt ihrem Spiegelbild zu und verlässt das Bad.

„Gibt es noch Wein?" Lässig sinkt sie zwischen den Frauen auf den Teppich.

1988
Männer brauchen wir hier nicht.

Als wäre ihr Leben am Reißbrett geplant, ist der Ablauf leicht vorhersehbar. Da bei Franks Studium noch kein Ende in Sicht ist, zieht Bo nach ihrem erfolgreichem Diplom zu ihm und tritt ihre erste Stelle als Grafikerin an.

Die Arbeit in einer Werbeagentur öffnet ihr zum ersten Mal im Leben völlige Freiheit. Bo verdient ihr eigenes Geld, das sie ohne Gewissensbisse ausgeben kann. Dazu eine quirlige Stadt, nette Kollegen und die Zweisamkeit mit Frank. Bo hat keine Zweifel an ihrem Lebensweg. Es läuft doch alles wie am Schnürchen und der nächste Lebensabschnitt beginnt.

Sie muss lächeln. Eine Werbung läuft vor ihrem inneren Auge ab. Da sitzt ein Mann vor seinem besten Freund und auf die Frage nach seinem Leben, zückt dieser einfach ein paar Fotos und knallt sie dem Gegenüber auf den Tisch: mein Haus, mein Garten, mein Auto und meine Familie – und seine Lebensversicherung. Na ja, so weit ist sie noch nicht, aber es scheint alles darauf hinaus zu laufen.

Sie schaut in ihr Spiegelbild. Seit sie in der Agentur arbeitet, muss ihre legere Kleidung zuhause bleiben. Allerdings tut sie sich schwer bei dem Gedanken, sich mit Modeaccessoires heraus zu putzen und wählt den Zwischenweg. Eine gute Jeans und eine modische Bluse müssen genügen. Zum Glück hat sie auch Kolleginnen, die sich nicht kleiden, als wären sie dem aktuellsten Modeprospekt entsprungen und sie macht sich auf den Weg zur Arbeit.

Es ist ein Frühlingsmorgen wie sie ihn mag. Die Sonne wirft die ersten Schatten durch die Häuserschluchten. Trier ist geprägt von stattlichen Altbauten mit kunstvollen Verzierungen. Die Hohe Domkirche St. Peter ist die älteste Bischofskirche Deutschlands und die Mutterkirche des Bistums Trier. Sie ist ein bedeutendes Zeugnis abendländischer sakraler Baukunst.

Aber auch andere Bauten lassen das Herz des Betrachters höher schlagen und setzt der Phantasie, welche Geschichte hinter jedem Haus stecken könnte, keine Grenzen. So bleibt es dem Auge des einzelnen Betrachters frei, sich an den verschiedenen Prachtbauten zu erfreuen.

Während sie an einer Ampel auf Grün wartet, lächelt eine Frauenbüste auf sie herab. Die Statue hat leichte Moosflecken auf den Schultern und eine schlafende Stadttaube hockt darauf.

Mit dem Strom der müde guckenden Menschen überquert sie die Straße und geht weiter durch die schmalen Gassen zur Arbeit. Je weiter sie ins Zentrum läuft, betritt sie die barocke Altstadt, welche vom Dom und der Porta Nigra dominiert wird.

Eine alte Frau bückt sich über ihren Dackel, tätschelt

seinen Kopf und bindet ihn vor einer Bäckerei fest.

Soll sie sich auch noch schnell ein Rosinenbrötchen holen? Bo verharrt kurz und blinzelt den Dackel an, der sie freudig anwedelt. Ihr läuft bei dem Gedanken an ein frisches Brötchen das Wasser im Munde zusammen. Eigentlich liebt sie ja eher pikante Speisen wie den ‚Kappes Teerdisch‘, eine Spezialität mit Sauerkraut, Gewürzen, Pürree und deftiger Wurst. Oder die Flieten, frittierte Hühnerflügel mit Brot. Aber das ist ja nichts zum Frühstück. Doch sie eilt weiter. Sie will nicht zu spät kommen und schließlich hat sie ja ein Butterbrot von zuhause mitgenommen.

„Guten Morgen.“

„Morgen.“

Aus den offenen Bürotüren erklingen die allseitigen Begrüßungen und Bo erreicht ihren Arbeitsplatz. Einen recht nüchternen Schreibtisch mit wenig privatem Krempel, aber mit Blick über die Dächer. Die Agentur befindet sich mitten in der Altstadt im vierten Stockwerk einer Passage. Sie wirft noch einen Blick auf den majestätischen Dom, bevor sie sich über hunderte Fotoabzüge eines Modeshootings hermacht. Ihre Aufgabe ist es heute, die besten Aufnahmen herauszufiltern und daraus einen Werbeprospekt für junge Leute zu entwerfen. Sie teilt sich das Büro mit der kleinen, quirligen Simone, deren mitreißendes Lachen bei jeder Gelegenheit über den Flur schallt. Dabei klatscht sie sich noch zusätzlich auf ihre Oberschenkel, so dass es unmöglich ist, nicht mitzulachen.

Während im nächsten Büro Kollegen über eine gestrige Fernsehshow diskutieren, macht sie sich an die Arbeit. Sie ist es nicht gewöhnt, ihre Zeit zu vertrödeln. Sobald sie eine Aufgabe bekommt, zieht sie sie straff durch und guckt erst auf, wenn sie beendet ist. Sie kennt es nicht anders. Selbst als Jugendliche hatte sie selten Müssiggang. Wenn die eine Aufgabe fertig war, folgte schon die Nächste. Mit ihrer kranken Mutter gab es selten viel Freizeit.

Ihre Kollegin reißt sie aus der Konzentration. Nach stundenlanger Arbeit dröhnt ihr der Kopf und sie braucht einen Moment, bis die Frage zu ihr durchdringt.

„Kommst du nach der Arbeit auch mit? Wir gehen noch zum ‚Simpel' auf ein Bier." Simone lächelt Bo an. Mit ihren 23 Jahren ist sie eine der jüngeren Kolleginnen. Sie steht vor Bo in verschlissenen Jeans und verwaschenem T-Shirt. Ihr ist das Modegehabe in der Agentur völlig egal.

Das Simpel, richtig Simplicissimus genannt, ist eine Studentenkneipe, wo selbst berühmte Gäste wie Wolfgang Niedecken die Gelegenheit nutzen sich beim Plausch mit Studenten und beim Feierabendbier am Kicker zu entspannen.

Bo zaudert. Was wird Frank sagen, wenn sie nicht nach Hause kommt, sondern noch mit Kolleginnen in die Stadt geht? Ihr Pflichtgefühl meldet sich. Ein Unbehagen zieht kurz durch ihren Magen. Dann hebt sie trotzig ihren Kopf und blickt Simone lächelnd an.

„Ich sag nur schnell Frank Bescheid." Sie greift zum Hörer, während ihre Kolleginnen die Jacken anziehen.

„Ja bitte." Franks sonore Stimme brummt tief durch die Leitung.

„Ich bin's." Bo sucht nach den richtigen Worten. „Ich gehe noch mit meinen Kolleginnen in die Stadt. Es wird also später."

„Kannst dich ja anscheinend nicht von ihnen trennen." Frank klingt mürrisch. „Reicht es nicht, wenn du so oft Überstunden machst?"

Bos Laune sinkt. Unsicherheit packt sie, doch dann gibt sie sich einen Ruck.

„Du willst heute Abend doch sowieso den Thriller im Fernsehen gucken. Dann kann ich auch was anderes machen. Bis später." Bevor Frank etwas erwidern kann, legt sie auf. Im Augenwinkel sieht sie Simone, die wartend im Türrahmen steht.

„Probleme?"

„Nein, nein – alles gut." Sie schnappt nach ihrer Jacke. „Ich habe Durst, lass uns gehen." Sie schüttelt ihre Lockenmähne, als könne sie ihre Zweifel damit abwerfen. Die beiden Frauen eilen den anderen hinterher, die schon zum Simpel unterwegs sind. Da sitzen sie beim ersten Bier und prosten ihnen zu.

„Endlich, wir haben schon für euch bestellt." Die ansonsten kühle Martina lacht in die Runde. Dabei bleibt ihr Blick etwas länger auf Andrea hängen. Bo sieht, wie die Zwei sich zuzwinkern, und stutzt. Und bevor sie sich lange fragen muss, ob dieser Blick etwas zu bedeuten hat, küssen sich die beiden völlig ungeniert. Peinlich berührt blickt Bo zu den anderen Frauen, die sich über nichts zu wundern scheinen. Alle wissen offenbar, dass Andrea und Martina ein Paar sind.

Bo setzt sich an die Ecke des Tisches und beobachtet sie heimlich. In der Agentur geben sich die beiden immer freundlich, aber reserviert. Anscheinend gibt es selbst in einem modernen Unternehmen noch immer Vorurteile, sonst würden sie doch offen damit umgehen, dass sie ein Paar sind. Hier, im Dunkeln der Kneipe, fühlen sie sich sicher. Ihre gute Laune greift auf Bo über und sie vergisst sogar ihr schlechtes Gewissen. Die schummerige Kneipe ist voll besetzt. Aus allen Ecken dringt Gelächter und eine gemütliche Feierabendlaune. Brennende Kerzen in leeren Weinflaschenhälsen flackern wild und Zigarettenqualm wabert durch die Luft. Es hat sich schon eine dicke Dunstglocke über den Köpfen gebildet. Laute Musik untermalt die Atmosphäre, wobei eine Unterhaltung dadurch schwieriger wird. Bo muss die Stimme heben, um sich verständlich zu machen.

„Die nächste Runde geht auf mich." Übermütig hebt sie ihr Glas und deutet dem Kellner an, noch mehr Getränke zu bringen.

„Suuuper!" Simones Lachen schallt unverkennbar durch den ganzen Raum. Einige Gäste gucken irritiert, aber die Unbeschwertheit steckt alle an und die Stimmung an ihrem Tisch steigt.

„Wir sollten einen regelmässigen Frauenabend einführen." Martina ist inzwischen beim fünften Bier angekommen und ihre Garderobe hat etwas gelitten. Auf ihrem Blazer glänzen ein paar Biertropfen und ihre wasserstoffblonde Pagenfrisur mit der einzelnen roten Strähne, klebt ihr am Kopf. „Wie fändet ihr das?"

„Klar, ich bin dabei. Frauen an die Macht!" Auch Simone hat schon etwas zu eifrig dem Bier zugesprochen und wird immer ausgelassener. „Männer brauchen wir hier nicht."

Bo guckt sie erstaunt an. „Wie meinst du das?"

„Ist doch viel lustiger ohne Männer. Und mein Stefan hat auch so seinen Männerabend. Also, passt doch."

Bo überlegt, was Frank dazu sagen würde, aber sie lässt sich mit der Stimmung treiben und lächelt in die Runde: „Das klingt gut. Auf uns Frauen." Und sie erhebt erneut ihr Glas.

„Abgemacht." Martina klopft Bo anerkennend auf die Schulter und lässt gar keine Zweifel zu.

Langsam steigt Bo das Bier zu Kopf. Ohne Abendessen ist sie soviel Alkohol nicht gewöhnt. In ihren Ohren summt es und das Denken fällt ihr zusehend schwerer.

„Mädels, ich mach mich vom Acker." Die Zunge gehorcht ihr nicht mehr richtig, aber den anderen scheint es ähnlich zu gehen.

„Ich geh mit, sonst bin ich gleich sturzbesoffen." Simones Lachen erschallt wieder durch die Kneipe. „Wir können zusammen gehen, ist ja fast derselbe Weg." Sie hakt sich bei Bo ein. Gemeinsam wanken sie zum Ausgang. Der Raum ist zum Bersten voll und sie müssen sich den Weg durch die vielen Körper bahnen. Bo strauchelt über einen Fuss. Schnell hält sie sich bei Simone fest. Dabei kommen sie sich bedenklich nah. Bo rappelt sich auf. Endlich erreichen sie die Tür. Draußen trifft sie die ernüchternde Abendkühle wie ein Faustschlag ins Gesicht.

„Upps, wohl ein Bier zu viel gewesen", quetscht Bo durch die Zähne. Sie lässt Simone los und steht steif vor ihr.

„Nö, zwei." Simone lacht und ein Rülpser entweicht ihren Lippen. „Tschuldigung. Gut das morgen Samstag ist. Da können wir ausschlafen." Simone seufzt selig. „Ich leg mich jedenfalls direkt ins Bett." Bo kraust ihre Stirn. Ob Frank schon im Bett ist?

***

Bo öffnet leise die Wohnungstür. Alles ist dunkel. Nur der Mond blinzelt durch das Wohnzimmerfenster und wirft einen gespenstischen Schatten der Yucca-Palme auf den Fussboden. Wie von einer Krake reichen die Arme an Bos Fussspitzen. Sie zuckt leicht zusammen als eine vorbeiziehende Wolke den Schatten in Bewegung bringt. Sie holt tief Luft und tapst weiter im Dunkeln bis zum Sofa. In ihren Ohren rauscht es noch immer vom vielen Alkohol, doch der Rückweg durch die kühle Nachtluft hat sie wieder etwas nüchterner werden lassen. Sie zieht ihre Schuhe aus und kringelt sich auf das Sofa. Noch einmal laufen ihr die Eindrücke vor dem inneren Auge ab. Ihre lesbischen Kolleginnen; die stets gut gelaunte Simone und die vielen anderen Frauen. Sie schüttelt leicht ihren Kopf und grinst. Allmählich schlummert sie weg mit dem Gedanken an einen fröhlichen Abend.

„Na endlich. Wieso kommst du nicht ins Bett?" Frank steht im Pyjama vor dem Sofa und schaut mürrisch auf Bo herab. „Ich hab mir schon Sorgen gemacht. Aber anscheinend hast du den Abend ja genossen." Er wendet sich ab und geht zurück ins Schlafzimmer. Bo ist wie betäubt. Was denkt er sich denn? Das sie den Abend mit anderen Männern verbracht hat? Keiner Schuld bewusst, schleicht sie hinter ihm her, entledigt sich schnell ihrer Kleidung und schlüpft unter die Decke.

„Es war ein echt netter Frauenabend," murmelt sie in seinen Nacken.

„Wart ihr nur unter Frauen?" Skepsis klingt aus seiner Stimme. „Hast du keine männlichen Kollegen?"

„Klar, aber der Abend war nur unter uns Frauen."

Beruhigt brummt Frank. „Du hast eine Fahne." Seine Hände suchen sie, aber Bo bemerkt ihn nicht mehr. Ein leises Säuseln verrät, dass sie längst im Land der Träume ist.

***

Am nächsten Montag ist die Begrüßung herzlicher denn je.

„Na, ein schönes Wochenende gehabt?" Simone sieht ihre Kolleginnen fragend an.

„Klar, war nur zu kurz."

Martina nähert sich von hinten.

„Mädels, wir haben viel zu tun. Auf geht's." Bevor sie weitergeht, blickt sie in die Runde: „Den Abend werden wir bald wiederholen."

Da Bo nun von dem offenen Geheimnis von Martina und Andrea weiß, bemerkt sie auch über Tag die kleinen Gesten mit denen sich die Zwei ihre Zuneigung zeigen, ohne dass ein Unwissender es bemerken würde. Nie würde sich Martina so dicht über Bo beugen, wenn sie eine Ausarbeitung von ihr betrachtet. Und nie würde sie wie zufällig ihren Arm streifen. Bo ist gerne mit dem Paar zusammen. Sie strahlen eine gewisse Zufriedenheit aus. Und Simone? Ja, ohne Simone ist ein Arbeitstag trüb und langweilig. Nichts kann ihre gute Laune und ihr ausgelassenes Lachen stoppen und so kommt es sogar vor, dass Bos Stimmung sinkt, wenn Simone mal nicht zur Arbeit erscheint. Sei es, weil sie krank ist oder Urlaub macht.

***

„Hey, du warst aber ewig weg!" Bo drückt Simone kurz, als diese aus ihrem Sommerurlaub braungebrannt vor ihr steht.

„Ich glaub, ich geh wieder. Der Urlaub war einfach zu kurz." Und ihr Lachen füllt den Raum wie ein Urknall.

„Gott sei Dank, endlich wieder Stimmung in der Bude." Martina steht im Türrahmen. „Ich hatte schon Angst, Bo würde zum Trauerkloß."

„Blödsinn, so alleine im Büro ist es halt etwas trostlos." Bo beugt sich schnell über ihre Arbeit. Martina wendet sich dagegen schmunzelnd ab. Ein gedehntes Jaaa, jaaaa, entschwindet auf dem Flur, bevor Bo etwas erwidern kann.

1991
Irgendwie musste es so kommen.

Es ist eines der ruhigen, besinnlichen Wochenenden in der Vorweihnachtszeit. Überall leuchten Lichterketten in den Fenstern und auf den Balkonen. Auch Bo nutzt den Sonntag und dekoriert die Wohnung. Nicht überschwänglich, aber sie mag die Stimmung mit Kerzenschein und Tannenduft. Daher versucht sie zum ersten mal aus gesammelten Tannenzweigen einen Kranz zu binden und ihn mit Nüssen, Tannenzapfen und roten Bändern zu verzieren. Im Ofen duften derweil Weihnachtsplätzchen, die Frank mit Argusaugen bewacht. Der alte Backofen hält sich nicht unbedingt an die gewünschte Temperatur, sondern lässt gerne mal ein Essen anbrennen. Aber heute passt Frank auf. Während der Nachmittagskaffee durch die Maschine brodelt, platziert er ein paar besonders gut gelungene Kekse auf einen Teller für Bo. Bevor er allerdings die Zuckerpracht ins Wohnzimmer trägt, legt er noch schnell sanfte Musik auf.

Sie wohnen nun schon zwei Jahre zusammen in dieser kleinen Altbauwohnung und während Bo viel Zeit in der Agentur verbringt und für ihren Lebensunterhalt sorgt, versucht Frank sein Studium voran zu treiben.

„So romantisch heute." Bo ist inzwischen auch mit ihrem Werk zufrieden und räumt die letzten Reste weg. Stolz präsentiert sie ihren ersten Adventskranz.

„Na, wie findest du ihn?"

„Super, schöner als ein gekaufter." Frank lächelt. Bo hängen noch ein paar Tannennadeln im Haar und er zupft sie ihr vorsichtig heraus.

„Du hast dich auch ein wenig dekoriert." Er entschwindet in der Küche, um mit seinem vollbepackten Tablett zurück zukehren.

„Die sind für dich." Er stellt den Teller mit den Keksen direkt vor sie hin und schaut sie neugierig an. Obenauf liegt ein gebackenes Herz mit rotem Zuckerguss.

„Das ist aber eine süße Überraschung." Bo lacht ihn an und legt sich das Herz zur Seite. „Das hebe ich mir auf." Sie greift nach einem anderen Keks.

„Ich wollte dich noch was fragen." Frank räuspert sich. Er, der sonst so selbstsicher auftritt, wirkt leicht nervös und Bo horcht auf.

„Was Schlimmes?"

„Ich glaub nicht. Zumindest hoffe ich das nicht."

Bo zieht neugierig die Augenbrauen hoch.

„Na dann." Ungeduldig schaut sie ihn an.

„Nun ja, ich dachte", Frank errötet. „nach so vielen Jahren, die wir nun zusammen sind, könnten wir doch eigentlich heiraten. Oder?" Er schaut sie erwartungsvoll an. „Vielleicht hätte ich jetzt besser einen Sekt geholt statt Kekse zu backen."

Bo springt auf und küsst ihn lachend auf den Mund.

„Ich bin nicht so gut in solchen Dingen." Frank seufzt erleichtert auf. „Heißt das, du willst?"

„Na klar. - Aber nicht in Weiß!" Energisch hebt sie ihre Stimme, dann flitzt sie in die Küche und holt einen Sekt aus dem Kühlschrank. „Gut, dass wir noch einen haben, das müssen wir begießen." Und erneut küsst sie ihn. Frank schlingt erleichtert seine Arme um ihren schlanken Körper und sie schmiegen sich dicht aneinander. Bo spürt die Hitze, die von ihm ausgeht. Seine Hände suchen ihren Körper ab und für einen Moment vergisst sie alles um sich herum. Er trägt sie zum Sofa und für die nächste Stunde sind sie eins. Begierde und Zärtlichkeit wechseln sich ab bis sie erschöpft beieinander liegen und Bo sich an Franks Brust schmiegt.

Wirre Gedankenfetzen jagen durch ihren Kopf. So richtig ist die Tragweite des Vorhabens noch nicht in ihr Bewusstsein gedrungen. Doch schon kommen ihr die ersten Ideen für die Feier.

„Du weißt, da gibt es viel zu planen. Ich gehe davon aus, dass du so wie deine Geschwister auf dem Hof deiner Eltern feiern willst." Bo geht schon die ersten Schritte durch.

Frank lacht entspannt. „Das Planen überlasse ich dir, das kannst du besser. Ich kümmere mich mehr um die Technik."

***

45

Und wie! Der elterliche Hof steht total Kopf. Monatelange Planung und Vorbereitungen liegen hinter den beiden. Alle Verwandten und Freunde halfen gerne, um den Zweien ein Fest der Superlative zu gestalten. Zehn Tage lang haben die Nachbarinnen Rosen aus Papier gebunden für die Scheune, in der gefeiert werden soll und die nun mit Birkengrün ausgeschmückt ist, so wie es im Münsterland Brauch ist. Diese alte Tradition bei Hochzeiten, das sogenannte Kränzen, wird im allgemeinen von den direkten Nachbarn durchgeführt und obwohl Frank und Bo ja nun weit entfernt in Trier wohnen, haben es sich die Nachbarinnen nicht nehmen lassen und hunderte weiße Rosen angefertigt. Die Männer sind in den Wald gefahren, um Birken zu schlagen, an die die Rosen gebunden wurden. Das alles natürlich mit Hilfe von dem ein oder anderen Schnaps zur Unterstützung.

Die Sonne strahlt mit allen Gästen um die Wette. Es ist wirklich ein herrlicher Sommertag im August, an dem Bo und Frank sich das Ja-Wort geben wollen.

Irgendwie musste es einfach so kommen. In ihrer Clique sind sie längst die Letzten, die heiraten. Einige der Freunde haben schon Kinder, die nun ebenso aufgeregt wie ihre Eltern vor der Kirche auf das Brautpaar warten.

„Mama, wann kommen die denn?" Der kleine Knirps in der besten Sonntagshose läuft zum xten Mal zum Ende des Kirchplatzes, um einen Blick auf die Straße werfen zu können. Dabei übersieht er den großen Fuß des Pastors, der sich mit den Brauteltern unterhält. Plumps, der

Kleine fällt der Länge nach auf das Pflaster. Seine Hände schaffen es nicht, den Sturz abzufangen und unter den Augen der Umstehenden landet er unsanft im Staub.

„Owei, komm mal her." Franks Mutter hebt ihn auf und schaut erschrocken auf das Loch in seiner Hose. „Was machst du denn für dumme Sachen." Vergeblich versucht sie zumindest den Dreck von der Hose zu wischen. Der Kleine beginnt zu weinen. „Ich hab nix gemacht."

„So, alles gut. Ist nicht mehr zu ändern." Sie entlässt den Jungen von ihrem Arm und winkt Monika, Franks Schwester. „Die Hose ist hin. Halt ihn besser mal bei dir."

Monika verzieht unwillig ihren Mund. „Jetzt bleibst du bei mir. Die schöne Hose." Sie schimpft leise vor sich hin und der Kleine blickt verdrossen auf den Boden.

In dem Moment fährt der Brautwagen vor und alle Aufmerksamkeit gilt nur noch dem Paar. Ein dunkler Benz glänzt frisch poliert im Sonnenlicht, als er auf den Vorplatz einbiegt. Ein riesiges Gesteck auf der Motorhaube hat auf der Fahrt vom Hof zur Kirche dem Fahrtwind getrotzt und gibt dem Wagen ein festliches Aussehen. Der Fahrer steigt aus und öffnet zuerst dem Bräutigam die Tür. Frank, im eleganten Anzug mit Fliege, lächelt die Zuschauer glücklich an, bevor er zur Wagentür der Braut eilt. Alle Augen wandern mit ihm mit. Die Aufregung steigt.

„Bravo." Ein Chor aus freudigen Stimmen erschallt als

Bo aussteigt. Nicht in einem weißen Kleid! Ganz ihrer Linie treu, keine Kleider anzuziehen, trägt die Braut einen schwarzweiß gestreiften Hosenrock, dazu ein filigranes Spitzentop und einen weißen Blazer. Bo lacht ungezwungen.

Ihre Kolleginnen, allesamt angereist aus Trier, jubeln ihr zu.

„Wow, Bo, so kommst du jetzt öfters zur Arbeit." Und das schallende Lachen von Simone tönt über den Kirchplatz.

Auf dem Vorplatz tummeln sich die Gäste dichtgedrängt. Jeder möchte den besten Platz haben. Bo lässt den Blick über die Anwesenden schweifen. Über ihre Schwiegereltern, die fleißigen Landwirte, über Monika, die sie vor Jahren so herzlich aufgenommen hat, über ihren Vater, der zu früh zum Witwer wurde, ihr Bruder mit seiner gesamten Familie, über die vielen Freunde, mit denen sie schon so gern und viel gefeiert hat und über den Mann mit der Nickelbrille, den sie gleich heiraten wird. Das ist ihre große Familie, das Wichtigste im Leben.

Wie oft hatte Bo andere um ihre intakten Familien beneidet. Wenn alle zusammen hielten, sich alles erzählten und über Probleme berieten. In ihrer Familie war nach außen hin alles in Ordnung. Sie war gut erzogen. Immer hilfsbereit und freundlich. Aber hinter den Hausmauern war nicht alles gut verlaufen. Doch über Sorgen sprach man nicht, man behielt sie für sich. Vielleicht war doch der Altersunterschied zu groß. Ihre Mutter hatte sie erst

48

mit vierundvierzig Jahren auf die Welt gebracht. Freunde dachten oft, sie wäre ihre Großmutter, zumal sie früh ergraut war. Daneben ihr herzkranker Vater, der musste mit Samthandschuhen angepackt werden. Für Bo waren Eltern lange Zeit alte Menschen, die zu umsorgen sind. Denen man wie zu Kaiserzeiten zu gehorchen hatte. Erst als sie in der Pubertät in anderen Familien mitbekam, dass Mutter und Tochter sich auf einer Ebene zum Beispiel über Sexualität unterhielten, merkte sie, was ihr in der eigenen Familie fehlte. Bei ihr gab es Hierarchien, in denen Kinder gehorchten. Bei anderen gab es den Familienverband, der über alles sprach. Aber nun bekam sie die große Familie, die sie immer gesucht hatte.

Sie blickt hinauf zum Kirchturm. Hoch über ihren Köpfen lässt die Sonne das Kreuz auf der obersten Kuppel erstrahlen. Die ehrwürdigen Mauern aus dem typischen braunen Sandstein des Münsterlandes bekommen im Sonnenlicht ein warmes Aussehen. Kupferhütchen zieren die Ecktürme wie Zipfelmützen und die Turmuhr zeigt genau 15 Uhr, als die Glocken sie rufen, um einzutreten.

Frank greift nach ihrer Hand und beide betreten die Kirche, gefolgt von einer Hundertschaft an Gästen. Fast zweihundert Menschen haben sich eingefunden, um mit dem Brautpaar zu feiern. Was soll da noch schief gehen? Alle Vorbereitungen sind erledigt. Ab jetzt liegt es nicht mehr in ihrer Hand, ob es ein gelungenes Fest wird.

Das Paar schreitet langsam den langen Gang zum

Altar ab. Kurz vor dem schlicht geschmückten, steinernen Tisch mit den großen Kandelabern, dem Jesuskreuz und einem geschmackvollen Gebinde stehen zwei einsame Hocker bereit, damit die beiden darauf Platz nehmen können. Bo sieht aus ihren Augenwinkeln, wie die Gäste sie wohlwollend anblicken. Ihr Vater sitzt in der ersten Reihe und schaut ihr zufrieden zu. Er kann den heutigen Tag mitgenießen. Ein bisschen Wehmut ergreift Bo, als sie an ihre verstorbene Mutter denkt. Es wäre schön gewesen, wenn ihre Mutter diesen Tag miterlebt hätte. Auch ihr Bruder guckt zufrieden, als wolle er sagen, endlich ist meine kleine Schwester im sicheren Hafen.

Die Orgelmusik verstummt und die Zeremonie beginnt. Bo lauscht den Worten des Pastors. Von Liebe und Treue, Zusammenhalt, Kindern, - das Singsang der Worte verschwimmt in ihren Ohren. Ein kleiner Zweifel drängt sich in ihr Herz. Ist das die richtige Entscheidung? Bis das der Tod euch scheidet? Kann sie wissen, was das Leben noch alles bringt?

Gedankenverloren blickt sie nach vorn in das auffordernde Gesicht des Pastors, der sie scheinbar schon für einige Sekunden aufmerksam mustert. „Bist du bereit, Bo, in guten wie in schlechten Zeiten..."

„Ja, ich will." Sie errötet. Beinahe hätte sie ihren Einsatz verpasst.

Ein tosender Applaus erschallt in ihrem Rücken und der Organist stimmt eine freudige Musik an. Frank greift nach ihrer Hand und blickt ihr glücklich in die Augen.

Ein zärtlicher Kuss vollendet den Moment.

So einfach ist das, denkt Bo. Jetzt ist sie verheiratet. Ja - zwei Buchstaben mit soviel Tragweite. Ein leichter Schauer läuft ihr über den Rücken. Alle heiraten, also auch sie. Daran kann doch nichts falsch sein. Bo blickt in strahlende Gesichter, als sie Hand in Hand mit Frank aus der Kirche tritt. Ein Blütenregen geht auf sie herab und die ersten Gäste fallen ihr um den Hals.

„Glückwunsch!" Monika, den kleinen Sohn fest an der Hand, ist die erste Gratulantin. „Alles Gute für die Zukunft."

Schon drängen sich die Nächsten zu ihr durch, herzen und umarmen sie. Eine nicht enden wollende Schlange an Menschen.

Da steht ihr Vater vor ihr. „Jetzt bist du gut untergebracht," murmelt er verlegen und ein winziger Schimmer in den Augen verrät seine Rührung. „Ich wünsch euch alles Gute." Eine große Geste für ihn. Er, der sonst wenig von seinem Seelenleben preis gibt, drückt sie kurz an sich. „Du siehst toll aus." Fügt er noch schnell hinzu, bevor die nächsten Gratulanten ihn zur Seite schubsen.

Franks Stimme ertönt über all dem Lachen und Gemurmel. „Jetzt lasst uns feiern, dass die Balken sich biegen."

***

Es ist ein rauschendes Fest. Die sonst so staubige Scheune erstrahlt im Lichterglanz von hunderten Kerzen. Lange Tische sind geschmückt mit dezenten Tischläufern und geschmackvollen Gestecken aus Sonnenblumen. Alle Wände wurden mit Gerätschaften behängt, die es auf einem alten Hof zu finden gibt. Sensen, Rechen, Milchkannen, ein Ochsenkummet, Pferdegeschirre und etliche Sonnenblumen, die Franks Mutter lange im Vorfeld gezüchtet hat, lassen die Gäste eintauchen in eine heimelige Atmosphäre. In einem abgetrennten Teil steht ein grosser alter Leiterwagen mit Köstlichkeiten gefüllt und rundherum biegen sich die Tische unter einem ausladenden Buffet.

Es fließt reichlich Wein und Bier und eine fünfköpfige Band sorgt dafür, dass alle ihr Tanzbein schwingen. Frank zieht mit Bo im Arm unendliche Kreise und die Zwei vollbringen ihren Brauttanz unter dem Applaus der Gäste, die nicht lange auf sich warten lassen und mittanzen. Längst sind alle Jackets und Blazer ausgezogen. Der Scheunenboden bebt und die Stimmung ist auf dem Höhepunkt.

Bo schleicht sich für eine kurze Verschnaufpause aus der Scheune. Auch ihr Blazer hängt irgendwo verwaist am Haken, denn vom vielen Tanzen läuft ihr schon der Schweiß den Rücken runter. Draußen am Nachthimmel funkeln die Sterne und die kühle Luft lässt sie aufatmen. Sie fährt sich mit den Händen durch die aufgewühlten Haare und schüttelt ihre Lockenmähne. Da sieht sie

Martina wie sie allein am Weidezaun steht und den Blick über die Weiden schweifen lässt.

„Hey, alles okay?" Bo gesellt sich zu ihr.

„Ja super. Ich muss mich nur mal etwas abkühlen." Martina lacht. „Dadrinnen geht ja echt die Post ab." Sie streicht sich ihre gefärbte Haarsträhne hinters Ohr und schaut Bo aufmerksam an. „Und du? Alles in deinem Sinn?"

Bo strahlt. „Es kann mir doch kaum besser gehen, oder? Es ist ein grandioses Fest mit tollen Gästen. Ich bin frisch verheiratet und zufrieden mit mir und der Welt."

„Bist du dir denn sicher mit der Heirat?"

„Warum?" Bo schaut sie irritiert an.

Martina zaudert. „Ich mein ja nur." Sie wendet sich ab. „Lass uns wieder reingehen."

Frühjahr 1994
Alles im grünen Bereich.

Zwei ereignislose Jahre sind vergangen. Bo und Frank gehen ihrem Alltagsgeschäft nach und die Zeit vergeht wie im Flug. Nun aber tut sich einiges im Leben von Bo. Durch den plötzlichen Tod ihres Vaters erbt sie eine Menge Geld. Als hätte es nicht anders sein sollen, ergibt das Erbe die nächste Planung. Ein eigenes Heim wird gesucht. Zum richtigen Zeitpunkt, denn noch eine Veränderung tut sich auf. Bo reckt ihren schmerzenden Rücken. Obwohl sie noch immer sehr schlank daherkommt mit der verwaschenen Latzhose, die sie, seitdem die anderen Hosen zu eng wurden, fast nur noch trägt, ist ihr Mutterglück deutlich zu sehen. Sie ist nun schon im siebten Monat schwanger und ihr Babybauch ist nicht mehr zu leugnen.

„Wie geht's dir?" Frank schaut ihr skeptisch zu. Er muss sich immer wieder vergegenwärtigen, dass er bald Vater wird. Er hält seine Hand auf Bos vorgewölbten Bauch, um die kleinen Tritte des Ungeborenen zu fühlen.

„Immer wenn ich die Hand auflege, ist es ruhig." Etwas enttäuscht zieht er seine Hand zurück und schon bald beginnt das kleine Wesen im Schutz des Mutterlaibes kräftig zu treten und die kleinen Füße beulen Bos

Bauchdecke aus, als wolle sich das Baby mehr Platz verschaffen.

„Autsch." Bo verzieht das Gesicht, doch die Freude über ein lebendiges Kind lässt sie gleichsam lächeln. „Du unruhiger Knirps."

Mit leichtem Druck stoppt sie ihr zappelndes Baby. Frank schaut etwas neidisch auf die Harmonie von Mutter und Kind, während Bo weiter über ihren Bauch streichelt.

„Ich habe ein Haus gefunden." Frank hat sich in den letzten Tagen und Wochen um ein neues Nest für seine kleine Familie gekümmert. Es ist nicht so einfach alle Ansprüche zu verwirklichen. Es soll groß genug sein, aber bezahlbar. Es kann renovierungsbedürftig sein, aber keine Ruine. Und es soll vor allem ein Eldorado für Kinder darstellen ohne zu sehr im Abseits zu liegen. Eben ein normales Haus auf einem großen Grundstück mit Stadtanbindung. Ideale Vorstellungen, aber nicht einfach zu finden.

„Bist du in der Lage, um es dir heute anzugucken?" Er blickt auf Bo, die gerade versucht trotz Babybauch sich die Schuhe zu binden.

„Ich bin schwanger, nicht krank." Etwas verschwommen kommt ihre Stimme aus ihrer gebeugten Haltung an die Oberfläche. „Natürlich komme ich mit, wenn du so überzeugt von dem Objekt bist. So langsam müssen wir uns ja mal entscheiden, sonst wird das nichts mehr vor der Entbindung."

Bo müht sich noch immer mit ihren Schnürsenkeln ab. „Ich sollte einfach nur Sandalen tragen."

**

Der Mann im grauen Sakko mit Designerjeans schaut Bo neugierig an.

„Was wird es denn?" Scheinbar will der Makler sie ein wenig umgarnen, um von den Mängeln des Altbaus abzulenken.

„Wir lassen uns überraschen." Bo schaut in den riesigen Garten. Dort könnte das Kind sicher wunderbar spielen. Er ist umgrenzt von stattlichen Bäumen, die im Frühlingslicht ihr herrliches frisches Grün in den Himmel recken. Eine weitläufige Rasenfläche bietet genug Platz für Sandkasten, Klettergerüst und Schaukel. Wenn es nur schon soweit wäre, denkt sie.

„Ein schöner Garten", sie wendet ihren Blick ins Wohnzimmer. „Hier muss aber einiges gemacht werden." Und sie runzelt ihre Stirn beim Anblick der dunklen Vertäfelung, die die Vorbesitzer über allem angebracht haben. Vor ihrem geistigen Auge ist sie schon dabei, die schwarzbraunen Bretter abzureißen, um dem Inneren mehr Licht und Wärme zu geben. Die völlig verlebten Teppichböden haben eine undefinierbare Farbe angenommen und die Tapeten sprechen von einer längst vergangenen Ära.

Bo streicht über eine Stelle an der Wand. Ihre Finger

berühren den ehemals goldglänzenden Samt, der früher ein Brokatmuster an die Wand gezaubert hat. Nun macht er eher einen verstaubten, schmutzigen Eindruck. In ihrer Fantasie sieht sie die verstorbene Dame des Hauses am offenen Kamin sitzen, die Füße hochgelegt auf einen Beistellhocker und eine Tasse Tee in der Hand. Dazu auf den Knien eine flauschige Decke und ein Buch zum Schmökern. Da würde sie auch gerne sitzen, ihr Kind auf dem Schoß und gemütlich den Tag beenden. Doch bis dahin ist es noch sehr viel Arbeit.

„Im Prinzip muss hier alles raus!" Frank kommt mit einer Liste ins Wohnzimmer und stellt sich zu Bo. „Könntest du dir vorstellen, aus dieser – äh – alten Bude etwas Schönes zu machen?" Er weiß um ihre gute Vorstellungskraft als Grafikerin und beide sind zudem handwerklich begabt.

„Also, wenn man hier erstmal mehr Licht reinbringt, ist es schon viel besser." Um die Kunden bemüht, reißt der Makler die vergilbten Gardinen zur Seite. „Natürlich ist hier einiges zu tun, aber allein der Garten ist ein Paradies. Denken sie mal, wie schön ihr Kind darin spielen kann." Der Mann säuselt um Bo und Frank herum, während die beiden noch unschlüssig die Liste mit den Aufgaben durchgehen, die zu erledigen wären.

„So etwas muss gut überlegt werden." Frank unterbricht den Redefluss des Maklers. „Wir müssen das gut überdenken. Schließlich macht man das nur einmal im Leben, oder?"

„Wahrscheinlich."

Bo sieht sich schon die Tapeten abreißen als ein kleiner Fusstritt ihre Aufmerksamkeit verlangt.

„Ich denke auch, wir melden uns bei Ihnen."

***

Es beginnt eine anstrengende Phase im Leben von Bo und Frank. Sie haben tatsächlich den Altbau gekauft und leben nun in Aach, einem Vorort von Trier. Hier sind sie schnell in der Großstadt und trotzdem im Grünen. Zeitgleich zum Hauskauf tritt aber noch im Wonnemonat Mai ein kleiner, süßer Junge in die Welt der beiden und hält sie mächtig auf Trab. Kai ist ein sonniges Kerlchen mit dunklen langen Haaren, feinen Fingern und den typischen blauen Augen eines Säuglings, die noch sehr skeptisch drein blicken. Vor allem, wenn Bo eines der lauten Werkzeuge wie den Tapetenablöser benutzt, statt den kleinen Knirps im Arm zu kuscheln. Dann liegt Kai inmitten des ganzen Chaos im Wohnzimmer auf einer riesigen Luftmatratze in Form einer Insel mit Palme. Jedes Mal, wenn er mit seinen Beinchen zappelt, wackelt die Palme über ihm und er guckt fasziniert zu, während Bo fluchend eine Schicht Tapete nach der anderen von den Wänden schrabbt.

„Wie kann man nur alle Tapeten übereinander kleben. Das ist ja der reine Wahnsinn." Bo ist über und über mit Papierfetzen behängt. So mühselig hat sie sich das Renovieren ihres Eigenheims nicht vorgestellt. Das komplette Wohnzimmer liegt voll mit Schutthaufen aus abgefallenem Putz, Tapetenresten, Teppichstücken und dazwischen ihr genügsames Kind.

„Gut, dass du so friedlich bist." Glücklich lächelt sie Kai an, der mit fünf Monaten schon viel Staub geschluckt hat. In dem Moment verzieht sich das Gesicht und ein weinerlicher Ton entschlüpft seinem Mund.

„Hab verstanden." Bos Brust reagiert wie ein Bewegungsmelder. Beim ersten Ton ihres Kindes schießt ihr die Milch ein und sie legt ihr Werkzeug brav zur Seite.

„Pause, mein Süßer." Vorsichtig nimmt sie Kai hoch und setzt sich mit ihm auf einen alten Stuhl in die Küche, dem einzigen Ort, an dem nur wenig Chaos herrscht. Sie hebt ihr T-shirt und drückt ihren Sohn zärtlich an ihren Körper. Sofort sucht Kai erfreut nach ihrer Brust. Seine Händchen berühren sanft ihre Haut und ein tiefes Gefühl von Vertrauen zwischen Mutter und Sohn durchflutet Bo. Liebevoll schaut sie auf das kleine Gesicht. Er hat seine Augen geschlossen, während seine Lippen genüsslich an ihrer Brustwarze saugen. Kai ist ein Genießer. Immer wieder macht er kurze Trinkpausen, öffnet seine Augen, um nach Bo zu schauen und sein Mundwinkel verzieht sich zu einem schmalen Lächeln, ohne dabei allerdings ihre Brustwarze freizugeben.

„Hey, du kleiner Charmeur. Trink mal ruhig weiter." Sie freut sich auf diese Pausen. In all dem Schutt und Dreck um sie herum, ist es für sie die beste Möglichkeit alles mal ruhen zu lassen. Das alte Haus birgt doch mehr Arbeit als gedacht, aber allmählich kommen Frank und sie voran. Zumindest ist das Erdgeschoss langsam fertig renoviert. Das Kinderzimmer ist schon richtig gemütlich. Kleine Teddybären fliegen in Heißluftballons über die Tapeten, deren sanfte Farben dem Zimmer eine kuschelige Wärme geben. Das Kinderbett aus weißem Holz steht nah am Fenster, so dass Kai vom Bett aus die winkenden Blätter der Esche sieht. Das Zimmer ist nach Osten ausgerichtet, so dass die ersten Sonnenstrahlen durch die knallgelben Gardinen blinzeln und den kleinen Langschläfer jeden Morgen sanft wecken. Dann zappelt er in seinem Bettchen so lange, bis Bo das Bimmeln der Glöckchen bemerkt, die an einem Greifarm über dem Bett baumeln. Ein Mobilé aus Indonesien lässt dazu die grellbunten Fische tanzen, bevor Kai seine Stimme erhebt und nach Bos Muttermilch ruft. Dann eilt sie zu ihm und beide verbringen so wie jetzt ihre Zweisamkeit.

Ein Grummeln unterbricht ihre Gedanken. Ein Donnerwetter kündigt sich an. Nicht draußen. Nein, noch bevor Kai den letzten Schluck Milch getrunken hat, verdunkelt sich sein Gesicht. Er kneift die Augen zu, krümmt kurz den Rücken und ein knatternder Pups entweicht diesem kleinen Körper. Danach sichtliche Entspannung. Er blinzelt seine Mutter an und lächelt, bevor ein kleines Bäuerchen seinem Mund entweicht.

„Du bist mir ein Schelm." Bo lacht und verzieht gleichsam ihr Gesicht. „Pfui, wie kann ein so kleiner Kerl so stinken." Sie nimmt ihren Sohn vorsichtig hoch und eilt mit ihm zum Wickeltisch.

***

Frisch gewickelt liegt Kai nun wieder auf seiner wackelnden Plastikinsel, während Bo die abgekratzten Tapetenreste in Müllsäcke stopft. Frank sieht ihr träge zu.

„Und, was macht das Bad?" Sie schaut ihn forschend an. Momentan ist der Schwung der ersten Renovierungstage verflogen und Frank kämpft mit dem Badezimmerfliesen.

„So einfach wie du denkst, ist das nicht." Franks Stimme klingt gereizt. „Hier ist einfach alles schief in diesem Haus."

„Dann nimm's halt nicht so genau." Bo bemüht sich möglichst gelassen zu wirken. „Es ist und bleibt ein Altbau. Aber er sollte auch mal fertig werden. Du bist nun schon zwei Monate nur mit dem Bad zugange." Sie schaut sich im Raum um, der noch immer eher einer Baustelle als einem Wohnzimmer gleicht. „Und hier ist auch noch reichlich Arbeit." Sie bückt sich und hebt schwungvoll einen der Müllsäcke hoch, der daraufhin mit einem zischenden Geräusch platzt und der matschige Klumpen aus Tapetenresten ergießt sich hämisch auf den Boden.

„Scheiße, verdammte." Bo ist den Tränen nahe. So hatte sie sich das neue Leben nicht vorgestellt. Nur Arbeit, Dreck und wenig Schlaf zerren an ihren Nerven.

„Komm, mach Pause." Frank nimmt zaghaft ihre Hand und zieht sie an sich. „Guck mal, Kai ist zufrieden mit seinem Reich." Und er schiebt sie sanft zu ihrem Sohn auf die Insel. „Pause!" Energisch legt er Bo neben Kai und klemmt sich selber noch auf die Liegefläche. Die Palme wackelt dabei gefährlich auf und ab, was Kai zu lautstarkem Glucksen bringt. Er reckt seine Ärmchen der winkenden Palme entgegen und zappelt wie ein Hampelmann mit seinen Beinchen. Frank schaut belustigt zu Bo. „Siehst du, unser Sohn findet es hier prima. Alles im grünen Bereich." Bo seufzt. „Aber ich hätte schon gerne zu Weihnachten ein halbwegs normales Zuhause." Dabei schmiegt sie sich müde an ihre zwei Männer. „Okay, eine kurze Pause ist erlaubt."

1996
Kein Slogan der Welt kann sie locken.

„Tufta, tufta, tufta." Kais zarte Stimme hat inzwischen an Stärke gewonnen, vor allem wenn er seinem jüngeren Bruder die Welt zeigen will. Jannik schaut ihm wissbegierig zu und grunzt unverständliche Laute in Richtung der Holzeisenbahn. Kai schiebt derweil vorsichtig die knallrote Lok über die Holzschienen und imitiert jedes erdenkliche Geräusch. „Tüüüüt, quiiiiietsch." Jannik robbt auf seinen Bauch über den Teppichboden bedenklich nah an das für ihn so faszinierende Ding auf den Schienen. Seine Arme greifen unkontrolliert nach vorn und schon kommt die Bahnhofsbrücke ins Schwanken. „Neiiin." Kais Stimme erhebt sich zu einem schrillen Aufschrei, doch das Bauwerk bricht unter dem erstauntem Blick seines Bruders zusammen. „Aaah." Die ersten Tränen kullern aus Kais Augen. Durch das Geheul alarmiert, eilt Bo ins Wohnzimmer. Das Chaos aus Holzteilen der Eisenbahn umgibt Jannik wie ein großes Puzzle und siegreich hält er eine Holzschiene triumphierend in die Luft, während sein Bruder wütend versucht ihn zur Seite zu schubsen.

Das Haus ist bis auf einige Kellerräume fertig renoviert und inzwischen tummeln sich zwei Jungs in einem

63

gemütlichen Wohnzimmer auf dem Teppichboden. Die Wände sind in einem ganz schwachen Gelbton gestrichen und geben ein sanftes Licht ab, wenn die Sonne sie bescheint. Ein Sammelsurium aus alten und neuen Möbeln grenzt den Bewegungsraum der Kinder ein, aber die fühlen sich eigentlich sehr wohl zwischen ihrem Spielzeug. Bis auf jetzt.

„Kai, nicht schubsen. Dein Bruder ist noch zu klein, um zu verstehen, was er falsch macht." Schnell mischt sich Bo ein, um Schlimmeres zu verhindern.

„Ich helfe dir beim reparieren." Sie setzt sich auf den Teppichboden zu ihren Söhnen und streicht ihrem älteren Sohn zärtlich über sein schmales Köpfchen. Im Gegensatz zu Jannik ist Kai noch immer ein zart gebauter Junge mit feinen Gliedmaßen und heller Stimme. Seine dunklen Haare haben inzwischen zu einem Dunkelblond gewechselt, doch seine blauen Augen sind geblieben. Jannik dagegen ist ein richtiger Wonneproppen. Seinen Kopf krönt ein Flaum aus hellen Härchen, die nur bei genauem Hinsehen zu erkennen sind. Seine großen Hände deuten schon jetzt daraufhin, dass er mal ein stattlicher Mann werden wird. Und wenn er lacht, ertönt ein tiefes, fröhliches Glucksen. So auch jetzt, während er weiter in sein eigens verursachtes Chaos rutscht, hier und da siegreich einen Teil der Bahn erhaschend.

„Komm du mal her, du Racker." Bo schnappt sich ihren Jüngsten und setzt in neben sich. Sie funkelt ihn scherzhaft an und entzieht seinen kräftigen Händen die

Siegestrophäen. „Nicht kaputt machen! Schau mal." Sie beginnt die Bahn wieder herzustellen. „Komm Kai, hilf mir. Du kannst das besser als ich." Stolz über Mamas Lob, baut er eifrig zusammen mit seiner Mutter die Holzbahn wieder auf, während Jannik sie neugierig brabbelnd beobachtet.

„Er macht immer alles kaputt." Kai wirft ihm einen bösen Blick zu. Doch es dauert nicht lange und er drückt seinen Zeigefinger auf Janniks Nase, der freudig quietscht und mit den Armen rudert. Bo lacht und küsst dankbar ihren Großen. „So ist das super." Liebevoll schaut sie auf ihre kleine Rasselbande. Auch wenn die Jungs sie auf Trab halten, liebt sie sie über alles. Das Haus mit dem großen Garten ist noch lange nicht fertig renoviert und sie wechselt stündlich ihre Rolle als Mutter und Handwerkerin, aber sie geht voll darin auf. Auch wenn sie manchmal ihre Arbeit in der Agentur vermisst, merkt sie jetzt, dass die Verantwortung einer Mutter um ihre Kinder weit aus größer ist, als die Verantwortung über Werbemittel und gute Bilder. Kein Slogan der Welt kann sie im Moment von ihren Kindern weglocken. Auch wenn ihr manchmal das Lachen von Simone fehlt.

1997
Bo fehlt ein ruhiges Gespräch.

Ihr Blick wandert in den Garten. Mitten in der Rasenfläche haben Frank und sie ein Holzhaus mit Schaukel und Sandkasten gebaut. Die Sonne funkelt durch die hohen Bäume und senkt sich auf die Bambuswedel rund um das Holzhaus. Ein leichter Wind lässt die Wedel schwingen und ihr Blick fällt auf die verwaisten Gartenstühle. Sie schaut auf die Uhr im Wohnzimmer, die ihr verrät, dass gleich Sigrid, eine Freundin aus der Nachbarschaft mit ihren gleichaltrigen Söhnen kommen wird.

„Kai, gleich gibt es Besuch. Also, lassen wir jetzt mal das Spielzeug im Wohnzimmer und gehen in den Garten." Sie nimmt Jannik auf den Arm und läuft hinaus. Sie setzt den strahlenden Jannik mitten in den Sandkasten, der daraufhin sofort wild mit der Schaufel Sand hochwirbelt. Im Nu sieht er aus wie eine gepökelte Statue, was wiederum Kai zum Lachen bringt.

Er quietscht lauthals und beginnt ebenfalls mit Sand zu werfen. Bo schüttelt machtlos ihren Kopf. „Ihr Ferkel", ruft sie entrüstet, aber ein glückliches Lächeln überzieht ihr Gesicht. In dem Moment kündigt die Türschelle noch mehr Trubel an.

***

„Hallo." Unverkennbar schallt die Stimme ihrer neu-
en Freundin über jeglichen Kinderlärm. Trotz ihrer geringen Größe von nur einsfünfzig Körpermaß, ist Sigrid
nicht zu überhören, denn ihr lautes Organ drängt jeden
zur Seite. Ihr Erscheinen gleicht einem Vulkanausbruch,
der ihr Umfeld aufrüttelt und in Atem hält. Sie rauscht
lautstark ins Haus, an den Händen jeweils ein Kind im
Schlepptau. Ihre sportliche, drahtige Figur betont ein
ärmelloses Top und knallenge Jeans. Für eine Frau hat
sie ungewöhnlich muskulöse Arme, auf denen die Adern
pulsierend hervortreten. Im Hausflur entlässt sie ihre
Kinder und schiebt sich ihre Rayban-Sonnenbrille von
der Nase hoch ins glatte, schwarze Haar, wodurch ihr
Gesicht noch breiter wirkt als es schon ist.

„Was schleppst du denn alles an?"

Bo nimmt ihrer Freundin den Rucksack ab, der auf
ihrem Rücken klemmt. Sie trägt den prall gefüllten Sack
geradewegs Richtung Terrasse.

„Ich mach uns noch schnell einen Kaffee. Die Kinder können im Garten spielen. Ich habe den Sandkasten
schon hergerichtet."

„Euer Garten ist echt schön." Sigrid steht neben ihr
und betrachtet das große Anwesen. „Aber er macht auch
ganz schön viel Arbeit! Müsst ihr nicht die Hecke bald
schneiden?" Ihr Blick fährt die Länge des Grundstücks
ab. Bo seufzt.

„Allerdings. Aber Frank ist immer soviel auf Dienstreisen. Alleine ist mir das etwas zu viel. Das sind immer mindestens sechs Anhänger voll mit Grünzeug, die da zusammen kommen."

„Ich kann dir doch helfen. Sag einfach wann, dann komme ich und pack mit an." So ist Sigrid. Jederzeit hilfsbereit und hyperaktiv. Auch jetzt flitzt sie zum Sandkasten, wo sich die Kinder gerade wieder mit Sand bewerfen.

„Hey, ihr Lümmel." Ihre Stimme tönt durch den Garten, dass sicherlich jeder Nachbar es mitbekommt. „Der Sand ist zum Spielen gedacht, nicht zum Werfen!" Sie wedelt ihrem jüngsten Sohn eine Ladung Krümel vom Kopf. „Baut mal eine Sandburg." Schon steht sie wieder auf der Terrasse und greift nach der Kaffeetasse, die Bo ihr hinhält.

„Setz dich doch. Die Jungs spielen schon alleine." Bo will die Sonne genießen, deren warme Strahlen die Terrasse aufheizen. „Wer weiß, wie lange das schöne Wetter noch anhält."

Tok, tok, tok. Ein Specht hämmert in der großen Tanne am Grundstücksende. Sein rhythmisches Klopfen ist deutlich zu hören, denn kein Straßenlärm dringt hinten in den Garten. Meisen hüpfen durch die Hecke und singen ihr Lied. Die Idylle wäre perfekt für einen impressionistischen Maler. Auf seinem Gemälde: zwei Frauen genießen die Sonnenstrahlen im Herbst, während die Kinder im Sandkasten spielen. Kaffee und Gebäck schmücken den Terrassentisch. So könnte jeder Tag gemütlich zu Ende gehen.

Bo schaut Sigrid prüfend an.

„Ist das ernst gemeint? Ich meine, deine Hilfe? Es ist wirklich viel Arbeit mit diesem Garten."

Sigrid entspannt sich für einen Moment. „Klar. Zu zweit geht das bestimmt ganz flott." Sie schließt für einen Augenblick die Augen und lässt sich von der Sonne verwöhnen. Bo tut es ihr gleich.

„Wollt ihr was trinken?" Schon durchbricht Sigrids Stimme die kurze Stille. Sie schaut in Richtung Sandkasten, doch dort herrscht friedliches Gekrabbel.

„Die melden sich schon. Entspann dich!" Bo hat wieder ihre Augen geschlossen, während sie Sigrid zur Ruhe bringen will. Ruhige Minuten mit ihrer Freundin sind eine Seltenheit. So sehr sie die Hilfsbereitschaft von Sigrid und ihren Aktionismus schätzt, ab und an fehlt Bo ein ruhiges Gespräch. Aber dafür ist Sigrid nicht geschaffen.

Bo nimmt einen tiefen Schluck aus ihrer Kaffeetasse. „Okay, wir können ja morgen den Garten in Angriff nehmen."

***

Trotz des kühlen Windes ist es Bo zu warm. Sie streift ihre Gartenjacke ab und wirft sie achtlos über die Kinderschaukel. Ihr Haar hängt wirr im Gesicht und sie versucht es mit einem Stirnband zu bändigen. Mit ihren Beinen steht sie in einem Haufen aus Ästen und versucht mit der Astschere die Zweige zu zerkleinern, während Sigrid wie ein Derwisch bündelweise die Stängel packt und auf den bereitgestellten Anhänger drückt. Auch sie ist nur mit T-shirt und Jeans bekleidet, obwohl die abgeschnittenen Äste den beiden die Arme arg verkratzen.

„Autsch." Bo zuckt zurück. „Diese blöde Berberitze. Hat Stacheln wie ein Seeigel."

Sie reicht Sigrid einen pieksenden Zweig. „Vorsicht. Der sticht ekelig." Trotz Gartenhandschuhe haben sich die Frauen schon einige abgebrochene Dornen eingefangen. Sie wüten seit drei Stunden im Garten, doch nur langsam wird der riesige Haufen abgeschnittener Äste kleiner.

„Da lieb ich doch meinen kleinen Garten. Der wäre schon dreimal fertig." Sigrids Stimme dringt nur nuschelnd an Bos Ohr, während sie erneut ein Bündel davon trägt. Ihr eigener Garten misst nur wenige Quadratmeter und besticht durch Kargheit. Die Rasenfläche umrahmt mit Pflanzkübeln, die ausgefüllt sind mit verschiedenen Blumenstauden und Dauergewächsen. Eben ein Garten im Neubaugebiet, der noch wenig Charme besitzt. Das Anwesen von Bo und Frank dagegen besticht durch den Jahrzehnte alten Baumbestand, eine wunderschöne Staudenvielfalt und natürlich durch seine enorme Größe, wodurch verwunschene Ecken entstanden sind im Laufe der Jahre. Aber er macht eben auch viel Arbeit.

„Pause?" Bo streckt ihren Rücken und schaut zu den Kindern, die abseits von den Freundinnen fröhlich spielen. „Wir machen diesen Hänger noch voll, dann gibt es Keks-Pause."

„Nicht verkehrt. Aber wenn wir uns sputen, schaffen wir den Rest heute auch noch." Sigrid schaut sich auf dem Grundstück um. „Sieht schon richtig gut aus, unser Werk." Dabei zupft sie sich ein Blatt aus dem Nacken und streift die Handschuhe wieder über die traktierten Hände. Gemeinsam fegen sie schon bald die letzten Gartenabfälle mit dem Rechen zusammen.

„Danke, für deine Hilfe." Bo guckt Sigrid glücklich an. „Alleine würde ich heute Nacht noch hier stehen."

„Kein Problem. Kannst mich immer fragen. Allerdings für heute reicht es." Lachend wirft Sigrid ihre Handschuhe auf den Gartentisch und lässt sich auf einen Stuhl plumpsen. „Fertig!"

„Mamaaaa, hab Hunger."

„Das war zu befürchten." Bo schaut müde in Richtung der Kinder, die wie auf Kommando gucken, als würden sie seit Stunden verhungern. „Ich glaube, nach der Schufterei machen wir mal eine Ausnahme und gönnen uns was Ungesundes." Sie zwinkert Sigrid zu. „Kinder, heute ist Pommes-Tag!"

Bevor sie zu Ende sprechen kann, dringt ein erfreutes ‚Jaaaa' an ihre Ohren und die zwei größeren Jungs kommen herangestürmt soweit man von stürmen sprechen kann. Es ist mehr ein Stolpern und Straucheln auf dem unebenen Rasen.

Und die zwei Jüngsten krabbeln, bei soviel Begeisterung in der Luft, ihren Brüdern hinterher.

***

Der typische Fettgeruch von frischen Pommes in lauwarmen Packpapier vermischt sich mit dem Gemisch aus Schweiß und frischem Laub. Ein gieriges Geschnatter legt sich darüber und die kleine Runde macht sich hungrig am Gartentisch über die Pommes her.

„Heute vergessen wir mal den Gesundheitsgedanken." Bo steckt ihrem Jüngsten eine fettige Pommes in die Hand. Jannik schaut sie mit einem mit Ketchup verschmierten Gesicht glücklich an. Selbst auf seine Nase hat sich ein roter Klecks verirrt, was zu den übrigen Dreckspuren im Gesicht und auf den Händchen einen auffallenden Kontrast bildet.

„Du kleiner Dreckspatz." Liebevoll streicht sie ihrem Sohn über sein Haar. Aus dem spärlichen Flaum nach der Geburt, ist ein lockiger Blondschopf geworden, in dem jetzt allerdings Blätter und Grashalme stecken.

„Ihr seht alle wie richtige Waldgeister aus." Sigrid zupft ebenfalls ihren Kindern das Gröbste vom Körper. „Wir hätten vielleicht erstmal eine Grundreinigung vornehmen müssen."

„Ach was, so schmeckt es am besten." Bo legt ihre müden Beine auf einen weiteren Stuhl und reckt entspannt ihre Glieder. „Dreck scheuert den Magen. Wir sind auch nicht ständig mit Feuchttüchern und Desinfektionsmitteln traktiert worden und trotzdem sind wir groß geworden." Dabei grinst sie Sigrid schelmisch an. „Na ja, zumindest ein bisschen größer."

„Boah, hör bloß auf zu lästern, sonst war dies das letzte Mal, dass ich dir helfe." Dabei streckt sie sich lachend, um möglichst groß zu wirken.

„Wir müssen aber langsam mal gehen, sonst ist euer Papa gleich zu Hause und vermisst uns." Sigrid guckt ihre Kinder auffordernd an, die noch immer glückselig die letzten Pommes in ihre schmutzigen Gesichter drücken.

„Wann kommt denn unser Papa?" Kai blickt Bo fragend an.

„Ich weiß nicht genau, er hat immer viel zu tun."

Bo fragt sich, wann Frank eigentlich mal pünktlich zum Abendessen daheim war.

„Ihr Zwei landet sowieso erstmal in der Badewanne."

2007
Ist das alles, was sie im Leben will?

Bo schaut in den Badezimmerspiegel. Sie schaut in ein müdes Gesicht. Unter den Augen zeichnen sich leichte Schatten ab und in den Augenwinkeln hocken spöttische kleine Falten. Das grelle Licht im Badezimmer entdeckt unbarmherzig zwei erste graue Haare. Mehr erstaunt als entsetzt starrt Bo auf diese zwei Zeitzeugen.

„Ihr Zwei seid etwas zu früh dran", ermahnt sie ihr Spiegelbild, das mit 42 Jahren trotz kleiner Schwächen noch sehr jugendlich ausschaut.

„Wieso?" Kais Stimme lässt sie unmerklich zusammenzucken. Für einen Moment hatte sie ihre Söhne in der Badewanne vergessen.

„Ach nichts." Sie dreht sich um und lacht. Die Zwei quetschen sich in der Wanne zusammen, die Beine teils übereinander verzahnt. Inzwischen füllen sie die Wanne komplett aus, was sie nicht von einem gemeinsamen Bad abhält.

„Machst du uns Kronen?" Jannik hält ihr auf seinen Händen einen Schaumberg entgegen.

„Klar. King Jannikus." Sie kniet vor der Wanne nieder und drapiert den Jungs eine Schaumkrone aufs Haupt. Dazu noch einen Ziegenbart nebst Schnäuzer.

„So müsste euch der Papa sehen!" Sie eilt aus dem Raum, um den Fotoapparat zu holen. „Guckt mal zu mir. - Bitte lächeln!"

Fröhlich schneiden beide Fratzen in die Kamera.

„Das gibt ein lustiges Foto für euren Vater. Aber nun wird es Ernst. Haare waschen!"

Bo streift sich die Pulloverärmel hoch. Spaß beim Baden ist die eine Sache, Haare waschen dagegen ein Drama.

„Wer zuerst?"

Ein vereintes Veto ertönt.

„Keine Haare!" Jannik patscht vor sich in den Schaumberg, dass die Flocken hoch fliegen und eine Wasserwelle über den Rand der Wanne schwappt.

„Hör sofort auf damit!" Bos gereizte Stimme wird laut. „Macht nicht jedes mal so ein Theater. Je schneller ihr damit fertig seid, umso eher können wir es uns vor dem Fernseher gemütlich machen."

Sie wendet sich an ihren Ältesten. Mit seinen dreizehn Jahren ist er noch immer ein zarter, aber mittlerweile großer Junge, der zurückhaltend, aber zielbewusst durchs Schulleben geht. Alle Lehrer lieben ihn, den fleißigen, höflichen Jungen. Nur zuhause zeigt er, wie stur er sein kann.

„Nimm Jannik, der ist dreckiger. Oder doch mich, dann kann ich schon fernsehen."

Schnell hat er die Situation durchschaut und hält Bo seinen Kopf hin, die nicht lange zaudert. Mit geübten

Handgriffen schäumt sie seine Haare ein und greift schon nach der Brause.

„Augen zu." Schon quillt das Wasser über Kais Kopf. Ein Prusten entweicht dem Wasserstrahl, aber er lässt die Prozedur brav über sich ergehen.

„So, schon erledigt." Mittlerweile sind die Ärmel von Bos Pulli klatschnass. Sie packt ein Handtuch und rubbelt ihrem Sohn über die Haare.

„Schnell in den Bademantel." Sie küsst Kai sanft auf die Wange.

„Blitzblank! Dann geh schon mal ins Wohnzimmer und kuschel dich in die Sofadecke."

Die dampfende Luft hat längst die Fensterscheibe und den Spiegel beschlagen. Bo schwitzt und ist froh über den kühlen Lufthauch, der für einen kurzen Moment durch die Türöffnung dringt, als Kai aus dem Bad huscht.

„Nun zu dir, du Dreckspatz."

Janniks Hals ziert noch immer ein Schmierstreifen aus Lehm.

„Dich muss ich wohl noch richtig schrubben."

Unter lautem Protest entfernt sie mit Waschlappen und Seife von ihrem Sohn die Spuren eines Nachmittags im Garten. Ihr Jüngster ist schon fast so groß wie sein Bruder und wesentlich robuster gebaut. Breite Schultern und ein kräftiger Rumpf lassen keinen Zweifel daran, dass er tatkräftig durchs Leben will. Nicht immer überlegt, aber absolut furchtlos und so manch ein Lehrer hat schon seine Entschlossenheit kennen gelernt, wenn er sich dem Unterricht verweigern wollte. Mit seinen blauen Augen und dem tiefen Lachen kann er so liebenswert sein, wie er gleichsam mit dem Kopf stur durch die Wand will, wenn er sich etwas vorgenommen hat. Anders als sein Bruder, der jeden Schritt genauesten überlegt. So verschieden wie sie sind, Bo liebt sie über alles.

Welcher der beiden ähnelt ihr mehr? Früher hatte ihre Mutter immer gesagt, Bo mache sowieso was sie wolle. Also ist sie auch mit dem Kopf durch die Wand gegangen? Andererseits prüft sie im Geiste alles haarklein, bevor sie eine Sache angeht. So wie Kai. Somit hätten ihre Söhne beide etwas von ihr übernommen.

„Halt still. Gleich ist es geschafft."

Bei ihr hat Yannik keine Chance. Noch behält sie die Oberhand im Kampf um die Macht.

„Nur saubere Kinder dürfen heute fernsehen!"

„Was gucken wir denn?"

„Wetten, dass? Die Show mit den spannenden Aktionen. Diesmal mit einem Trecker."

Bo würde zwar lieber den Krimi gucken, aber versprochen ist versprochen. Außerdem liebt sie es, eingezwängt zwischen ihren Söhnen auf dem Sofa zu kuscheln und abzuschalten vom Alltag.

Irgendwie fliegt die Zeit so unspektakulär davon. Sie kümmert sich noch immer um Haushalt, Kinder und Garten, während Frank in seinem Job aufgeht und dort mehr Zeit verbringt als zuhause.

Sie liebt ihre Kinder über alles, und trotzdem kommt

bei ihr die Frage auf – ist das alles, was sie im Leben will? Der Alltag wird nur unterbrochen von Urlauben, die sie zum Glück als Familie genießen können. Aber ein Jahr ist lang und die Tage zwischen den Ausflügen sind zahlreicher als die Urlaubstage, so schön diese auch sind.

Während die Jungs gebannt auf eine Aktionszene mit einem gewaltigen Trecker starren, driften ihre Gedanken ab. Sigrid hatte von einem Sponsorenlauf gesprochen. Einhundert Kilometer laufen am Stück für Afrika. Ist das zu schaffen?

Nach den ersten Zweifeln überkommt Bo immer mehr der Wunsch, einmal etwas Außergewöhnliches zu tun. Noch während Gottschalk seine Zuschauer mit weiteren aufregenden Wetten begeistert, kommt sie zu ihrer Entscheidung.

Sie legt die Arme um ihre Söhne und lächelt verträumt vor sich hin. Ihr werdet stolz sein auf eure Mama!

Es sei denn, sie würde scheitern.

Niemand im Raum achtet mehr auf die Etikette. Frank und Judith sitzen Händchen haltend auf ihren Stühlen und Judith kichert weinselig zu den Erzählungen von Bo. Katrin öffnet gerade die dritte Weinflasche und auch die Jungs spucken nicht in ihre Bierflaschen. Man könnte glauben, die Runde säße hier nicht zum ersten Mal zusammen und eine angenehme Stimmung lässt alle locker den Abend genießen. Im Hintergrund säuselt leise Musik, während Bo in ihren Erinnerungen kramt. Alle hören gespannt zu. Selbst Frank wirkt gelöst und lauscht den Geschichten seiner Exfrau. Hat er doch gemerkt, dass Bo nicht zu sehr aus dem Nähkästchen plaudert.

„Möchte noch jemand zur Stärkung einen Rest Nachtisch?" Katrin sieht es gerne von der praktischen Seite. „Dann kann ich die Schüsseln in die Spülmaschine stellen." Sie schaut auf die Jungs, die sofort den Pudding ergreifen und mit dem Löffel direkt aus der Schale essen.

„Reste sind doof. Wir opfern uns." Kai leckt sich gerade die Finger ab, die zu tief durch die Schale gelangt haben.

„Aber erzähl doch weiter, Mama. Ich glaub, ich kann mich noch erinnern." Er liegt faul auf dem Sofa, die Füße auf dem Couchtisch drapiert. Bo, die ihm gegenüber sitzt, tut es ihm gleich und legt ihre Füße neben seine. Sanft be-

rühren sich ihre Fußsohlen. Wie groß seine Füße sind! Nicht zu vergleichen mit den niedlichen kleinen Patschern von früher.

„Du hast nichts anderes mehr gemacht, als zu wandern. Völlig irre." Kai stupst sie mit seinen Zehen. „Nach der Tour haben deine Füße aber nicht gut ausgesehen!"

„Stimmt, so riesige Blasen hatte ich noch nie gehabt. Ich konnte eine Woche nur in Schlappen laufen, so weh tat alles. Aber es war eine tolle Erfahrung, so lange zu wandern. Da hat man viel Zeit zum Nachdenken. Obwohl, - nach fünfzig Kilometern denkt man nicht mehr so viel. Nur noch, dass man die Füße voreinander setzt. Eins, zwei, - eins, zwei."

Bo verstummt. Sie kann sich noch gut an die Strapazen erinnern. Aber auch an die vielen Übungswanderungen. Über ein halbes Jahr Vorbereitung. Sie grinst.

„Vielleicht sollte ich das nochmal machen. Da hat man in der Vorbereitung immer eine Ausrede, wenn es um andere Arbeiten geht. Ich konnte jederzeit mit Recht sagen, ich muss wandern. Aber ob ich das nochmal schaffen würde? Ist ja schon eine Weile her."

Mai 2007

Nur so Gedanken.

Monatelang haben sie geübt und ihr Startgeld gesammelt. Nun ist es endlich soweit. Zusammen mit Sigrid und noch zwei weiteren Freundinnen steht sie aufgeregt in einem riesigen Pulk aus zappelnden, unruhigen Läufern. Die Menge, jung und alt vereint, will in den nächsten dreißig Stunden zeigen, dass man hundert Kilometer am Stück gehen kann. Ob walken, joggen oder kriechen. Ein paar Profis wollen die Strecke in vierzehn Stunden schaffen. Andere sind glücklich, überhaupt dabei zu sein. Eine Achtzigjährige wird vom Lokalsender interviewt. Sie hat sich den Lauf als Herzenswunsch vorgenommen.

„Wenn sie das schafft, schaffen wir das auch."

Sigrid streckt zuversichtlich ihr Kinn in die Höhe.

„Wir müssen anfangs Gas geben, nach vierzig Kilometern werden wir sowieso langsamer."

„Hundert Kilometer. Das ist mehr als von Trier nach Saarbrücken. Was für eine Schnapsidee!"

Bo schaut sich um. Sigrid hat Recht. Wenn sie so sieht, wer teilnimmt, sollten sie es schaffen können. Ein paar junge Männer mit Ghettoblaster und Bierdosen im Gepäck, nehmen die Sache nicht so ernst. Dabei sein ist alles.

Aber Bo will ans Ziel kommen. Und sei es auf allen vieren. Während sie noch die Muskeln dehnt, ertönt eine Stimme durch die Lautsprecher.

„Liebe Teilnehmer des diesjährigen Benefizlaufes. Ich begrüße sie im Namen von Oxfam auf das Herzlichste! Durch ihren uneigennützigen und unermüdlichen Einsatz haben sie bereits jetzt schon Sponsorengelder in Höhe von über 700.000 Euro zusammengetragen! Dafür unseren größten Dank! Die Kinder von Afrika sind glücklich über die enorme Unterstützung."

Bos Aufmerksamkeit schweift ab. Sie ist nervös und nicht konzentriert genug, dem Sprecher minutenlang zuzuhören. Soll er doch endlich den Startschuss geben, damit sich ihr Adrenalin entladen kann. Seit Wochen sind sie fast täglich kilometerlang durch die Eifellandschaft gewalkt, haben geschwitzt, gekeucht, geflucht und gelacht. Nun gilt es die hundert Kilometer an einem Stück zu schaffen. Diesmal findet der Lauf im Naturschutzgebiet in Holland bei ‚Hooge Veluwe' statt. Ein Gebiet aus Heidelandschaft und Sanddünen. Die Sandhügel bereiten Bo die meisten Sorgen. Durch Sand zu laufen ist mühsam. Man hat das Gefühl nicht voran zu kommen. Allein die Tatsache, dass es keine Berge gibt, beruhigt sie. Schließlich haben sie fleißig talauf- und talabwärts trainiert. Das dürfte den anderen gegenüber, die eher aus Nordholland kommen, ein Vorteil sein.

Trotzdem, Respekt, wer es schafft. Aber ist es nicht doch eine Nummer zu groß? Bo zweifelt an ihrer Konstitution. Mit ihren gut vierzig Jahren ist sie sportlich, aber kein Vollprofi. Sigrid zappelt genauso aufgeregt von einem Fuss auf den anderen.

„Lass knacken, Junge, ich will starten." Sie lacht über ihre eigene Nervosität. „Ich will dem Grauen ins Angesicht sehen."

„So, liebe Teilnehmer, viel Glück und Durchhaltevermögen!" Die Stimme des Veranstalters hebt sich. „Auf drei geht's los! Eins – zwei – drei!"

Ein Pistolenschuss schreckt selbst den letzten Teilnehmer auf, der vielleicht noch nicht mitbekommen hat, dass es nun ernst wird.

Hektisch wälzt sich eine Lawine aus Menschen voran. Noch eng gedrängt, müssen Bo und die anderen aufpassen sich nicht gegenseitig in die Hacken zu treten. Doch schon nach fünfhundert Metern entstehen Lücken im endlos scheinenden Strom. Jeder nimmt sein eigenes Tempo auf, um so ans Ziel zu gelangen. Zum Glück gibt es jede zehn Kilometer einen Kontrollposten, bei welchem man Kaffee, und wenn nötig, ärztliche Hilfe bekommen kann.

Zuschauer am Wegesrand klatschen Beifall und zu allem Glück scheint die Sonne strahlend vom Himmel.

„Schon einen Kilometer geschafft." Bo lacht. Ihre Aufregung weicht allmählich und die eingeübte Routine gewinnt die Oberhand. Mit gleichmässigen, forschen Schritten schreitet sie ihrer kleinen Gruppe voran. Mit den längsten Beinen hat sie den Vorteil, weit ausschreiten zu können, während Sigrid aufgrund ihrer geringen Körpergröße hinter ihr her trippelt.

„Wenn wir so durchlaufen, schaffen wir die Strecke im Handumdrehen."

Prüfend blickt Bo sich um. Die alte Dame läuft nicht weit entfernt mit ihrer Enkelin durch die Heidelandschaft. Die Greisin strahlt soviel Zuversicht und Lebensfreude aus, dass Bo sich ein Beispiel an ihr nimmt und munter weiter geht.

Mit jedem Meter bröckelt die Zuschauermenge und schon bald laufen die Grüppchen allein für sich durch die friedvolle Gegend. Hier und da fliegt ein Vogel auf und entschwindet erschrocken. In der Ferne äsen ein paar Hirsche. Sie heben nur für einen Moment neugierig ihre Köpfe, dann grasen sie weiter ungeachtet der Menschenschlange, die sich ihren Weg sucht.

„Guck mal, der erste Posten!" Sigrid zeigt zufrieden auf eine Menschenansammlung.

„Stimmt. Das ging ja flott." Bo schaut auf ihre Uhr. „Knapp zwei Stunden für die ersten zehn Kilometer. Perfekt! Ein Kaffee wäre jetzt gut. Hoffentlich muss man nicht zu lange dafür anstehen."

Doch die Organisation ist gut durchdacht. An langen Tischen stehen Ehrenamtler und geben Kaffee und Kuchen aus.

„Alles gut mit euch?" Eine lachende Stimme reicht Bo einen pechschwarzen Kaffee. „Der hält wach."

„Bis jetzt ist alles prima. Mit dem Gebräu gebe ich

bestimmt Vollgas." Bo schlürft ihren Trunk, der bitter durch ihre Kehle rinnt. „Gibt es denn schon Ausfälle?"

„Noch nicht. Aber wenn die ersten Blasen pieksen, dann geben die ersten Läufer auf."

Bo schaut sich um. Überall auf der Wiese sitzen oder liegen Teilnehmer. Ihre Gespräche und ihr Lachen schallen über das ganze Gelände.

Einige wechseln die Schuhe oder Socken. Andere eilen noch schnell zum Klohäuschen, das extra dafür auf der Wiese postiert wurde, bevor sie weitermarschieren.

„Lasst uns gehen!" Sigrid drängt. „Nur noch neunzig Kilometer. Auf die nächste Etappe."

Wie ein Feldwebel ruft sie die Truppe zusammen. Das Organisationsteam spornt die Vier noch einmal an. Schon laufen sie weiter, dem Ziel ein Stück entgegen.

Obwohl so viele Menschen unterwegs sind, hat sich die Kette auseinander gezogen und die Vier sind nach kurzer Zeit ganz für sich. Die Sonne meint es gut und die Stimmung ist hervorragend, auch wenn noch immer ein bisschen die Angst vor dem Versagen mitschwimmt.

„Eigentlich könnten wir uns auch bei dem tollen Wetter ins Gras legen und faul sein." Ohne es wirklich zu meinen, was sie sagt, testet Bo das Durchhaltevermögen der Gruppe.

„Wir haben schließlich unser Sponsorengeld schon abgeliefert. Wen interessiert es, ob wir wirklich hundert Kilometer gehen?"

„Nix da. Ich trainiere doch nicht monatelang für

nichts." Entrüstet hebt Sigrid ihren Kopf. „Kommt gar nicht in Frage." Sie beschleunigt ihre Schritte.

„Hopsa, nicht so eilig. Wir müssen unsere Kraft schon einteilen."

„Mit Musik lauf ich euch bis Paris!" Bo grinst und steckt sich die Ohrstöpsel ihres MP3-Players in die Ohren. Etwas zu laut brüllt sie: „Mit Tina Turner geht's fast von allein." Und tatsächlich gibt ihr der schnelle Takt das Schritttempo vor und sie spurtet davon.

„Hey, wer soll denn da mithalten?"

***

Mittlerweile hat Bo ihre Lieder schon dreimal hintereinander abgespielt und die Gruppe hat inzwischen mehr als fünfzig Kilometer geschafft.

Die Füße brennen, der Rücken schmerzt, aber aufgeben will keine. Es ist längst dunkle Nacht, durch die die kleine Gruppe stapft. Das Tempo ist sichtlich geringer geworden und die wenigen Gespräche sind völlig verebbt. Bo hört weiterhin ihre Musik, die sie voran treibt. Zudem nimmt sie ihr die Angst vor den unheimlichen Geräuschen des Waldes. Dieser ist düster und die vielen Kurven des Weges lassen keinen weiten Blick zu. Jede trägt nun eine Kopflampe, um überhaupt im Finstern gehen zu können. Allerdings werfen sie nur geringe Lichtkegel in die Dunkelheit, die zudem bei jeder Kopfbewegung gespenstische Figuren in die Nacht zeichnen.

Sowie man sein Gegenüber anschauen will, blendet deren Lampe so stark, dass sich alle damit begnügen, nur auf den Boden zu starren. Nur, wenn es im Wald knackt und knarzt, fliegt ein Lichtschein ängstlich in Richtung des Geräusches und wieder zurück auf den Boden.

Doch Bo findet allmählich Gefallen daran durch die Nacht zu wandern. Für eine Weile stoppt sie ihre Musik und lauscht den Geräuschen. Eine Eule fliegt mit kräftigen Flügelschlägen davon, bevor sie sich ein Stück entfernt wieder auf einem Baum niederlässt. In der Ferne heult ein Hund. Zumindest hofft Bo, dass es hier keine Wölfe gibt.

„Alles okay mit dir?"

Als dürfe sie die Stille nicht zerstören, wendet sie sich flüsternd an Sigrid. „Ich habe das Gefühl, meine Gliedmaßen gehören mir gar nicht mehr."

„Äh, also ich kann nicht behaupten, dass es mir nicht schon mal besser ging." Sigrid rückt ihren Rucksack zurecht. „Ich freue mich schon auf ein Bad zuhause in der Wanne." Sie seufzt und reibt sich den Nacken.

„Allerdings." Bo kramt nach einem Power-Riegel. „Willst du ein Stück?" Sie hält Sigrid das süss-klebrige Etwas hin, dass seit Stunden in ihrer Jackentasche gesteckt hat.

„Nein, danke, ich hab selber."

Beide stapften gedankenverloren nebeneinander her, bis Bo nochmals das Schweigen bricht. „Sag mal, bist du eigentlich zufrieden mit deinem Leben?"

„Wirst du jetzt philosophisch?" Sigrids Stimme klingt erstaunt. „Klar, warum sollte ich nicht zufrieden sein?"

„Na ja, wir mühen uns ab zwischen Kindern, Haushalt und Garten. Aber ist das alles, was man will?"

„Ich bin ganz zufrieden damit, außerdem hab ich gar keine Zeit, darüber nachzudenken. - Und du, du bist doch auch permanent beschäftigt. Du hast ein großes Haus. Der Garten hält dich ständig auf Trab. Dazu die Aufgaben als Mutter. Frank ist meistens unterwegs." Sigrids Stimme ist längst kein Flüstern mehr. „Willst du dir noch mehr aufhalsen?"

„Die Kinder sind schneller aus dem Haus als du denkst." Bo spricht nun genauso laut in die Stille. „Etwas für den Kopf fehlt mir irgendwie."

„Was ist denn mit deiner Agentur? Kannst du da nicht ab und zu aushelfen?"

„Die ist pleite gegangen. Erst Größenwahn, dann ist der Hauptkunde abgesprungen."

„Denk nochmal in Ruhe drüber nach."

„Ha, das ist gut." Bo stöhnt. „Ich habe ja noch mindestens vierzig Kilometer Zeit zum grübeln."

Etwas enttäuscht darüber, dass sie mit Sigrid nicht tiefer ins Gespräch kommt, steckt sie sich die Ohrstöpsel in die Ohren und verschanzt sich wieder hinter ihrer Musik.

Und die Kilometer werden so richtig lang und quälend. Der Mond steht hell am Nachthimmel. Ab und an hört man ein Käuzchen rufen, ansonsten herrscht Stille. Kein Windhauch lässt die Blätter sprechen und die Läuferinnen schweigen ehrfürchtig. Ihre Schatten huschen leise über den Waldboden, der ihre Schritte dämpft, so dass selbst ein Hase sie erst im letzten Moment wahrnimmt und davon hetzt.

„Komm, da muss man durch. Zähne zusammen und weiter." Sigrid kennt kein Pardon. Als Antreiberin der Gruppe ist sie dadurch perfekt, aber etwas mehr Empathie gegenüber den schmerzverzerrten Gruppenmitgliedern, wäre vielleicht angebracht.

„Es ist nicht jede von uns als Hochleistungssportlerin unterwegs gewesen. Etwas mehr Mitleid bitte."

Bo bewundert Sigrid für ihre Auszeichnungen im Turnen, aber hier will sie keine Meisterschaft gewinnen, sondern für den guten Zweck laufen.

„Aber ab und zu muss man einfach die Schmerzen wegdenken, dann geht's immer weiter."

Sigrid lässt nicht locker. Früh hat sie gelernt, Schmerzen wegzustecken, nur mit dem Ziel vor Augen, die Beste im Turnen zu sein.

„Ich weiß, du hast alle Medaillen geholt." Bo bewundert sie dafür. „Aber heute darfst du etwas nachsichtig mit uns sein."

Die zwei anderen der Gruppe blicken Bo dankbar an. Aber ans Aufgeben denkt noch keine.

„Etwas Jammern ist erlaubt!" Sigrid grinst. „Aber im Gehen!"

***

Allmählich dringt das erste Dämmerlicht durch die Baumkronen und es ist, als würde neue Energie in die müden Beine fließen. Bo reibt sich über ihr Gesicht. Der Morgentau setzt sich in die Haare und hinterlässt einen feuchten Film auf den Wangen.

„Hoffentlich wird es gleich wärmer." Sigrid schüttelt sich. „Ich bin noch nie eine Nacht durchgelaufen. War doch etwas frisch."

In dem Augenblick treten sie aus dem Wald und ihr Blick fällt auf grüne Wiesen, die im Morgentau glänzen. Einzelne Kühe heben ihre Köpfe, um die Gruppe zu beäugen, dann widmen sie sich wieder ihrem Gras, das sie genüsslich ausrupfen und verschlingen. In der Ferne laufen noch andere Teilnehmer. Als wäre ein zweiter Motor angesprungen, bekommen die Freundinnen neuen Aufschwung und eilen mit größeren Schritten davon.

„Ziel, wir kommen dir näher!"

Erleichtert schaut Bo zum Horizont. „Den Rest der Strecke schaffe ich jetzt auch noch. Obwohl mir alles weh tut." Sie verzieht ihr Gesicht, um gleich darauf lachend zu rufen. „Wir sind aber auch verrückt!"

„Aber nicht nur wir allein! Immerhin laufen hier noch ein paar hundert andere Deppen durch die Landschaft." Sigrid, die inzwischen schon ihre Jacke ausgezogen hat, lässt sich die Sonne auf ihre gebräunten Arme scheinen. Bo schaut ihr nachdenklich hinterher.

„Sag mal, du und dein Mann, ihr seid doch auch schon ewig zusammen." Bo zögert, so dass Sigrid sie fragend anschaut. „Ja und? Ihr doch auch?"

„Ich mein nur." Bo sucht nach den passenden Worten. „Ist das bei euch eine richtig leidenschaftliche Liebe?" Sie errötet etwas und auch Sigrid scheint irritiert.

„Was hast du denn für seltsame Fragen? Du hast wohl heute Nacht zu viel Zeit gehabt." Sie runzelt die Stirn. „Klar, mal mehr, mal weniger Leidenschaft. Ist doch normal, wenn man schon jahrelang zusammen ist."

„Ich frag mich manchmal, ob es nicht eher so ist, dass aus Verliebtheit inzwischen geliebte Vertrautheit geworden ist." Bo spricht mehr zu sich selbst, so leise dringen ihre Worte zu Sigrid. „Man wird zusammen erwachsen, älter, alt. Leidenschaftliche Liebe? Ich weiß nicht."

„Was hast du gesagt?" Sigrids Stimme schreckt sie auf. Ängstlich guckt Bo sich um, ob die anderen ihr Gespräch gehört haben. Aber die anderen zwei Frauen stapfen müde ein Stück hinterdrein.

„Ach nichts. Nur so Gedanken."

„Kommst wahrscheinlich in die Midlife-Krise."

Sigrid lacht und haut ihr etwas zu unsanft auf die Schulter.

„Autsch."

„Sorry." Sigrid blickt ihr entschuldigend ins Gesicht. „Denk nicht immer so viel. Genieß dein Leben."

Sie zeigt in die Ferne, wo Fahnen geschwungen werden und ein Meer an bunten Punkten verrät, dass sich dort hunderte Menschen einfinden.

„Wir haben es geschafft. Du kannst stolz sein!"

Und wie stolz sie ist!

Bevor sie sich selber richtig versteht, umarmt sie Sigrid in einem Überschwang an Glücksgefühlen.

„Und du überlegst wirklich, das nochmal zu machen?"
Judith guckt sie ehrfürchtig an. „Ich glaube, das könnte ich
nicht. Da tut mir schon alles vom Zuhören weh." Sie lacht
und schaut Frank herausfordernd an. „Wäre das was für
dich? Ich würde dich gut unterstützen vom Wegesrand."

„Ich hab schon mal drüber nachgedacht. Aber mir fehlt
da eher die Zeit zum Üben." Frank zieht seine Lippen kraus.
Doch Judith lässt nicht locker.

„Ich reite dann nebenher und reiche dir immer was zu
essen und zu trinken." Sie klopft sich lachend auf die Schen-
kel. „Ich stell mir das gerade vor. Zum Piepen wäre das."

„Du reitest?" Interessiert schaut Bo zu Judith.

„Ja, sie hat sogar ein eigenes Pferd. So wie du damals."
Frank blickt stolz auf die Frau an seiner Seite, dann wen-
det er sich wieder Bo zu. „Komisch was? Ihr habt gewisse
Ähnlichkeiten. Dabei habe ich selber mit Pferden nichts am
Hut."

„Und wir sind im gleichen Monat geboren. Ich bin nur
etwas jünger als du." Kokett lächelt Judith in die Runde.

„Ja, dann weißt du ja, wo deine Frau steckt, wenn du
sie suchen musst. Ich war auch meistens im Pferdestall zu
finden." Bo forscht in Franks Gesicht. Aber ansonsten haben Judith und sie wohl nicht viel gemeinsam, geht es ihr

durch den Kopf. Und ihr Blick wandert zum wiederholten Mal über Judiths Figur. Nach all dem Wein scheint es Judith warm geworden zu sein und sie hat ihr Schultertuch längst über die Stuhllehne drapiert, so dass sie allen einen tiefen Einblick in ihr Dekolleté gibt. Während sie munter von ihrem Pferd erzählt, betont ihr Halsschmuck ungeniert ihre Reize. Frank schaut ihr dabei verliebt zu und Bo fragt sich insgeheim, ob er an ihr manchmal eine gewisse Weiblichkeit vermisst hat.

„Du kannst ja mal zum Reiten kommen."

Judith ist ganz in ihrem Element, doch Bo wehrt ab.

„Ich glaube, dass ist keine gute Idee. Ich habe seit Jahren nicht mehr auf dem Rücken eines Pferdes gesessen. Und die Vorstellung hinunter zu fallen, nein danke, die Zeit ist vorbei."

„Ach, reiten verlernt man nicht. Vielleicht juckt es dich ja doch mal, dann verabreden wir uns!"

Für einen Moment senkt sich Schweigen über die Gruppe. Nur die leise Musik füllt den Raum. Frank richtet sich auf.

„Sollen wir mal so langsam aufbrechen?"

Er blickt Judith an, die allerdings nimmt einen tiefen Schluck aus ihrem Weinglas, als müsse sie sich für die nächste Frage noch etwas Mut antrinken.

„Ach nö, jetzt wird es doch erst richtig interessant."

Und bevor ein anderer das Wort ergreifen kann, schaut sie gebannt zu Bo.

„Mich würde mal interessieren, wann du gemerkt hast, dass du – äh, also das du lesbisch bist?"

Bo zuckt kurz zusammen, dann blinzelt sie zu ihren Söhnen. Beide tun möglichst unbeteiligt, aber die Neugierde zischt förmlich zu ihr. Bo schluckt, dann überlegt sie. Noch bevor sie weitererzählen kann, meldet sich nochmals Frank.

„Ob das jetzt das Thema zu Weihnachten ist? Das war ja bestimmt kein Datum, dass sich festlegen lässt, oder?" Er schaut Bo ängstlich an. Hätte er es merken müssen? Bo blickt ihm in die Augen. Dann runzelt sie die Stirn und beginnt zu reden.

„Nein, ein bestimmtes Datum gibt es nicht. Es war wohl eher ein schleichender Prozess. Ich musste mich ja erstmal selber verstehen."

Nun hängen alle an ihren Lippen, voneweg Frank.

Frühjahr 2009
Ein Gedanke setzt sich in ihr fest.

„Kommst du auch zu mir? Ich mache einen Frauen-kaffeeklatsch." Sigrid, Bos beste Freundin, schaut sie aufmunternd an. „Nur so, zum Quatschen." Das ist nun drei Tage her. Bo hat nur kurz überlegt und sich entschieden, ihrem Hausfrauendasein ein wenig zu entkommen. Das Wetter ist herrlich. Die Sonne lacht vom Himmel und nichts steht einem netten Treffen im Garten von Sigrid entgegen.

Sollte sie sich schick machen? Ach, Blödsinn, jeder kennt sie in legerer Kleidung. Warum sollte sie sich an so einem schönen Tag von ihrer bequemen Hose trennen und sich verstellen? Schließlich geht sie ja nur zu einem Kaffeeklatsch. Sie fährt sich mit den Fingern durch ihre Haare. Ihre dunklen Locken fallen wie immer eigenwillig um ihr schmales Gesicht. Bo mag es möglichst natürlich. Für Schminke und Haarspray hat sie nichts übrig. Aber zumindest noch schnell etwas Deo unter die Achseln und dann ab durch die Mitte.

Als Bo den Garten betritt, sitzen dort mehrere Frauen laut durcheinander redend auf der Terrasse. Die Runde ist schon vom Kaffee zum Sekt übergegangen und der Lautstärkepegel lässt sicherlich den ein oder anderen

Nachbarn den Kopf schütteln.

„Hallo, setz dich irgendwo hin und bedien dich einfach." Sigrid saust hektisch von drinnen nach draußen. Ewig busy. Die anderen Frauen interessiert das wenig. So kennt man Sigrid. Stillsitzen ist nicht ihr Ding. Bo sucht sich einen freien Platz und schaut in die Runde. Einige Gesichter kennt sie, andere nicht. Neben der Pergola steckt sich gerade die etwas füllige Margot ein Stück Sahnetorte genüsslich in den Mund. Eine brünette, magere Frau lehnt an der Hauswand und schaut ihr dabei mit leicht gekräuselten Lippen zu. Ihr ironischer Gesichtsausdruck verrät, dass sie gerade die Kalorien im Kopf zusammenzählt. In der Ecke sitzt Nadine, eine gute Freundin von Sigrid und eine ebenfalls erfolgreiche Turnerin. Bo hat sie erst einmal gesehen. Bei ihrem Anblick fängt ihr Puls etwas schneller an zu schlagen. Leicht irritiert blickt Bo schnell weg und lauscht auf die Gespräche in ihrer Nähe, doch ein tiefes, etwas krächzendes Lachen lässt Bo aufhorchen. Es kommt von Nadine. Bo schaut zu ihr hinüber. Mit den eigenwilligen widerspenstigen Kringellocken, die sie erfolglos zu einer Frisur zwingen will, ihrem offenen Gesicht und ihrem Lachen, das ihre leicht schief stehenden Zähne zwanglos enthüllt, zieht sie Bo in ihren Bann. Für Bo geht eine seltsame Faszination von Nadine aus, die da so selbstbewusst zwischen den anderen Frauen sitzt. Bo möchte gerne neben ihr sitzen, ihrem Reden und Lachen zuhören.

„Mensch, da ist mir wieder was passiert, das passiert

sonst keinem." Nadine schaut in die Runde und lacht. „Da hab ich doch glatt den geliehenen Wagen von einer Freundin mit Diesel betankt. Dabei hat sie mir noch vorher eindringlich gesagt, denk dran, Nadine, Super tanken!" Nadines Stimme kiekst leicht, wenn sie lacht. „So was passiert immer nur mir." Bo schaut sie verstohlen an. Ist sie wirklich so chaotisch? Von Sigrid weiß sie, dass Nadine lesbisch ist. Sie ertappt sich dabei, Nadine genau zu betrachten. Ihre eher männliche Figur wird betont durch eine ausgeprägte Muskulatur. Jahrelanger Profisport hat sie genauso muskulös werden lassen wie Sigrid. Sie trägt weiblichere Kleidung als Bo, die sich mit ihrer schlabbrigen Jeans und dem zu großen T-shirt nun vorkommt wie eine graue Maus. Jetzt tut es ihr leid, dass sie sich nicht noch umgezogen hat.

„Im Sommer will ich mit dem Auto nach Spanien fahren. Mal sehen, ob ich da problemlos wild campen kann." Nadine schaut träumerisch in den Garten. „Fährst du ganz allein?" Bo ist erstaunt. „Leider bin ich solo. Meine Freundin hat letztlich Schluss gemacht."

„Das tut mir leid. Aber so alleine als Frau wild campen. Dafür braucht man schon Mut. Nicht, dass ich ängstlich wäre, aber so ganz allein würde ich nicht als Frau unterwegs sein wollen und einfach im Auto am Wegesrand übernachten."

„Nö, also bislang hatte ich noch nie Probleme. Ich achte natürlich schon ein bisschen darauf, wohin ich den Wagen stelle." Nadine setzt sich neben Bo. „Wenn auf dem Parkplatz schon ein paar schräge Vögel stehen, fahre ich einfach weiter." Nadine steckt sich zum wiederholten Mal eine widerspenstige Locke hinter ihr rechtes Ohr. „Ansonsten hab ich wohl Pech gehabt", scherzt sie und ihr übermütiges Lachen steckt Bo an. „Und ihr, was habt ihr vor?"

Bo stutzt kurz. „Oh, wir fahren nach Frankreich samt Wohnwagen. Da ist auch wild campen mal dabei, aber wir sind ja zu viert." Bo kommt sich richtig spießig vor. „Früher habe ich auch oft wild gecampt. Zu den Motorradzeiten." Irgendwie möchte sie vor Nadine nicht gutbürgerlich wirken.

Sie plaudern eine Weile über ihre Urlaubserlebnisse. Die Zeit eilt schnell dahin, ohne dass die beiden Frauen bemerken, dass sie sich ausschließlich miteinander beschäftigen. Doch dann schaut Nadine auf ihre Uhr und sieht Bo mit leicht schräg gestelltem Kopf an.

„Ja, dann wünsch ich euch viel Spaß dabei. Ich muss jetzt allerdings gehen. Hab noch was vor. Die Unterhaltung mit dir war sehr nett." Nadine erhebt sich und verabschiedet sich von Bo mit einem Kuss auf jede Wange. Eine leichte Röte schießt Bo ins Gesicht und ängstlich versucht sie sie mit den Händen zu verbergen. Als Westfälin ist ihr die offene Art, jeder Person, und sei sie auch fremd, auf die Wangen zu küssen, immer noch etwas zu persönlich.

„Ja, dann hoffentlich bis bald mal und pass auf dich auf." Bo versucht möglichst neutral zu wirken.

„Mach ich." Nadine entschwindet aus ihrem Blickfeld. Bo schaut in die übrigen Gesichter und fühlt sich ein wenig einsam. Seltsam, nachdem Nadine weg ist, kommt ihr die Frauenrunde langweilig und fade vor. Die leere Stelle neben sich, die Nadine hinterlassen hat, soll keine andere ausfüllen und so entschließt sie sich, auch zu gehen.

„Ich muss auch mal wieder. War nett bei euch." Schnell zieht sie von dannen.

Sommer 2009
Was hat diese Frau?

In der nächsten Zeit bedeckt der Alltag Bo wie eine Schneedecke im Winter die Almen auf den Bergen. Die Geschäftigkeit mit den Kindern, dem Haushalt und allen anderen anfallenden Dingen, die sich in einer Familie ergeben, überlagert alles und lässt ihr kaum Zeit zum Grübeln. Nur ist weder Winter noch kann der Alltag gänzlich ihre Gedanken begraben. Immer wieder ertappt sich Bo dabei, dass sie an Nadine und ihre sympathische lockere Art denken muss. Sie sieht sie vor sich sitzen und ihr kieksendes Lachen lässt sie heimlich schmunzeln. Was hat diese Frau, dass Bo so von ihr angezogen wird? Ist es ihre Unabhängigkeit? Nadine kann tun und lassen, was sie will. Sie lässt keine Party, keinen Kinofilm, keine Unternehmung aus, sondern nimmt alles mit. Niemand steht ihr dabei im Weg. Sie lebt schließlich allein. Aber ist es nicht schön, abends im Kreis der Familie zu sitzen, zu wissen, nicht allein zu sein? Bo würde die Gemeinschaft vermissen, so sehr sie die Freiheit, alles tun und lassen zu können, manchmal ersehnt. Vor allem, wenn all zu viele Termine im Kalender stehen, die nicht unbedingt ersehnt werden, sondern durch ihr Pflichtgefühl und ihre Hilfsbereitschaft entstehen.

So zum Beispiel nächsten Samstag. Da wird sie beim Fußballturnier ihres Sohnes Kaffee und Kuchen verkaufen, statt mal durch die Stadt zu bummeln und nach neuen Schuhen zu sehen. Der Sohn von Sigrid, das Patenkind von Nadine, spielt ebenfalls Fußball. Vielleicht taucht Nadine ja auch zufällig dort auf. Ihr Pulsschlag beginnt etwas schneller zu schlagen. Blödsinn, was soll Nadine dort auf dem Fußballplatz und selbst wenn sie dorthin käme, hätte Bo keine Zeit für sie. Bo schüttelt energisch ihren Kopf und holt den Staubsauger aus seinem Versteck. Der Lärm beim Säubern des Hauses durchdringt ihr Gehirn wie ein Steinbohrer eine hartnäckige Wand und zerstäubt ihre Gedanken. Kraftvoll, fast brutal schiebt und zieht sie den Sauger über das Parkett, ungeachtet der Möbel und Stuhlbeine, an denen das Gerät scheppernd anstößt. Völlig abgelenkt vom Lärm nimmt sie ihren Sohn erst war, als er den Stecker zieht und in die plötzliche Stille brüllt: „Hey Mama, was gibt's zu essen?" Bo zuckt zusammen und fährt ihn an. „Musst du mich so erschrecken." Ihre Stimme klingt barsch, so dass Kai ein beleidigtes Gesicht zieht. Sanfter entgegnet sie: „Ich mache gleich Nudeln. Okay?" Statt zu antworten steckt Kai grinsend den Stecker des Staubsaugers wieder in die Steckdose und das Ungetüm hängt schlürfend an der Wohnzimmergardine. Mit einem Ruck befreit Bo die Gardine aus dem Sauger, stellt das Gerät aus und begibt sich in die Küche, in Gedanken allerdings schon wieder bei Nadine.

Herbst 2009
Liebe auf andere Art

Bo starrt auf den Fernseher. Nichts an ihrem Gesichtsausdruck lässt erahnen, dass sie mit ihren Gedanken woanders ist. Während die Kommissare im Kölner Tatort dem Mörder langsam auf die Schliche kommen, irren die Gedanken von Bo in ganz andere Gefilde. Was hat der Kommissar gefragt? Wann fingen die Probleme an? Ja, wenn sie das so genau sagen könnte! Wann war ihr klar, dass mit ihr etwas nicht stimmt? Wenn ihr Mann sie ansieht, fragt sich Bo, was fühlt sie eigentlich? Vertrauen, ja, auch Respekt. Liebe? - auch Liebe, ja, aber kein Begehren. Liebe auf andere Art. Sie würde ihn immer gern haben. Aber Begehren empfindet sie keines. Im Gegenteil. Wenn er ihr näher kommt, krampft sich etwas in ihr zusammen. Angst vor Berührung. Vor Nähe. Meine Güte! Er ist ihr Mann. Aber sie sehnt sich nach der Nähe einer Frau. Warum muss das ihr passieren? Millionen Frauen sind in Männer vernarrt und ausgerechnet sie findet Gefallen am gleichen Geschlecht! Kann es nicht einfach ein schlechter Traum sein? Sie schluckt. Der Tatort ist soeben zu Ende gegangen und Anne Will lächelt die Zuschauer an. Diese Frau würde Bo auch gerne einmal kennen lernen. Deren Outing als Lesbe liegt noch nicht lange zurück. Hübsche Frau. Bo blinzelt verstohlen zu Frank. Ob er etwas merkt? Aber er blättert interessiert in einer Autozeitschrift. Kann man sein Leben so falsch führen? Und was soll sie nun tun? Kann sie so weitermachen? Als treue Ehefrau und Mutter so tun als wäre alles in Ordnung? Dabei gerät gerade alles aus den Fugen.

Die Lebenslüge hat ihren Preis. Sie lebt mit ihrer Familie unter einem Dach, schläft mit ihrem Mann im selben Bett, wälzt sich nachts neben ihm hin und her. Keine Nacht schläft sie mehr durch. Gedanken, Ängste rauben ihr den Schlaf. Daneben der Mann, der nichts weiß. Oder doch ahnt? Bo würde am liebsten alles rückgängig machen. Oder nein. Das stimmt nicht. Sie liebt ihre Söhne über alles. Für nichts in der Welt würde sie sie hergeben. Aber wäre alles anders gekommen, gäbe es sie gar nicht und ihr Leben wäre ein völlig anderes geworden. Vielleicht an der Seite einer Frau. Oder allein, aber frei von Gewissensbissen.

Franks Stuhl knarzt.

„Wie bitte?" Bo sieht ihn verstört an.

„Ich sagte, gehst du mit ins Bett?" Frank sieht sie forschend an. Bo wird es heiß. Ahnt er was? Hoffentlich wird sie jetzt nicht rot.

„Hm, ich glaub, ich guck noch ein bisschen weiter."

Frank verharrt noch kurz, schaut sie an, als könne er in ihren Kopf gucken und geht ohne ein weiteres Wort aus dem Wohnzimmer. Bo schämt sich. Was macht sie diesem Mann alles zunichte. Noch weiß er nichts von ihren Gedanken und Gefühlen. Noch kann sie das Leben so weiterführen wie bisher. Niemand kennt ihre Zerrissenheit. Es liegt ganz bei ihr, die Familie in ein Chaos zu stürzen oder ihr Leben mit einer Lüge weiter zu leben. Ach, es ist zum Verzweifeln. Was soll sie tun? Schweigen oder reden? Heute nicht, vielleicht morgen. Morgen? Morgen muss sie sich um die neuen Ausweise für die Kinder kümmern.

Winter 2009
Am liebsten würde sie das Leben aussperren.

Lethargisch liegt Bo auf dem Sofa. Aus den Lautsprechern der Musikanlage dringt die sanfte Stimme von Seal in ihr Bewusstsein. Sie fühlt sich völlig matt. Draußen wirft die Wintersonne lange Schatten auf den feuchten Rasen und eine Amsel lockt ins Freie. Doch Bo kann sich für nichts begeistern. Die Söhne sind in der Schule, ihr Mann im Büro. Bügelwäsche quillt aus dem Wäschekorb, versteckt sich hinterm Sofa.

Eigentlich könnte sie mit ihrem Leben glücklich sein. Sie haben ein grosses Haus, umgeben von einem parkähnlichen Garten. Viele Stunden hat sie darin verbracht, um ihn so herzurichten wie er nun jeden Besucher begeistert. Die alten Bäume umrahmen die naturbelassene Grünfläche, in der wie zufällig Nischen zum Verweilen einladen. Das Haus mit seinen weißen Putzwänden schmiegt sich in den Hang und die gemütlichen Möbel, die sie über die Jahre erstanden haben, strahlen Zufriedenheit aus.

Aber diese Zufriedenheit ist bei Bo nicht mehr zu finden. Im Gegenteil. Am liebsten würde sie das Leben aussperren, die Wahrheit verleugnen. Mit fast fünfzig Jahren muss sie sich eingestehen, ein falsches Leben zu führen.

Sie kann es nicht länger verdrängen. In Tagträumen hat sie eine Geliebte. Sie ist liebevoll, hat weiche Lippen und zarte Hände. Sie lacht mit ihr. Weint mit ihr. Bo möchte am liebsten ein neues Leben mit ihr beginnen, noch mal ganz von vorne.

Während sie an die Wohnzimmerdecke starrt und einer Fliege auf ihren Flügen um die Lampe folgt, kreisen ihre Gedanken immer nur um eines: Wie konnte sie eine Familie gründen, ohne Zweifel zu haben? Wie konnte sie so verblendet sein und so spät erkennen, dass sie homosexuell ist?

Und wie soll sie nun aus dieser schrecklichen Situation herauskommen? Die Angst, der Familie die Wahrheit zu sagen, lähmt sie. Was ihr früher wie ein Paradies vorgekommen ist, das Haus, der Mann, die Kinder, wird ihr zur Hölle.

Sie bewegt sich wie in einer Seifenblase, die jederzeit platzen kann, wenn man sie berührt. Ein Gedanke setzt sich in ihr fest, frisst sich in ihr Gehirn.

Es ist besser zu sterben, als ihre Familie ins Unglück zu stürzen.

***

Es ist ein trüber Tag. Die Sonne schafft es nicht, die verwaschenen Wolken auseinander zu treiben. Darunter klebt eine schwüle Wand aus feuchtem Dunst. Bo sitzt in ihrem Wagen. Die A602 bei Trier ist nur mäßig befahren und sie kann freimütig Gas geben. Das Fahrzeug rast über die Bahn. Die Landschaft rauscht wie ein Film an ihr vorbei. Völlig in Gedanken überholt sie einen Motorradfahrer, kaum merkt sie, wie knapp der Abstand zum Fahrer ist, als sie vor ihm einschert. Erst die ‚warnende‘ Hupe des erbosten Fahrers reißt sie aus ihrer Trance.

„Idiot!“ Bo zuckt zusammen und beinah hätte sie ihm den Mittelfinger gezeigt. „Okay, du hast Recht.“ Zur Entschuldigung hebt sie im Rückspiegel die Hand zum Gruß. Erst jetzt wird ihr klar wie krampfhaft sie das Lenkrad hält. Ihre Finger sind noch ganz weiß und schmerzen. Eine Haarsträhne klebt in dem leichten Schweißfilm auf ihrer Stirn. Genervt streift sie die Strähne hinter ihr Ohr. „Konzentrier dich, sonst landest du noch am nächsten Pfeiler.“ Wie von den eigenen Worten geweckt, starrt sie auf die Bahn. Noch drei Kilometer, dann würde sie die Brücke am Autobahndreieck erreichen. Eine große Brücke mit starken Pfeilern. Nur ein Ruck am Lenkrad würde genügen und sie würde ungebremst vor den meterdicken Beton rasen. Sie atmet tief aus. Dann hätten alle Probleme ein Ende. Niemand würde erfahren, was sie so unglücklich macht. Alle würden sie als treu sorgende Mutter betrauern. Kein Spott, keine Häme würde den Kindern ins Gesicht geschleudert.

Mit einem Mal ist sie ganz gelassen. Ja, so einfach würde es sein. Sie müsste nur den Sicherheitsgurt ablegen und Vollgas geben.

Sie schaltet das Radio an. „Sie hören die Nachrichten.“

Eine sonore Stimme stört ihre Konzentration. „Nein!"
Energisch drückt sie den Sprecher weg. Sie sucht nach
Musik. Ruhige Musik will sie hören. „Bridge over trou-
bled water..." leise summt Bo die Melodie. Wie oft hatte
sie Simon and Garfunkel gehört? Unzählige Male. Ja, mit
ihnen kann sie sich ein Ende vorstellen. Inzwischen rast
sie die Senke hinab, kurz vor dem Autobahnkreuz. Bo ist
ganz ruhig. Seltsam entspannt. So fühlt es sich also an,
wenn man kurz vor dem Tod steht. Sie dreht das Radio
auf volle Lautstärke und drückt das Gaspedal bis auf den
Boden. Ein kurzes Ruckeln des Motors zupft an ihren
Nerven, doch dann beschleunigt der Wagen und rast
über die Fahrbahn.

Da ist sie. Die Brücke. Noch ungefähr fünfhundert
Meter trennen Bo vom Aufprall. In einer scharfen Links-
kurve fixiert sie ihr Ziel. Dort. Der rechte Pfeiler. Majes-
tätisch. Betongrau. Kühl. Emotionslos. Knallhart.

Bo drückt auf den roten Knopf des Sicherheitsgurtes.
Langsam rollt sich der Gurt ein. Streicht an ihrem Hals
entlang wie eine raue Messerklinge. Ihr linker Arm bleibt
in der Schlaufe des Gurtes hängen. Lässt ihr noch für
einen Moment die Chance ihn wieder ordentlich anzulegen und zu sichern. Bo missachtet ihn. Gebannt fixiert
sie den Betonpfeiler. Die Musik dröhnt durch das Fahrzeug. Ihre Finger krallen sich um das Lenkrad. Soll sie
es besser loslassen, bevor sie an den Pfeiler kracht? Ihre
Gedanken wirbeln durch ihren Kopf. Kein klarer Gedanke ist mehr möglich. Sie zieht den Wagen nach rechts.

Gleich würde sie den Grasstreifen berühren, dann den flachen Graben durchpflügen und gegen den Beton preschen. Ob sie direkt tot sein wird? Zu spät, sich darüber Gedanken zu machen. Sie schluckt. Noch wenige Sekunden, dann - gleich – jetzt – ein falscher Ton mischt sich in die Musik. Nur langsam nimmt sie das warnende Hupen wahr. Sie reißt den Lenker nach links und rast zurück auf ihre Fahrbahn.

An ihrer rechten Autoseite pfeift messerscharf ein Wagen vorbei. Die Außenspiegel tuschieren sich mit einem Knall. Der Fahrer des anderen Wagens gestikuliert wild. Zieht durch und fährt davon.

Bo verlangsamt ihre Fahrt. Erschrocken drückt sie den Knopf des Radios. Aus. Stille. Nur das Fahrgeräusch der Autoreifen auf dem Asphalt dringt an ihre Ohren. Langsam atmet sie aus. Ihr Herz klopft wild und ihre Hände sind feucht. Auf der rechten Fahrbahnseite taucht ein Parkplatz auf. Sie blinkt und fährt mechanisch auf den leeren Platz. Sie stoppt den Wagen. Dreht den Zündschlüssel. Völlige Stille. Ihre Hände zittern und sie schließt die Augen.

Sie hatte nicht bedacht, dass an dieser Stelle der Autobahn Fahrzeuge von der anderen Bahn ihren Weg kreuzen könnten.

Sie war ihrer Erlösung so nah gewesen!

Tränen schießen ihr in die Augen und ein leichtes Schluchzen presst sich durch ihre verkniffenen Lippen. Sie fühlt sich völlig erschöpft, als hätte sie gerade einen riesigen Berg bestiegen. Aber nun muss sie wieder hinab und zurück in ihren Alltag. Sie öffnet die Augen und sieht die Uhr. Gleich werden die Jungs zu Hause ankommen. Sie wird zu spät sein. Die Kinder werden nach ihr suchen.

Sie dreht den Zündschlüssel. Der Motor brummt. Sie wischt sich die Tränen aus dem Gesicht und fährt langsam zurück auf die Bahn.

Ihr ist klar, sie braucht Hilfe.

2010
Der Schrei in ihrem Innern.

Bo schaut sich vorsichtig um. Sie steht in einer schummrigen Sackgasse. Von den Häusern blättert teilweise die Farbe von den Wänden. An einer Hausecke windet sich ein Efeu gen Himmel. Bo sieht wie dicke Wolkentürme über sie hinwegfegen. Hier, im Schutz des Hauseingangs, kann der Wind ihr nichts anhaben und niemand scheint sie zu sehen.

Sie drückt sich noch näher an die Tür. Eine alte Haustür mit dickem schmiedeeisernen Griff. Das moderne Klingelschild aus Aluminium passt gar nicht dazu. Seine Blende blitzt im Zwielicht auf und fordert den Besucher auf zu klingeln. Doch Bo will keinen Einlass. Sie möchte nur dem Schrei in ihrem Inneren endlich Gehör verschaffen.

Ihr Herz rast. Ihre Finger zittern. Der Brief in ihrer Hand flattert leicht. Eine Ecke steckt schon im Briefkastenschlitz. Wenn sie jetzt loslässt, rollt die Lawine. Sie zieht den Umschlag wieder zurück. Atmet tief durch.

Nein, kein Zurück mehr. Sie kann so nicht mehr weiterleben. Ruckartig hebt sie die Hand, steckt den Umschlag in den Schlitz mit den Initialen N.P. und lässt los.

Ihr Herz schlägt ihr bis zum Hals. Nervös schaut sie

sich um. Hat sie jemand beobachtet? Sie zittert am ganzen Körper. Was wird nun geschehen?

***

Bo steigt auf ihr Rad und schießt förmlich aus der Gasse hinaus. Beinah hätte sie dabei eine Frau mit ihrem Hund umgefahren.

„Pass doch auf!"

Bo macht einen gefährlichen Schlenker um die wütende Spaziergängerin und rast davon.

„T'schuldigung!"

Ihr Herz bebt noch immer, doch das Radfahren nimmt ihr ein wenig die Anspannung. Das gleichmäßige, anstrengende Treten der Pedalen lässt sie ruhiger werden. Bo sieht vor ihrem inneren Auge wie Nadine den Brief öffnet, die Augenbrauen hebt und – was dann? Wird sie Bo verraten?

Wieder fängt ihr Puls hektisch an zu klopfen. Schon bald erreicht sie ihr Zuhause. Noch sind die Kinder nicht da. Sie pustet erleichtert den Atem aus. Aber sie werden bald kommen.

Also eilt sie ins Haus, reißt sich die Jacke vom Körper und beginnt aufzuräumen. Niemand soll merken, dass sie nicht zuhause war. Sie schiebt die Stühle ordentlich an den Esstisch. Stellt die Blumentöpfe auf der Fensterbank exakt in eine Linie.

Während sie die letzte Zeit oft tatenlos auf dem Sofa

gelegen hat, packt sie nun eine krampfhafte Geschäftigkeit.

Bloss nicht stillsitzen! Sie hat ihr Handy griffbereit in
der Hosentasche, für den Fall, dass Nadine anruft.

Aber es vergehen nervenzerreißende Stunden, ohne
dass es eine Reaktion auf ihren Brief gibt.

Hat sie vielleicht den falschen Briefkasten gewählt? Bo
starrt auf die Tageszeitung ohne sie zu lesen. Was soll sie
tun, wenn Nadine gar nicht reagiert?

Bo wird immer unruhiger. Sie packt ihren Hausschlüssel und den der Nachbarin. Zur Zeit kümmert sie sich
nebenan um die Blumen. Eine gute Gelegenheit, um das
Haus zu verlassen. Sie eilt auf die andere Straßenseite. In
dem Moment kommen ihre Kinder.

„Hallo, Jungs. Ich bin nur schnell Blumen gießen.
Komme gleich."

Bevor die Jungs reagieren können, schlüpft sie in das
Nachbarhaus. Hinter ihr schließt sich die Tür mit einem
Plumps. Dann totale Stille. Sie atmet tief aus. Sie genießt die Sicherheit ihres neuen Verstecks. Erst gestern
hat sie die Blumen versorgt, daher setzt sie sich nervös
im Wohnzimmer auf einen Stuhl und blickt sich um, als
läge dort die Antwort auf alle ihre Fragen.

Eine Uhr an der Wand tickt gleichmäßig, monoton,
beruhigend. Bo versucht ihre Gedanken zu sortieren
als der Klingelton ihres Handys sie zusammenfahren
lässt. Grell schrillt es und zerreißt die Stille im Raum.
Bo springt erschrocken auf, zieht es aus der Hosentasche

und starrt auf das Display. Unbekannte Nummer. Ihr Herz rast. Könnte es Nadine sein? Es muss Nadine sein!

Ihr Puls schlägt ihr bis zum Hals. Ihr wird leicht schwindelig. Dann gibt sie sich einen Ruck und drückt auf Annahme.

„Hallo?" Ihre Stimme ist nur ein Hauch.

„Hallo, hier ist Nadine. Kannst du sprechen? Oder ist es ungünstig?" Die Stimme von Nadine klingt beruhigend. Nicht aufgeregt, nicht hämisch.

„Ich bin nicht zuhause. Und allein." Bo räuspert sich. „Ich kann sprechen."

„Okay. Ich habe deinen Brief gelesen wie du dir jetzt denken kannst. Nicht einfach, dein Problem." Nadine verharrt kurz. „Ich gebe zu, du hast mich damit etwas überrascht."

Ohne zu wissen, warum, könnte Bo in dem Moment einfach losheulen. Ist es die Erleichterung, dass Nadine so ruhig reagiert oder die Angst, dass sie eine wahnsinnige Lawine ins Rollen gebracht hat.

„Bitte sprich mit niemandem darüber!" Ihre Stimme ist mehr ein Flüstern. Angst schwingt darin und lähmt sie.

„Keine Sorge. Ich werde schweigen. Ich denke, wir sollten uns zusammen setzen und in Ruhe darüber sprechen. Kannst du morgen Abend zu mir kommen?"

***

Bo kneift ihre Augen zusammen und versucht im Mondlicht den Radiowecker zu entziffern. Halb eins. Die Stunden kriechen. Neben ihr liegt Frank und seine gleichmäßigen Atemzüge schleichen sich in Bos Ohren wie eine Mahnung. Sie betrachtet seine Silhouette, die sich unscharf im Zwielicht von der Bettdecke abhebt. Als sei durch seine Anwesenheit der Raum zu eng geworden, schnappt sie nach Luft.

Was hat sie eigentlich vor? Morgen will sie Nadine treffen, um was zu tun? Ihre Zukunft zu planen und das bedeutet? Ihm zu erklären, dass sie nicht das ist, was sie vorgibt zu sein?

Gewissensbisse nagen an ihr. Wenn sie Nadine bitten würde zu schweigen, kann sie weiterhin so tun, als wäre alles in Ordnung. Kann sie denn noch länger schweigen?

Es ist schlimm, sich zu zwingen wie die anderen zu sein, denn das bedeutet, der Natur Gewalt an zu tun.

Sie schaut weiterhin auf Frank und eine riesige Last drückt sie auf ihre Matratze. Sie dreht ihm den Rücken zu und vergräbt ihr Gesicht im Kissen. Lautlose Tränen rollen ihr die Wangen hinab. Sie unterdrückt ein Schluchzen und hofft, dass die Nacht endlich zu Ende geht. Noch Stunden wälzt sie sich hin und her. Erschöpft schläft sie in den frühen Morgenstunden ein, um kurz darauf völlig gerädert aufzuwachen.

***

Mit übernächtigten Augen sitzt sie am Frühstückstisch, aber die anderen sind mit sich selber beschäftigt, so dass sie von Bo keine Notiz nehmen.

„Schmiert euch genug Brote. Denkt dran, ihr habt heute Sport."

„Kann ich nach der Schule zu Niklas?" Kai stopft sich den letzten Bissen des Schokoladenbrotes in den Mund und packt seinen Rucksack.

„Von mir aus." Bo versucht so normal wie möglich zu klingen. „Ich bin übrigens heute Abend auch weg. Ich besuch eine Freundin."

„Dann geh ich zu Andy." Jannik guckt fragend zu Bo. „Okay?"

„Ja gut. Aber kommt nicht zu spät nach Hause." Sie beginnt den Tisch abzudecken.

„Dann bin ich wohl heute der Einzige hier, oder wie sehe ich das." Frank blickt etwas enttäuscht den Jungs hinterher, die schon das Esszimmer verlassen.

„Wen besuchst du denn?"

„Eine Freundin, Nadine, kennst du nicht."

„Und wann kommst du wieder?"

„Mal sehen, denke nicht so spät."

Unter dem bohrenden Blick von Frank wird ihr glühend heiß. Um weiteren Fragen zu entgehen, trägt sie schnell die Lebensmittel in die Küche. Über die Schulter ruft sie ihm noch beschwichtigend zu: „Ich muss einfach mal hier raus."

„Wir können ja mal wieder ins Kino gehen, wenn es

dir hier zu langweilig wird." Frank steht im Türrahmen der Küche und beobachtet sie wie sie beim Einräumen der Ware fast in den Kühlschrank kriecht.

„Ist das so schlimm, wenn ich mal rausgehe?" Ihre Stimme ist gereizt, so dass Frank beschwichtigend den Kopf schüttelt.

„Natürlich nicht." Mürrisch wendet er sich ab. „Ich bin jetzt auch weg. Dann viel Spaß."

Bo atmet aus. Das schlechte Gewissen plagt sie, gleichsam sehnt sie sich nach einem Gespräch mit Nadine. Angst und Ungeduld wechseln sich ab und sie weiß kaum, wie sie den langen Tag verbringen soll.

Sie schlüpft in ihre Gartenhose und rupft draußen jedes Unkraut erbarmungslos aus, schneidet den Rasen, obwohl es noch nicht nötig wäre, zupft an Stauden, wäscht die sauberen Gartenmöbel bis ihre Unruhe einer angenehmen Müdigkeit weicht. Dann huscht sie unter die Dusche und bleibt minutenlang unter dem Wasserstrahl stehen, ganz gegen ihre Parole Wasser zu sparen. Das warme Wasser entspannt ihren Nacken und ihre Nerven.

Gleich wird sie sich offenbaren. Gespannt wie ein Bogen, macht sie sich auf den Weg.

***

„Komm rein." Nadine hält ihr freundlich lächelnd die Tür auf. Ganz leger in Jogginghose und T-shirt steht sie vor Bo.

„Na komm mal her." Bevor Bo etwas sagen kann, legt Nadine beschützend beide Arme um sie.

Das ist zu viel für Bo und all die Angst, die in ihr sitzt, entweicht. Sie bricht in Tränen aus und Nadine hält sie einfach nur schweigend ganz fest bis ihr Schluchzen langsam weniger wird.

„Geht's besser?" Nadine schiebt sie ins Wohnzimmer. „Setz dich erstmal und versuch dich zu entspannen."

Bo setzt sich auf das einladende Sofa aus grau meliertem Stoff. Er ist schon an einigen Stellen abgewetzt und zeigt, dass das Sofa nicht mehr das jüngste Möbelstück ist. Auch der Tisch und die Anrichte stammen wohl aus dem Familienbesitz. Viele Schrammen und Kerben geben dem dunklen Holz einen urigen Charme.

Die Dachwohnung ist dunkel. Nur zwei Fenster lassen Licht einfallen. Buckelige Putzwände und eine angegraute Holzvertäfelung an den Dachschrägen vermitteln den Eindruck einer gemütlichen Höhle. Moderne Lampen aus Edelstahl vermischen das Alte mit der Moderne.

Ein riesiger Fikusbaum überragt die Sofaseite auf der Bo nun im Schutz des Blätterdaches gebannt auf Nadine wartet.

Nadine kramt derweil im Kühlschrank und holt zwei Bier heraus. Ohne zu fragen, öffnet sie die Flaschen, hält Bo eine hin und prostet ihr zu.

„Dein Brief hat mich schon erstaunt. Ich habe dich, ehrlich gesagt, immer nur als Mutter und Ehefrau gesehen. Du schreibst, du würdest Frauen lieber mögen als Männer. D.h., du bist dir sicher, dass du lesbisch bist?"

Bo zuckt zusammen. Die Bezeichnung lesbisch kommt ihr vor wie eine Beschimpfung.

„Ich weiß es klingt seltsam, da ich noch nie eine Beziehung zu Frauen hatte." Sie schaut auf den Boden. Ihre Füße rutschen unsicher über das Parkett. Das Schlürfen der Sohlen ist für einen Moment das einzige hörbare Geräusch. „Doch, ich bin mir sicher."

„Okay. Ich kenne dich ja noch nicht sooo gut. Nur von den wenigen Stunden bei Sigrid." Nadine nimmt einen tiefen Schluck aus der Flasche.

„Erzähl mir ein bisschen von dir, von euch, wenn du magst. Frank und du, ihr kennt euch schon lange, oder?" Sie lehnt sich zurück und lächelt Bo auffordernd an. Bo überlegt. Die sanfte Art von Nadine hat sie beruhigt und so beginnt sie zu erzählen.

„Damals erschien mir alles so normal – so selbstverständlich. Ich fand Frank sympathisch. Er war kein Macho wie viele andere Jungs. Dafür war er auch nicht so aufmerksam. Er übersah schon mal, wenn es mir nicht so gut ging. Aber irgendwie passte es. Wir lieben beide die Natur, campen gerne, feiern Feste und treffen Freunde. Wir waren sehr jung als wir uns kennen lernten. Gerade mal fünfzehn Jahre. Wahrscheinlich viel zu jung. Aber auf dem Dorf wächst man gut behütet zusammen auf. Ich kam gar nicht auf die Idee, dass mir in der Beziehung zu Frank etwas fehlen könnte. Ich hatte keine Zweifel an der Art der Liebe."

Bo trinkt einen Schluck. Nadine nickt ihr zu und ergreift das Wort.

„Vielleicht wäre es anders gekommen, wenn du in einer Großstadt wie zum Beispiel in Köln aufgewachsen wärest. Dort gibt es eben den gewissen Unterschied. Da leben viele Männer und Frauen, die ihresgleichen lieben."

„Ja. Im erzkatholischen Westfalen, auf dem Dorf, ist das Wort Homosexualität aus dem Duden entfernt." Bos Stimme hebt sich. „Eine Liebe zwischen Frauen wird dort heute noch ungern gesehen. So etwas gibt es einfach nicht."

„Tja, somit war deine Welt in den ersten zwei Jahrzehnten deines Lebens völlig in Ordnung. Hättest du dagegen früher Kontakt zu Lesben bekommen, wäre dein Leben bestimmt anders verlaufen." Nadine spricht mehr zu sich selber als zu Bo. „Wann hattest du denn den ersten Kontakt zu Lesben?"

„Ich hatte zwei Kolleginnen. Ich fand sie sehr sympathisch. Habe sie gerne in meiner Nähe gehabt." Bo sinniert vor sich hin. „Aber selbst da habe ich noch nichts kapiert. Vielleicht habe ich es einfach nicht wahr haben wollen."

„Und nun stehst du hier als Mutter und Ehefrau und deine Sehnsucht nach einer Frau wächst."

Bo nickt. „Sie füllt mein Denken so sehr an, dass selbst das Zubereiten von Pfannkuchen zur großen Aufgabe wird. Ich rühre im Teig und die träge Masse scheint mir ein Sinnbild für mein Leben zu sein. Genauso zäh fühlen sich meine Tage an."

Ihre Augen glänzen gefährlich. Ihr Blick schweift umher und bleibt an mehreren Fotos auf der Anrichte hängen. In verschnörkelten Holzrahmen stecken vergilbte Zeugen der Vergangenheit, in der Nadine als kleines Kind mit ihren Eltern und Geschwistern fröhlich in die Kamera guckt.

Ein Bild sticht heraus. Sein Alurahmen glänzt im Lampenschein. Ein Farbbild zeigt Nadine mit einer lachenden Frau an ihrer Seite.

„Ist das deine Schwester?" Bos Blick geht zu Nadine.

„Das ist Saskia." Ein verträumter Ausdruck erscheint auf ihrem Gesicht. „Meine Freundin."

„Ich dachte, du wärest solo."

„Nun ja, dass ändert sich schon mal." Nadine kichert. „Wir sind noch nicht so lange zusammen."

„Sieht nett aus." Bos Stimme kommt nur leise unter dem Fikus hervor.

Für einen Moment herrscht Schweigen. Nadine räuspert sich. Ihr Blick fällt auf die Wanduhr. Halb zehn.

„Okay. Ich denk mal drüber nach, wie ich dir helfen kann." Nadine zwinkert ihr zu. „Aber glaub nicht, dass du der einzige Mensch auf Erden bist, der spät merkt, dass er homosexuell ist. Da kenne ich noch einige!" Sie schaut Bo unverwandt ins Gesicht. „Mit einer Familie ist das aber sicherlich ein größeres Problem. Aber Probleme muss man lösen." Nadine lacht kurz. „Doofer Spruch, was?"

Bo muss ebenfalls lachen und seufzt.

„Ja, wenn immer alles so einfach wäre. Aber ich weiß wirklich nicht, was ich tun soll."

„Es wird auf jeden Fall eine harte Phase. Für dich und auch für deine Familie. Deshalb musst du dir absolut sicher sein!"

Nadine blickt sie forschend an.

„Es wird eine Lösung geben. Aber wir brauchen einen Plan."

Es ist mucksmäuschenstill. Keiner sagt etwas. Alle wagen kaum zu atmen, so gebannt hören sie Bo zu. Bo fällt es nicht leicht, die Geschehnisse zu berichten. Immer wieder steigen ihr Tränen in die Augen, die sie schnell wegzuwischen versucht. Katrin sitzt dicht an sie geschmiegt. Sicherlich kann diese ihren Pulsschlag fühlen, der sich kaum beruhigen lässt. Katrins Hand liegt auf Bos zitternden Fingern. Umfasst sie. Will ein wenig Bos Aufregung eindämmen. Die Anderen starren Bo an. Folgen ihren Worten. Wagen nicht zu unterbrechen. Endlich gibt sie ihren erlebten Qualen freien Lauf. Frank räuspert sich.

„Ich habe immer gehofft, du würdest zu mir zurück finden." Seine Worte sind leise. Mehr zu sich selbst gesprochen. „Aber gegen diese Art der Liebe war ich wohl machtlos."

Bo schaut ihn an. Für einen Augenblick scheinen sie allein im Raum. Ein Paar, das sie einmal waren. Voller Zuversicht. Nun sind sie am Ende ihrer Beziehung. Keiner der Anwesenden wagt es, dazwischen zu gehen. Es knistert leicht. Der Moment gehört nur den beiden, die sich vor Jahrzehnten entschlossen hatten, zusammen zu bleiben. Doch das Leben spielt anders. Frank seufzt leise.

„Aber erzähl, wie ging es weiter."

124

2010

Vor allem, will ich keinem weh tun.

Bos Handy vibriert.

„Hallo, Nadine hier. Kannst du heute nachmittag kommen?"

„Ich versuche es." Bos Stimme zittert.

„Ich will dir eine Freundin vorstellen, die kann dir vielleicht helfen. Wir machen nur einen Spaziergang, um zu reden."

„Okay, wo?"

„Komm zum Bahnhof. 16 Uhr."

Schon ist der Anruf beendet.

Bos Gedanken springen hin und her. Wer kann das sein? Hoffentlich trifft sie unterwegs niemanden, der sie erkennt und anspricht.

Noch fünf Stunden.

Was soll sie solange tun? Auf jeden Fall alles für die Familie vorbereiten, falls sie sich zum Abendessen verspäten sollte.

Ich muss einen Zettel schreiben und in die Küche legen.

Sie eilt ins Büro. Bis gerade war sie völlig ruhig gewesen. Hatte sich überlegt die Fenster zu putzen. Nun ist sie viel zu aufgeregt, um sich auf eine Sache zu konzentrieren.

Sie greift nach einem Blatt Papier und schreibt: bin unterwegs, komme pünktlich zurück. Mama.

Sie starrt auf die Worte. Streicht pünktlich durch. Knüllt das Blatt zusammen und nimmt ein anderes.

‚Bin zum Abendessen zurück. Hab euch lieb. Mama.'

Sie legt den Zettel auf die Küchenplatte.

Noch viereinhalb Stunden.

Ihr Blick schweift durch die Küche. Bo hat längst das schmutzige Geschirr in die Spülmaschine geräumt. Nur ihre Kaffeetasse steht noch einsam neben der Spüle. Sie greift nach ihr. Gießt sich den letzten Kaffee ein. Schüttet Milch dazu und nimmt einen tiefen Schluck. Sie verzieht ihr Gesicht. Kalt. Sie kippt den Inhalt der Tasse in den Abfluss. Lässt Wasser nachlaufen. Räumt die Tasse in die Spülmaschine. Holt Luft.

Noch vier Stunden fünfzehn.

Wie soll sie nur die Zeit totschlagen.

Es klingelt an der Haustür. Erschrocken huscht sie ins Wohnzimmer. Versteckt sich hinter der Wand. Kein Besuch jetzt. Den kann ich nicht aushalten. Sie lauscht auf die Geräusche vor der Tür. Hört nach einer Weile wie sich die Schritte entfernen. Vorsichtig lugt sie durch das Wohnzimmerfenster. Ihre Nachbarin. Tut mir leid, heute bitte kein Gespräch, denkt sie und duckt sich weg. Sie setzt sich auf ihren Lieblingssessel und wartet. Starrt in den Garten.

Noch drei Stunden vierzig.

126

***

Pünktlich um 16 Uhr betritt sie den Vorplatz des Trierer Bahnhofs. Ein frischer Wind weht ihr die Haare ins Gesicht. Sie streift sie hinter die Ohren, um besser sehen zu können. Der Platz ist wie ein Ameisenhaufen. Menschen laufen in das Gebäude, andere kommen heraus. Meist mit Koffer oder Tasche. Trollis knattern über das Pflaster. Menschen fallen sich glücklich in die Arme oder winken weinend ihren Liebsten hinterher. Andere gehen stumpf vor sich her starrend zum nächsten Taxi oder Bus. Ihr Ziel vor dem inneren Auge.

Bo sucht den Platz nach Nadine ab. Da sieht sie Nadine mit dem Rad heran sausen. Bo hebt schnell ihren Arm und macht sich bemerkbar.

„Super. Das klappt ja perfekt." Nadine sichert ihr Rad an der nächsten Laterne und umarmt Bo herzlich. „Dann fehlt nur noch Vera."

In dem Moment stößt eine kleine Person zu ihnen.

„Hallo, ich bin Vera. Und du bist Bo, stimmt's?"

Ihre gute Laune stoppt Bos Befangenheit und erleichtert streckt sie Vera ihre Hand entgegen.

„Genau. Das bin ich."

„Dann lasst uns mal ins Grüne laufen. Hier ist es ja viel zu voll." Vera übernimmt das Kommando wie ein geübter Brigadegeneral. Sie ist einen halben Kopf kleiner als Bo, aber ihre Selbstsicherheit lässt sie viel größer erscheinen. In wetterfesten Schuhen wippt sie neben Bo einher, eingekuschelt in eine dicke Jacke und einer imposanten Pudelmütze. Der Bommel auf ihrem Kopf nickt bei jedem Schritt, als wolle er sagen, hier komme ich. Unter der Mütze blitzen Bo zwei kecke Augen an und ihre kleine vorwitzige Nase reckt sich in den Wind.

„Das ist übrigens Banja." Sie zeigt liebevoll auf eine zerzauste Hündin an ihrer Seite. „Sie hat seit kurzem Diabetes, meine arme Maus. Nun ist sie auf Diät. Muss abspecken. Deshalb müssen wir ja soviel spazieren gehen." Vera streichelt ihre Hündin zart über den Kopf. „Jetzt hat sie ständig Hunger und benimmt sich wie ein Staubsauger."

Als hätte Banja die Worte verstanden, sucht sie nach Essbarem auf dem Boden und zerrt an der Leine. „Nein, Banja, so leid es mir tut." Vera zieht sie energisch weiter.

„Gib mir Banja, dann könnt ihr besser plaudern." Nadine übernimmt die Hündin und hält sich hinter Bo und Vera. Inzwischen haben die drei den lauten Bahnhof hinter sich gelassen und die Ruhe der Nebenstraßen lässt mehr Raum für eine Unterhaltung.

Vera ergreift das Wort. „Ich habe natürlich schon von Nadine gehört, was dein Problem ist."

Bevor Bo ihre Angst über eine Entdeckung verraten kann, nimmt Vera ihr den Wind aus den Segeln.

„Keine Angst, bei mir bist du in sicherer Gesellschaft. Ich verrate nichts. Und damit du direkt Bescheid weißt. Ich war mit einem Mann verheiratet. Nun bin ich mit meiner Freundin glücklich. Also, das geht." Vera lächelt sie an und Bo ist dankbar, endlich jemanden kennen zu lernen, der sie bestens verstehen kann. „Allerdings habe ich keine Kinder. Das unterscheidet uns und macht deine Lage für dich natürlich etwas schwieriger." Ein Schatten huscht über Bos Gesicht. „Aber nicht unmöglich." Vera schaut sie forschend an. „Das Wichtigste ist, du musst es wollen! Nun erzähl mir erstmal mehr von dir."

Und während Nadine Banja davon abhält, jeden Krümel vom Boden zu saugen, marschieren die vier durch Häuserschluchten bis hin zu dem Waldrand, dem Mattheiser Wald. Das ehemalige militärische Übungsgelände ist seit Anfang 2000 ein Naturschutzgebiet und bietet herrliche Spaziergänge durch die Fauna. Unterwegs erzählt Bo Vera von ihrem bisherigen Leben. Vera hört ihr aufmerksam zu, nur hier und da ist ein verstehendes ‚hm' zu hören.

„Und nun glaubst du dich in einer Sackgasse, das versteh ich."

„Vor allem will ich keinem weh tun." Bos Stimme klingt belegt. „Wenn ich überlege, was ich meiner Familie damit antue, bin ich völlig verunsichert."

„Du tust ihnen nichts an, sondern du rettest dein Leben. Und deinen Kindern die Mutter." Vera guckt sie streng an.

„Was ist schlimmer? Mit einer Lüge die Familie aufrecht zuhalten oder alle Illusionen zu beenden und für Klarheit zu sorgen?"

Bo schüttelt den Kopf. „Ist es nicht egoistisch ein neues Leben zu wollen?"

Vera bleibt stehen und postiert sich in voller Größe vor Bo.

„Ist es für deinen Mann nicht besser die Wahrheit zu erfahren und die Chance auf ein neues Leben zu bekommen. Vielleicht mit einer Frau an der Seite, die wirklich Frau ist. Nicht wie du, die du zwar Frau bist, aber andere Frauen begehrst."

„Aber die Kinder. Ich wollte eine gute Mutter sein und jetzt scheitere ich auf ganzer Linie." Bo hat einen Kloß im Hals. „Ich will sie unmöglich aus ihrem Umfeld reißen und in eine Großstadt schleppen. Zudem haben sie in Aach alle ihre Freunde."

„Und wenn du dir in Aach eine Wohnung nimmst?" Nadine ist näher herangetreten.

„Vergiss es. Aach ist ein Dorf, wo jeder jeden kennt. Die Jungs wären sofort dem Klatsch und Tratsch ausgesetzt." Bo schüttelt den Kopf.

„Also musst du deine Kinder verlassen." Vera schaut zu Boden, als läge dort die Lösung. „Ohne, dass sie Schaden nehmen."

„Wenn ich in Trier eine Wohnung hätte, könnte ich mir vorstellen jeden Nachmittag zu ihnen zu fahren und ein paar Stunden nur für sie da zu sein. Kochen, waschen, quatschen." Bo sucht nach Bestätigung in Veras Gesicht. „Meinst du, das könnte gehen?"

„Ich kenne deine Söhne nicht. Aber sie sind keine kleinen Kinder mehr. Und selber viel außer Haus." Vera murmelt vor sich hin, während sie ihrem Hund zuschaut. „Es könnte funktionieren. Frage ist, ob du das aushältst, sie die vielen übrigen Stunden allein zu lassen. Aber es gibt ja schließlich auch noch einen Vater."

„Hm, der ist immer viel mit seiner Arbeit beschäftigt."

„Dann muss er vielleicht mal umdenken und sich mehr um die Jungs kümmern. Aber du wärest ja nicht vollends weg aus ihrem Leben."

„Wir sollten mal zurück." Nadine schnäuzt in ihr Taschentuch. „Es wird langsam kalt."

„Stimmt. Außerdem muss man so was gut überlegen. Das passiert nicht in zwei Tagen." Vera dreht sich in Richtung Heimweg.

„Vor allem weiß ich gar nicht, wovon ich leben soll." Bo schüttelt resigniert ihren Kopf. „Ich kann doch nicht zu meinem Mann gehen und Geld für eine Wohnung und Unterhalt verlangen, wenn ich den Schlamassel selber verursache."

„Nobel gedacht." Vera schaut sie an. „So denkt allerdings nicht jeder. Aber ich verstehe, was du meinst. Als ich meinen Mann verlassen habe, habe ich auch beinah alles zurückgelassen." Veras Blick verschwindet für einen Moment in der Vergangenheit. „Jetzt gehen wir erstmal alle wieder nach Hause und du überlegst, ob du wirklich ohne deine Kinder leben möchtest."

***

Bo ist vor den Kindern daheim. Sie kann kaum einen Gedanken ordentlich zu Ende bringen, so aufgewühlt ist sie.

Sie schnappt sich schnell den Zettel von der Küchenplatte und zerreißt ihn in winzige Stückchen, wirft die Schnipsel in den Müll. Die kleinen Papierfetzen rieseln zwischen zerdrückte Milchpackungen, Apfelsinenschalen und Essensresten. Ein Fetzen bleibt gut sichtbar obenauf an einem Ketchupklecks kleben.

‚euch lieb. Mam‘. Ein Stich fährt in ihr Herz, während sie auf die Buchstaben starrt. Schnell nimmt sie ein Papiertaschentuch aus ihrer Hose und drückt es mitsamt den verräterischen Spuren tiefer in den Müll. Hektisch verschließt sie den Mülleimer, wäscht sich die Hände. Schrubbt an ihnen als müsse sie Spuren eines Mordes beseitigen.

Im Gespräch mit Vera war sie so ruhig geworden. Sogar etwas Zuversicht hatte sich in ihr breit gemacht. Jetzt steigt wieder die Angst den Körper hinauf bis zum Hals. Sie greift erneut in ihre Hosentasche und holt einen Zettel hervor.

Melde dich einfach, hatte Vera gesagt. Einfach. Als wäre irgend etwas einfach in ihrer Situation. Sie blickt auf eine Handynummer. Sie faltet den Zettel ganz klein zusammen und betrachtet ihn wie einen Schatz. Wie ein weißer Kieselstein liegt er in ihrer Handfläche. Ein kleiner Stein, der viel ins Rollen bringen kann.

Im Licht der Küchenlampe spiegelt sich ihre Silhouette im Fensterglas. Bo sieht ihren schemenhaften Geist und gleichzeitig die Außenwelt.

Das bin ich, denkt sie. Halb hier und halb woanders. Grübelnd verharrt sie vor ihrem Konterfei. Die Entscheidung liegt allein bei dir, hat Vera gesagt. Noch ist alles möglich.

Da ist sie wieder. Die innere Zerrissenheit, vor der endgültigen Entscheidung.

Aber ein Funke neuer Lebensmut ist geweckt.

***

„Hast du keinen Hunger?" Kai schaut seine Mutter fragend an. Bo zuckt zusammen. Tatsächlich stochert sie nur auf ihrem Teller herum. Jeder Bissen will ihr beinah im Hals stecken bleiben.

„Mama ist auf Diät." Jannik grinst, aber guckt gar nicht hoch, sondern schaufelt sich weiter Nudeln hinein.

„Ihr könnt mein Schnitzel teilen. Ich habe nicht so einen Hunger." Bo schneidet das Fleischstück durch und gibt jedem ihrer Söhne ein Stück.

„Machst du wirklich Diät?" Kai blickt sie skeptisch an. „Du bist doch dünn genug."

„Nein, Blödsinn, ich habe nur schon am Nachmittag was gegessen. Deshalb bin ich einfach satt." Bo beeilt sich das Thema zu wechseln. Sie kann schon seit Wochen das Essen nicht wirklich genießen und ihre Hosen schlackern verräterisch um ihre Beine.

„Was habt ihr denn morgen vor?"

Das Wochenende steht vor der Tür. Früher hatte sie sich auf die freien Tage gefreut. Samstags wurde meist im Haus oder Garten gearbeitet und sonntags machten sie Familienausflüge. Doch diese Zeiten sind längst vorbei. Die Jungs gehen ihre eigenen Wege, so dass Bo und Frank oft den Sonntag für sich haben. Eigentlich sollte sie sich darauf freuen, doch für Bo wird die Vorstellung mit Frank stundenlang allein zu sein, zur Qual. Meist organisiert sie daher verschiedene Treffen mit Freunden, nur um der Gefahr zu entgehen, dass Frank sie zu viel fragen könnte.

Erst gestern kam von ihm die neugierige Frage, wie oft sie denn Nadine treffen würde. Sie könne doch auch mal nach hier kommen. Frank hatte sie dabei forschend angesehen.

In ihre Gedanken vermischen sich Worte, dringen nur zögernd an ihr Ohr.

„Ich habe ein Fußballturnier in Wittlich. Bert nimmt mich mit. Denke, ich bin den ganzen Tag weg."

Kai bringt sie zurück ins Geschehen, während Jannik den letzten Bissen runterschluckt.

„Kannst du mich zu Joé fahren? Mit dem Fahrrad ist das zu weit."

Bo erhascht die Möglichkeit, sich heimlich mit Vera zu treffen. „Klar, wann willst du denn bei Joé sein?"

„Wir wollen ein Dartturnier machen und grillen. Also, schon so von mittags bis abends." Jannik runzelt die Stirn. „Vielleicht kannst du mich ja hinbringen und der Papa mich abholen?"

„Nee, ist schon okay. Frank will bestimmt was im Garten machen. Ich fahr dich."

Das ist die Gelegenheit, um für Stunden ausser Haus zu sein, denkt sie. Aufregung macht sich in ihr breit. Jetzt nur nicht verraten, sondern ruhig bleiben. Sie lächelt ihre Söhne an. Dabei fällt ihr ein leichter glänzender Flaum auf, der sich an Kais Wangen zeigt. Sie beugt sich über den Tisch und streicht ihm über das Gesicht.

„Du kriegst ja einen Bart." Kai zuckt peinlich berührt zurück. Die sanfte Berührung seiner Mutter lässt ihn erröten, so dass Jannik neugierig näher rückt.

„Lass gucken." Er sieht seinen Bruder interessiert an. „Bestimmt nur Staub. Du solltest dich mal waschen." Jannik krault sich seinen imaginären Bart und lacht. „Ich hab viel mehr."

Wirklich zeichnet sich auch bei ihm schon ein dunkler Schatten auf der Oberlippe ab.

„Tja, anscheinend werdet ihr langsam erwachsen. Aber nur optisch, versteht sich."

Bo lächelt. Zum Glück sind sie schon so groß, geht es ihr durch den Kopf, mit kleinen Kindern wäre ihr Problem noch größer.

„Gut, also mit morgen wäre dann geklärt."

Sie beginnt den Tisch abzuräumen.

„Wann gibt es eigentlich Zeugnisse?"

„Nächsten Freitag." Kai schiebt ihr seinen Teller zu.

„Und? Wie werden sie ausfallen?"

Jannik hat es plötzlich eilig. Er packt sein Geschirr und bringt es in die Küche. Nur undeutlich hört sie ihn antworten.

„Wirst schon sehen," und entschwindet.

„Hört sich nicht so gut an." Bo schaut ihren Ältesten fragend an. „Habe ich was verpasst?"

„Na ja, der Fleißigste ist Jannik ja nicht. Aber wart's halt ab. Ich weiß nichts."

Auch Kai entwindet sich ihren Fragen. Bo bleibt allein zurück. Das schmutzige Geschirr in den Händen. Seitdem die Jungs auf die weiterführende Schule gehen, hat sie nicht mehr ganz den Durchblick, wie sie sich machen. Zwar hat sie selber das Abitur erfolgreich abgelegt, aber das ist schließlich Jahrzehnte her. Um den Kindern auf dem Gymnasium zu helfen, reicht es nicht. Da muss sie sich ganz darauf verlassen, dass sie alleine zurecht kommen. Abwarten, denkt sie.

Bo versucht einen klaren Kopf zu bekommen. Die Pläne der Jungs ermöglichen ihr ein heimliches Treffen. Jetzt muss nur noch Vera Zeit haben! Bo läuft unruhig durch das Haus. Sie horcht auf die Geräusche, um zu erkunden, was die Jungs tun. Aus ihren Zimmern dringt Musik. Sie scheinen vorerst nicht wieder heraus zu kommen. Sie will Vera unbemerkt eine SMS schicken. Sie eilt in den Keller. Dort erscheint es ihr sicher. Mit zittrigen Fingern tippt sie die Zeilen in ihr Handy: Hast du morgen Zeit? Könnte zwischen eins und vier zu dir kommen. LG B.

Ihr Herz klopft heftig. Ihr Puls rast durch ihre Ohren. Sie kommt sich vor wie ein Schulmädchen vor dem ersten Date. Dabei möchte sie ja nur reden. Und Antworten bekommen.

Oben im Haus sind Schritte zu hören! Frank ist schon von der Arbeit zurück! Hektisch drückt sie auf senden. Kein Empfang! Mist! Was nun? Das hätte sie sich denken können, dass im Keller ein Funkloch ist.

„Keiner zuhause? Bo?" Franks Stimme dröhnt durch das Haus. Eilig hastet sie nach oben. Schnappt sich unterwegs noch eine Flasche Wasser.

„Bin unten." Bo versucht so normal wie möglich zu klingen, aber ihr Puls hämmert noch immer in ihren Ohren. „Hab nur Wasser geholt." Sie schiebt sich an Frank vorbei ins Wohnzimmer.

„Wir haben schon gegessen. Die Jungs sind in ihren Zimmern." Sie setzt sich an den Esstisch und schenkt sich ein Glas Wasser ein. In dem Moment erklingt ein deutliches Pling-pling. Beinah hätte sie das Wasser verschüttet. Ihr Handy brennt in ihrer Hosentasche. Verflucht. Krampfhaft starrt sie aus dem Fenster in den Garten, als wäre nichts geschehen. Frank kommt aus der Küche, beladen mit einem gefüllten Teller und setzt sich zu ihr an den Tisch. Neugierig betrachtet er sie.

„Gibt es was Neues? Wie war der Tag?"

Er beginnt zu essen, ohne sie aus den Augen zu lassen.

„Nichts Besonderes. Und bei dir?"

Ihr Handy klemmt unangenehm in der Hosentasche.

Aber sie kann es unmöglich herausnehmen und auf den Tisch legen. Unvorstellbar, wenn dann eine Nachricht von Vera käme!

Sie nimmt einen Schluck Wasser, wobei ihre Hand leicht zittert. Frank ist nun aber doch mit seinem Essen beschäftigt und bemerkt nicht wie nervös sie ist.

„Viel zu tun in der Firma. Nächste Woche muss ich auf Geschäftsreise nach London." Er schmatzt leicht. „Bin dann von Montag bis Donnerstag weg."

„Ah, okay. Hoffentlich kannst du dir dann auch mal die Stadt angucken, und nicht nur die Firma, die du besuchst."

Bos Stimme vibriert. Krampfhaft überlegt sie, wie sie ihr Handy loswerden kann.

„Haben wir noch Bier im Keller?" Franks Frage ist wie ein rettender Anker.

„Klar. Ich hol dir eins."

„Kann ich auch selber."

Doch Bo eilt schon aus dem Raum. Noch auf der Kellertreppe wühlt sie ihr Handy aus der Hosentasche und stellt es auf stumm. Dabei sucht sie das Display ab, ob nicht doch schon eine Nachricht angekommen ist. Aber dann hätte sie es ja hören müssen. Hoffentlich klappt das mit dem Treffen. Aber nächste Woche hat sie dann ja auch noch Gelegenheiten, wenn Frank in London ist. Ein Kribbeln durchläuft ihren Körper, als würde sie gerade etwas Verbotenes tun. Sie hat ihren Mann noch nie betrogen, hat sie noch letztlich zu Nadine gesagt. Aber ist es nicht schon Betrug, wenn sie von anderen Frauen träumt? Ehrlich ist es zumindest nicht.

Sie schnappt sich zwei Bier und geht zurück zu Frank, der noch immer an seinem Essen kaut.

„Super." Er öffnet die Flaschen und prostet ihr zu. „Wochenende! Was machen wir morgen?"

Ihr Magen zieht sich zusammen und ihr Herz beginnt schneller zu klopfen. Ein Ring aus Stahl umschliesst ihren Brustkorb. Sie presst die Worte aus ihrem Körper.

„Ich fahre Jannik zu seinem Freund. Bis dort ist es zu weit mit dem Fahrrad. Und bei der Gelegenheit fahr ich weiter und gucke mal bei Ikea rein. Du willst doch bestimmt etwas im Garten machen."

Sie wagt es kaum ihren Mann ins Gesicht zu sehen.

„Ich kann ihn auch fahren. Oder wir bummeln zusammen durch Ikea." Frank nimmt einen tiefen Schluck.

„Geh du ruhig in den Garten. Du wolltest doch hinten die Einfahrt säubern." Leichte Übelkeit überkommt sie. Frank sagt nichts. Sein Schweigen lastet auf ihr wie ein tonnenschwerer Steinhaufen. Unter ihren Achseln bildet sich Schweiß und ihr Magen rebelliert.

„Stimmt. Hatte ich gesagt." Franks Stimme klingt rau. Seine Worte kommen nur schleppend hervor, als wolle er sie eigentlich zurück halten.

„Dann muss ich das wohl tun." Er steht auf und geht langsam zum Fernsehsessel. Dabei blickt er auf seine Bierflasche, als schwimme darin eine Wahrheit, die er zu finden sucht.

„Aber am Sonntag machen wir was zusammen." Seine Worte bleiben starr in der Luft hängen.

***

„Hallo, komm rein." Vera öffnet lächelnd die Wohnungstür und ihre Hündin springt bellend an Bos Beinen hoch.

„Lass gut sein, Banja, die kennst du doch." Sie schupst ihre Hündin weg. Bo betritt neugierig Veras Reich. Aber es empfängt sie eine ganz normale Wohnung. Was hatte sie denn erwartet? Eine romantische Höhle? Vielleicht eine Welt aus Glitzer und Überraschungen?

Statt dessen sieht Bo eine Wohnung, die fast komplett in Weiß erstrahlt. Weiße Putzwände, weiße Bodenfliesen und weiße Möbel. Und Grün! Die Farbe der Hoffnung blickt sie aus allen Formen an. Der Teppich im Wohnzimmer, die Blumentöpfe, das Sofa, beinah jedes dekorative Element in dieser Wohnung ist grasgrün. Vera beobachtet sie amüsiert.

„Ich weiß, ich habe einen Grüntick. Aber irgendeine Macke muss ja jeder haben." Und sie lacht schallend. „Schlimm ist nur, dass jeder meint, mir grüne Frösche schenken zu müssen. Also untersteh dich!" Und tatsächlich, wohin Bo auch schaut, blicken sie Frösche an. In allen Variationen. Ob als Kuscheltier, Porzellanfiguren, Mülleimer oder Kaffeetasse. Die Frösche belagern die Wohnung.

„Setz dich doch aufs Sofa. Du kannst Kermit ja zur Seite schubsen. Ich hol uns Kaffee."

Bo lässt sich auf dem Sofa nieder und nimmt den riesigen Plüschfrosch wie ein Schutzschild in den Arm. Eine Regalwand erregt ihr Interesse und für einen Moment vergisst sie ihre Aufregung. Bücher, CD's und Videos pressen sich zu Hunderten dort aneinander. Optisch gut sortiert nach Größe und Farbe.

„Du magst es auf jeden Fall ordentlich. Oder hast du für mich extra aufgeräumt?" Bo nimmt Vera eine dampfende Tasse aus der Hand, die wie selbstverständlich grüne Punkte aufweist.

„Ich brauche diese Ordnung. Je turbulenter mein Leben ist, umso mehr gibt mir die äußere Ordnung Halt."

„Interessant. Ich bin auch sehr ordnungsliebend. Habe das aber nie hinterfragt." Bo runzelt die Stirn. „Was für einen Sturm durchlebst du denn gerade?"

„Ich habe mich für eine andere Frau von meiner langjährigen Freundin getrennt. Das hat doch mehr Unruhe in mein Leben gebracht, als ich dachte."

Vera sitzt ihr gegenüber. „Selbst wenn es die richtige Entscheidung war, so bleiben doch immer Gefühle zurück. Schließlich habe ich meine Freundin ja mal geliebt."

Vera starrt in die Tasse. „Aber es stimmte einfach nicht mehr zwischen uns. Und dann ergib das eine das andere. Ich habe Andrea kennen gelernt. Und es ist passiert."

Vera schaut Bo ins Gesicht.

„Deshalb weiß ich, wie du dich fühlst, wenn du darüber nachdenkst, deiner Familie zu sagen, dass du sie verlassen willst."

Bo zuckt zusammen. „Das weiß ich ja noch nicht wirklich. Ich meine, dass mit dem Verlassen."

Mit einem Mal brennt ihr die Tasse in der Hand und sie stellt sie auf den Glastisch.

„Aber der Gedanke rumort in deinem Kopf. Und das ist schon ein Zeichen, dass deine Ehe gescheitert ist."

Vera pustet in ihre Tasse. Nachdenklich hebt sie ihren Blick und schaut Bo scharf in die Augen.

„Wie stellst du dir die Zukunft vor, wenn du weiter schweigst und die liebe Ehefrau zu sein vorgibst?"

Bo wird es heiß und kalt.

„Ich weiß nicht."

„Hast du nicht auf dem Spaziergang gesagt, du gehst deinem Mann aus dem Weg?"

„Hm, er schaut mich oft rätselnd an." Bo spricht mehr zu sich als zu Vera. „Was ihm wohl durch den Kopf geht?"

„Er ist ja nicht blöd. Wenn du dich ihm entziehst, denkt er wahrscheinlich, er hat einen Nebenbuhler. Ob er darauf kommt, dass du von Frauen träumst, weiß ich nicht."

„Aber ich bring das nicht." Bos Stimme wird schrill.

„Aber vor den Betonpfeiler fahren, findest du eine gute Lösung!"

Vera hebt energisch die Stimme und springt auf. Mit forschen Schritten geht sie im Wohnzimmer auf und ab.

Dabei hebt sie ihre Arme und fuchtelt bedrohlich mit ihrem erhobenen Finger durch die Luft.

„Ich hoffe, diese Lösung des Problems hast du abgehakt." Sie funkelt Bo streng an.

„Deine Kinder jedenfalls brauchen dich noch lange. Ob lesbisch oder nicht. Eine tote Mutter ist gar keine Mutter."

Vera bleibt direkt vor Bo stehen. Ihre Hände in die Hüften gestemmt, steht sie wie eine Generalin vor ihr.

„Ich hoffe, das ist dir klar."

Bos Augen glänzen verdächtig. Vera wendet sich zur Balkontür, öffnet sie und tritt ins Freie.

„Guck mal da unten. Selbst die Obdachlosen genießen den Tag und haben ihren Spaß."

Lautes Lachen dringt bis in die vierte Etage. Bo schaut vorsichtig über die Brüstung. Ein schmaler, aber langer Balkon bietet einen weiten Blick bis zum Bahnhofsvorplatz, wo sich eine Gruppe Obdachloser in der Sonne zusammen gefunden haben. Leere Bierflaschen liegen vor ihren Füßen, zertretene Zigarettenpackungen, kaputte Pommesschalen und jede Menge alter Zeitungen bedecken den Boden. Dazwischen die Menschen, die am Grunde der Gesellschaft angekommen sind. Allem Übel zum Trotz lachen und genießen sie den warmen Tag. Bo schaudert erschrocken zurück.

„Denkst du, ich ende so?"

„Blödsinn. Selbst wenn du im Moment keinen Job hast, musst du nicht gleich auf der Straße landen."

Vera legt ihr den Arm um die Schultern.

„Pass auf. Meine Wohnung ist zwar klein, aber für eine Weile könntest du hier wohnen. Dann hättest du die Chance, überhaupt mal auszuprobieren, ob du ohne deine Kinder leben kannst. Das kann ich dir gerne anbieten."

Bo blickt Vera erstaunt an.

„Du kennst mich doch kaum. Und bietest mir deine Wohnung an?"

„Ich habe das Gefühl, dass ich dir vertrauen kann. Zudem wäre es ja nicht für ewig. Eben ein Versuch. Natürlich musst du dich dann erstmal deinem Mann anvertrauen."

„Aber dann könnte ich doch nicht mehr zurück, wenn ich ohne die Kinder nicht leben kann! Soll ich dann meinem Mann einfach sagen, ich komme doch wieder nach Hause. Wie schräg ist das denn?"

„Stimmt. Aber soweit sind wir ja noch nicht. Zuerst musst du dich überwinden und mit ihm reden. Dann wirst du ja sehen, wie er reagiert."

Bos Blick schweift über die umliegenden Dächer. Die Sonne wärmt ihr Gesicht und sie schließt die Augen. lange sitzen sie so zusammen. Mal schweigend, mal plaudernd. Und die Zeit verrinnt.

„Zu schön, um wahr zu sein. Es scheint mir alles etwas verrückt. Wenn ich nur verrückt genug wäre, alles anders zu machen."

„Nicht zu lange nachdenken wie das geht. Es gibt immer einen Weg."

Bo öffnet ihre Lider und ein Blick auf ihre Uhr lässt sie zusammenfahren.

„Ich muss los!"

Sie zögert. Doch bevor sie überlegen kann, wie sie sich verabschieden soll, fühlt sie die Stärke zweier Arme, die sie für einen Moment ganz fest halten, dabei schauen sie warm lächelnde Augen an.

2010
Endlich mal wieder ein gemeinsamer Tag.

Bo gleitet wie automatisch durch den dichten Verkehr. Schematisch reagiert sie auf die anderen Verkehrsteilnehmer, stoppt vor einer Ampel und versinkt in Gedanken. Die Stunden bei Vera sind so schnell vergangen, jetzt beeilt sie sich Jannik abzuholen. Erst das nervöse Hupen hinter ihr schreckt sie auf und hektisch startet sie gerade noch rechtzeitig bei Gelb, während der Fahrer hinter ihr wütend gestikulierend an der Ampel zurück bleibt.

Sie muss mit Frank reden. Vera hat Recht. Aber wie fängt man ein solches Gespräch an? Hallo Schatz, ich muss dir mal was sagen...? Bo schüttelt den Kopf. Wie sagt man dem Menschen, mit dem man mehr als sein halbes Leben verbracht hat, das alles ein Irrtum ist? Unmöglich. Wie wird er reagieren? Wütend, verletzt, verständnislos? Vielleicht schmeißt er mich ja raus. Dann ist die Lösung schnell da. Beinah wäre Bo zu weit gefahren. Abrupt stoppt sie den Wagen und setzt einen Meter zurück. Mit einem kurzen Blick in den Rückspiegel versichert sie sich, dass sie ganz normal aussieht. Normal, ha, sie muss hämisch lachen, bin ich noch normal?

Sie öffnet die Wagentür. Der Geruch von Grillkohle und fettigem Fleisch weist ihr den direkten Weg in den

Garten. Das Haus ist noch sehr neu, wie alle Häuser hier in der Siedlung. Sowieso sehen beinah alle gleich aus mit den hellen Putzwänden, den roten Dachziegeln und den selben geometrischen Grundformen. Nur die Eingangstüren sind unterschiedlich, so dass man besser sein eigenes Haus wiederfindet. Selbst die Gärten hinterlassen den Eindruck, als hätte ein und derselbe Gärtner sie gestaltet. Graue Betonplatten führen gradlinig auf die Haustüren zu, die Rasenflächen sind quadratisch angeordnet und die Blumenstauden stecken in würfelähnlichen Töpfen, die meist in drei unterschiedlich große Behälter zueinander gestellt sind.

Ein blauer Keramikfrosch neben einer Edelstahl-Solarlampe begrüsst Bo quakend, als sie an ihm vorbei geht. Sie zuckt kurz zusammen, dann muss sie schmunzeln. Sie umrundet den Bungalow und öffnet das Gartentor.

„Hallo." Suchend blickt Bo sich um. Jannik sitzt direkt am Grill und wendet die letzten Würstchen. Joés Mutter, eine Frau in lässiger Jogginghose und Sweatshirt, winkt Bo zu. Auf ihrem Kopf trägt sie eine Baseballkappe zum Schutz gegen die tief stehende Sonne. Hunderte Sommersprossen verzieren ihr schmales Gesicht, das schon einen leichten Sonnenbrand vorweist. Sie ist gerade dabei, die abgenagten Essensreste in einen Mülleimer zu bugsieren. Ein verführerischer Duft von gegrillten Hähnchenbollen hängt noch in der Luft.

„Hallo. Komm und setz dich dazu. Ist noch was da."
Bo wägt kurz ab. Will sie sich wirklich dazu setzen?

So gut kennt sie Joés Familie gar nicht. Aber das gibt ihr noch eine kurze Frist, bevor sie wieder Frank unter die Augen treten muss.

***

„Da seid ihr ja endlich." Frank verharrt in der Einfahrt und kratzt sich hinter dem Ohr. Seine Haare stehen vor Staub und Schmutz wild ab. Er stützt sich auf einen Besen, die Füsse in Gummistiefeln, darüber sein alter, geliebter Overall, der schon an den Knien und Ellbogen völlig abgewetzt glänzt.

„Ich dachte schon, ihr kommt gar nicht mehr." Er schwingt sich den Besen über die Schulter und schaut neugierig in den Wagen.

Umständlich kramt Bo derweil nach ihrem kleinen Tagesrucksack, der einsam auf der Rückbank liegt. Aber sie kann dem stechenden Blick von Frank nicht ausweichen, der sich müde an den Wagen lehnt.

„Und, was hast du bei Ikea gekauft?"

Bo fährt unmerklich zusammen.

„Äh, nichts. Irgendwie hat mich nichts angesprochen."

Seine Augen haben dunkle Schatten und um seinen Mund zeigen sich dünne Falten. Er zieht seine Augenbrauen dicht zusammen, doch er sagt nichts. Schaut sie nur an.

„Ich war noch eine ganze Weile bei Joés Familie. Sind nette Leute." Sie zwängt sich an ihm vorbei. Dabei riecht

148

sie seinen verschwitzten Körper. Ihr Gewissen meldet sich.

„Ich hätte dir natürlich besser helfen können."

„Schon gut", kommt es aus seinem Mund gequetscht.

„Das heißt, du hast dort schon gegessen?" Vorwurfsvoll dringen seine Worte an ihr Ohr.

„Nein, nein. Ich habe nur einen Kaffee getrunken. Ich weiß ja, dass Kai und du auch noch was essen müsst. Ich kümmere mich drum." Eilfertig läuft sie ins Haus, froh ihrem Mann entrinnen zu können.

Frank hält Jannik seinen Besen hin.

„Du kannst kurz mit aufräumen helfen. Dann brauche ich nicht alles allein machen."

„Na gut." Langsam trägt Jannik den Besen zur Garage.

„Hinten im Garten sind noch mehr Sachen." Frank ruft seinem Sohn hinterher, bevor dieser entschwinden kann.

„Du könntest auch noch schnell den Rasen mähen. Du bist doch satt, denke ich."

Jannik schaut um die Ecke. „Echt, jetzt noch?"

Doch er kommt schon zurück. Mit dem Benzinmäher über die grüne Fläche zu jagen, macht ihm Spaß und gibt ihm gleichzeitig das Gefühl, schon erwachsen zu sein. Zumindest hat er damit seinen Freunden was voraus, die lediglich den Rasenschnitt hinter ihren Vätern zusammenfegen dürfen.

„Okay, wird gemacht."

„Und dann kannst du duschen." Frank lacht. „Du

stinkst total nach Lagerfeuer."

„Dafür war es lecker!"

Frank schaut seinen Sohn neidisch an.

„Tja, ich guck mal, was ich zu essen kriege." Und er stapft schwerfällig ins Haus.

***

„Na, da warst du anscheinend nicht lange bei Ikea." Frank streift sich den dreckigen Overall von den Schultern. Mit seinen knapp fünfzig Jahren hat er noch immer eine schlanke Figur, nur seine Muskeln sind nicht mehr so ausgeprägt wie zu Jugendzeiten. Auch seine Haut beginnt zu altern. Ich bin auch nicht mehr so knackig, denkt Bo und wendet ihren Blick ab.

In dem Moment betritt Kai das Haus.

„Tätäää. Wir haben gewonnen!" Strahlend steht er vor seinen Eltern und postiert sich in Siegerpose. Längst ist er so groß wie sein Vater. Er boxt ihn spielerisch in die Seite.

„Ich habe zwei Tore geschossen."

„Super. Wo steht ihr jetzt?" Frank wehrt seine Stöße ab.

„Platz drei. Vielleicht schaffen wir nächste Woche noch einen Sprung höher. Ich geh schnell duschen."

„Stopp. Ich bin zuerst dran." Frank und Kai drängeln sich durch den Flur, wo Frank stolz die Oberhand gewinnt.

„Noch bin ich stärker, mein Sohn." Und er entschwindet hinter der Tür, worauf schon bald das Rauschen des Wassers zu hören ist.

„Warum duscht du nicht direkt nach dem Spiel?" Bo guckt ihren Ältesten fragend an, der zu ihr zurück geschlendert kommt.

„Die Duschen sind fies. Außerdem habe ich mein Handtuch vergessen." Kai setz sich auf die Küchenplatte und greift nach der Wasserflasche.

„Wo ist Jannik? Noch bei Joé?"

„Nein, hörst du ihn nicht? Er mäht den Rasen."

„Okay. Ich geh mal gucken."

„Aber vergiss nicht zu duschen, wir essen gleich."

Bo hält sich demonstrativ ihre Nase zu, gleichzeitig gibt sie ihrem Sohn einen liebevollen Klaps auf den Po.

„Verschwinde, Großer."

Insgeheim froh aus dem Blickfang ihres Mannes gerettet worden zu sein, kramt sie lautstark in der Küche weiter.

***

„Kommst du mit. Wir machen eine Radtour. Das Wetter ist gut, da muss man an die frische Luft."

Bo reißt das Fenster in Kais Zimmer auf und eine leichte Brise Landluft dringt herein. Im Garten zwitschern Vögel um die Wette, trällern gegen die Musik an, die aus den Lautsprechern tönt. Kai zieht sich die Bettdecke bis zur Nasenspitze und kneift die Augen zusammen. Nur dumpf dringt seine Stimme unter der flauschigen Schutzhülle an die Oberfläche.

„Nö, ich hab gestern genug Sport gemacht. Ich bleib hier."

Demonstrativ dreht er sich auf die Seite und rührt sich nicht mehr bis Bo seufzend das Zimmer verlässt. Ihr Blick geht dabei einmal rund durch die Kammer. Schmutzige Kleidungsstücke liegen auf dem Boden verstreut, der Schreibtisch quillt über vor Büchern, Heften, leere Müslipackungen, dreckige Trinkgläser. Kaum eine Handbreit Platz, um noch etwas abzulegen. An den Wänden hängt ein riesiges Poster. Darauf prangt ein polierter BMW, der im Abendlicht auf einer Schotterpiste in den Alpen von Abenteuer und Einzigartigkeit erzählt. Daneben baumeln eine Reihe von errungenen Medaillen aus Sportwettkämpfen.

Bo schiebt mit dem Fuss die Kleidung auf einen Haufen. Kopfschüttelnd blickt sie zu Kai, der sie verstohlen anblinzelt ohne sich zu rühren.

„Räum aber bitte heute dein Zimmer auf. Das ist ja ein Saustall hier."

Sie geht hinüber zu Janniks Zimmer, wohl wissend, dass sie auch dort eine Rumpelkammer erwarten wird. Jannik liegt noch im völligen Dunkel und sie drückt energisch auf den Lichtschalter. Grelles Deckenlicht offenbart ihr ein ebenbürtiges Chaos.

„Boh Mama, muss das sein?" Jannik verschwindet

gänzlich unter seiner Bettdecke.

Die Zimmer unterscheiden sich kaum in der Einrichtung. Nur das an Janniks Wänden ein übergroßer Kopf von Bob Marley prangt.

Schnell öffnet Bo auch hier das Fenster, um den stechenden Moschusgeruch ihres pubertierenden Sohnes zu verscheuchen.

„Kommst du mit. Wir machen eine Radtour und unterwegs essen wir ein großes Eis."

Bo versucht ihren Sohn mit der Vorstellung auf ein riesiges Eis zu locken. Früher hätte das blitzartig funktioniert.

„Fährt Kai mit?"

„Leider nein."

Eine kurze Pause entsteht. Bo blickt auf die große Gestalt, die sich unter der Decke verbirgt. Sie hat nichts mehr gemein mit dem kleinen Kerl, den sie vor Jahren zur Welt gebracht hat. Ein bisschen Wehmut packt sie. Es war schön, wenn ihre Söhne sich an sie gekuschelt haben, den Kopf auf ihrem Schoß. Dabei hat sie ihnen den Nacken gekrault und Geschichten vorgelesen. Von tapferen Indianern, von Winni Pooh und Lars dem Eisbär. Stundenlang hatten sie so verbracht.

„Ich bleib auch hier. Muss noch was für die Schule tun."

„Hoffentlich sagst du das nicht nur, sondern tust es auch." Bo setzt sich auf die Bettkante. „Sag ehrlich, hast du Probleme in irgendwelchen Fächern?"

„Hm, vielleicht in Geschichte."

„Das ist doch ein reines Lernfach. Da kannst du doch was für tun." Bo runzelt die Stirn. „Etwas weniger Faulheit täte dir gut."

Jannik reißt die Decke vom Gesicht und funkelt sie an.

„Aber es interessiert mich einfach nicht. Warum muss ich all den Kram lernen, wenn ich ihn später nicht brauche!"

„Zum einen ist Allgemeinbildung immer gut und zum anderen gehört Geschichtswissen nun mal dazu. Außerdem weißt du doch noch gar nicht, was du vielleicht im Leben noch alles werden willst."

„Ich werde Ingenieur. Irgendwas mit Autos werde ich machen." Jannik setzt sich auf. Er lehnt sein breites Kreuz an die Wand und wendet ihr herausfordernd sein Gesicht zu.

„Zudem ist der Lehrer so was von langweilig. Da hört keiner zu."

„Du kannst wenigstens so tun. Ich kann mir gut vorstellen wie gelangweilt du ihm entgegen trittst. Das gefällt keinem Lehrer. Versetz dich mal in seine Rolle."

Bo steht seufzend auf.

„Bemüh dich wenigstens und sei nicht so stur. Ob du willst oder nicht, du brauchst eine passable Note."

Jannik greift nach der Fernbedienung und schon schallt ihr Reggaemusik um die Ohren. Bo winkt ab, haucht ihm eine Kusshand zu und entschwindet. Dabei hebt sie noch kurz mahnend den Zeigefinger und deutet auf das Chaos im Zimmer. Nur lautlos formt sie die Worte ‚aufräumen' und erzeugt ein breites Grinsen auf Janniks Gesicht.

***

Frank fährt mit dem Finger über eine Radkarte.

„Und, kommt einer mit?"

„Nein. Sie haben noch für die Schule zu tun."

„Wer's glaubt wird selig. Wahrscheinlich verschlafen sie den halben Tag."

„Wir waren auch nicht anders in dem Alter."

Bo verteidigt ihre Söhne, obwohl auch sie es schade findet, dass die gemeinsamen Ausflüge ein Ende haben.

„Lass uns losfahren. Die Sonne scheint so schön." Sie drängt es nach draußen. Schon greift sie nach ihrer Fahrradjacke und geht aus der Tür.

Das Radfahren tut ihr gut. Bei der Tour durch das steile Eifelland kann sie ihre innere Unruhe vielleicht in den Griff bekommen. Zumindest muss sie nicht permanent mit Frank reden, sondern kann etwas abseits von ihm Konditionsschwäche vortäuschen. Pustend fährt sie mit ein paar Meter Abstand hinter ihm.

Frank tritt in die Pedale wie ein Berserker und erklimmt Hügel für Hügel.

„Komm schon. Etwas mehr Anstrengung."

Sein Gesicht ist gerötet und auch er schnauft, aber ein

ausgelassenes Grinsen liegt auf seinen Lippen.

„Endlich mal wieder ein gemeinsamer Tag."

Bevor er das Thema vertiefen kann, saust Bo an ihm vorbei die nächste Senke runter, wo oft ein Eiswagen zu finden ist.

Unzählige Menschen stehen in Reihen vor einem Kleintransporter. Gespräche und Lachen mischen sich mit freudiger Erwartung auf ein Eis. Der Eismann wird für sein selbst gemachtes Eis gerühmt. Längst hat er die Marktlücke entdeckt und verkauft aus seinem Wagen heraus die köstliche Masse. Wanderer und Radfahrer stehen geduldig in der Reihe. Das Aroma von Vanille und Erdbeere liegt in der Luft. Was kann also schöner sein als hier ein Eis im Sonnenschein zu schlecken?

Bo stoppt ihr Rad und lacht Frank an.

„Erste!" Noch pustend stellt sie sich in die Reihe.

„Was willst du?"

„Stracciatella und Schoki." Frank sucht das Gelände nach einer Sitzgelegenheit ab. Hinten am Bachbett unter drei großen Weiden ist noch Platz.

„Ich setz mich schon mal da hinten hin!"

Und er geht, um den Platz mit Blick auf die grüne Landschaft mit seinen einladenden Weinbergen zu sichern.

Gute Laune schwirrt durch die Luft. Wo es nur möglich ist, sitzen eisschleckende Menschen auf Steinquadern, Baumstümpfen oder einfach im hohen Gras. Hunde tollen um ihre Besitzer und Kinder fragen quengelnd nach mehr Eis.

Bo bemüht sich eiligst mit ihrer klebrigen Kost zu Frank zu gelangen, der gemütlich an einer Weide angelehnt auf sie wartet. Ihr laufen schon die ersten Eisstränen über die Hände und sie leckt abwechselnd an jedem Eis, um zu verhindern, dass ihre Hände gänzlich verkleben.

„Nimm schnell, es schmilzt schon." Bo streckt Frank ein knuspriges Hörnchen mit einer riesigen Eishaube aus Stracciatellaeis entgegen.

„Schokolade ist schon ausverkauft. Wahnsinn, wie viel Eis die hier verkaufen."

Auch sie setzt sich im Schneidersitz auf den Boden und für eine Weile essen sie beide schweigend ihr Eis.

„Was machst du denn nächste Woche?" Frank ist fertig und leckt sich die Finger ab.

„Weiß ich noch nicht. Nichts Besonderes. Zu tun ist ja doch immer genug."

Bo nestelt ein Taschentuch aus der Hosentasche und wischt sich über den Mund. Dabei betrachtet sie eine junge Familie, die nah bei ihnen im Gras sitzt. Die Mutter hält ihrer kleinen Tochter ein Eis vor den Mund und abwechselnd lecken Mutter und Tochter an der Creme. Die Kleine ist schon über und über mit Creme verschmiert, aber beide lachen herzlich.

Frank schaut ebenfalls hinüber. Sein Blick wird wehmütig.

„Tja, unsere Jungs sind schnell groß geworden. Ich weiß gar nicht, wo die Zeit geblieben ist." Er betrachtet

Bo. „Als sie klein waren, waren wir eine richtige Familie. Jetzt macht jeder nur noch alleine, was er will. Wir sollten mehr zusammen machen."

„Du bist doch derjenige, der meistens fehlt."

Bo versteift sich. „Wer kommt denn immer so spät nach Hause und ist oft auf Geschäftsreise!"

„Da kann ich doch nichts für."

„Für die Reisen nicht, aber das Nachhausekommen ist eine andere Sache."

Beleidigt schweigt Frank.

„Und jetzt kannst du die Jungs nicht mehr zwingen mit zu machen, sie gehen ihre eigenen Wege. So wie wir damals."

„Du scheinst ja auch neue Wege zu gehen."

Er sieht sie forschend an.

„Wieso?" Bos Herz beginnt zu klopfen. „Nur weil ich ab und zu abends mit Freundinnen raus gehe?"

„Hm, hast du früher auch nicht so oft getan."

„Da musste ich auf die Kinder aufpassen. Jetzt kann ich einfach gehen ohne einen Babysitter zu besorgen." Bo steht auf. „Lass uns weiter fahren."

„Anscheinend willst du dich nicht mit mir unterhalten."

Mürrisch erhebt sich Frank und stapft zu seinem Rad. Ohne ein weiteres Wort steigt er auf sein Gefährt und radelt los. Bo kann nur noch hinterher hetzen. Ihre Hände sind klebrig von Eiscreme und Schweiß. Tränen steigen ihr in die Augen, während sie versucht Franks Tempo zu halten. Verbissen trampelt sie hinter ihm her. Vergessen ist die friedvolle Stimmung, die sie zwischen den Menschen auf der Wiese empfunden hat. Der Stachel der Angst ist in ihre Brust zurückgekehrt, bohrt sich in ihre Eingeweide und hinterlässt einen stechenden Schmerz. Wie lange kann sie so noch leben?

2010
Vielleicht hast du eine falsche Vorstellung?

„Hallo, Nadine hier, kannst du reden?"

Bo lächelt. Bei der Stimme von Nadine fasst sie ein leichtes Kribbeln.

„Ja, ich bin allein."

„Okay. Sag, hast du Lust heute Abend mit feiern zu gehen? Ich treffe Vera und noch ein paar andere Mädels. Wir gehen dann zur Homo-Party." Nadine kichert. „Du musst doch mal richtige Frauenparty-Luft schnuppern."

Bo ist wie elektrisiert.

„Du kannst auch hier bei mir schlafen, wenn du willst. Dann kannst du was trinken und musst nicht noch nach Hause fahren."

„Uih, das kommt jetzt alles etwas plötzlich. Ich könnte eigentlich schon."

„Was ist dann das Problem?"

„Stimmt. Mit dem Übernachten, weiß ich noch nicht so recht. Aber so eine Party wäre toll."

Bo steht im Hausflur und schaut sich selber ungläubig im Spiegel an. Sie war noch nie auf einer Lesbenparty.

„Wann geht's denn los?"

„Wenn du um 21 Uhr bei mir bist, reicht's. Früher lohnt sich nicht, da ist dann noch nichts los."

Es raschelt im Hörer und ein leichtes Schmatzen ist zu hören. Scheinbar beißt Nadine in etwas hinein.

„Sorry, ich habe gerade Frühstückspause. Komm einfach ganz entspannt. Mit dem Übernachten kannst du dir ja immer noch überlegen. Solange werden wir auch nicht machen, müssen ja morgen alle wieder arbeiten."

Noch einmal kaut Nadine auf etwas herum und nur undeutlich kommen die Worte an Bos Ohren.

„Ich muss jetzt weiterarbeiten. Also, bis nachher. Okay?"

„Ja super, bis nachher."

Bo antwortet schnell. Nadine soll ihre Unsicherheit nicht bemerken. Schon ist die Verbindung unterbrochen.

Sie blickt noch immer in den Spiegel. Im Haus ist es still, dass sie glaubt, man müsse ihren Herzschlag hören. Sie dreht sich ein wenig hin und her, als müsse sie sich vergewissern, dass sie lebendig ist. Sie lächelt ihr Bild an.

„Du gehst heute auf eine Frauenparty." Sie stutzt. „Was ziehe ich denn dafür an?"

Bestimmt sind alle Frauen total herausgeputzt, denkt sie und eilt zum Kleiderschrank. Shoppen ist nicht ihre Leidenschaft, so dass ihr Repertoire an Kleidung sehr begrenzt ist. Sie wühlt in den Klamotten. Eine Jeans ist schnell gefunden. Aber was dazu? T-shirt, Bluse, Pulli? Nein, Pulli ist zu warm. Bo zieht ein Teil nach dem anderen heraus, hält es hoch.

Genau, die schwarze, leicht durchsichtige Bluse kann sie anziehen. An den Ellbogen glänzt sie schon ein wenig.

Aber im Dunkeln einer Disko wird das nicht auffallen.

Bo wird immer aufgeregter. Soll sie bei Nadine schlafen? Was soll sie dann den Jungs erzählen? Es wird ihnen wahrscheinlich egal sein.

Sie legt die zerwühlten Kleidungsstücke gedankenverloren zurück in den Schrank. Morgen kommt Frank zurück. Falls er früh ankommt und sie noch nicht zu Hause ist, muss sie eine Erklärung haben.

Sie könnte behaupten, Nadine habe Geburtstag. Genau! Bo setzt sich auf das Bett und eine zentnerschwere Last drückt sie auf die Matratze. Sie streicht sich über ihr Gesicht. Wie weit ist es schon gekommen! Notlügen fliegen meist irgendwann auf. Soll sie die Wahrheit sagen? Bos gute Stimmung ist wie weggeblasen.

Ein Kloß im Hals unterdrückt die Angst, die sich aus ihr hinaus quetschen will, um lauthals zu schreien. Statt dessen dringt nur ein Stöhnen aus ihrem Mund und Tränen schießen ihr in die Augen, bevor sie als Sturzbach immer schneller über ihre Wangen rinnen. Sie begräbt ihr Gesicht in ihren Händen und zuckend vor Schmerz lässt sie sich gehen. Unendlich scheint der Strom an Tränen und das salzige Nass läuft beharrlich durch ihre Finger, die Unterarme entlang, bis auf ihre Hose. Nur langsam lässt die Spannung in ihr nach.

Sie schnäuzt in ihr Taschentuch, trocknet sich die Tränen ab und holt tief Luft. Still sitz sie eine Weile auf der Bettkante. Dann greift sie zum Handy. Drückt die Nummer von Nadine und horcht auf das Klingelzeichen.

„Hallo, was gibt's? Warte einen Moment."

Nadine Stimme ist mehr ein Flüstern. Dann hört Bo sie zu einer weiteren Person sprechen. „T'schuldigung. Bin gleich wieder da."

Eine Tür quietscht. Schritte hallen auf kalten Fliesen.

„So, jetzt kann ich reden."

„Ich glaub, ich kann das nicht. Das ist doch nicht fair." Bo räuspert sich. Noch stecken ihr die letzten Tränen in der Kehle und schon wollen sich Neue ihren Weg bahnen.

Nadine Stimme klingt warm durch die Leitung.

„Hör mal, wenn es dir damit nicht gut geht, dann lass es einfach. Aber überleg mal, du machst ja nicht Verbotenes." Nadine verharrt kurz, bevor sie weiterspricht. „Wir werden ja nur nett tanzen gehen. Vielleicht mit anderen Mädels quatschen. Du springst doch nicht sofort mit einer Frau ins Bett, nur weil du zu einer Party gehst."

Bo schießt das Blut ins Gesicht. So weit hatte sie doch gar nicht gedacht!

„Natürlich nicht!"

„Wo ist dann das Problem? Du sollst nur mal einen Eindruck bekommen, was für unterschiedliche Frauen da zusammen kommen."

Nadine wird drängender. „Erst, wenn du dich da richtig wohl fühlst, zwischen diesen Lesben, kannst du doch wissen, ob du dein Leben so umkrempeln willst. Vielleicht hast du ja ganz falsche Vorstellungen und Erwartungen."

Bo hört wie Nadine über den Flur geht.

„Erst wenn du dir hundertprozentig sicher bist, solltest du mit Frank reden. Ich muss jetzt wohl das Telefonat beenden. Überleg nochmal mit Ruhe und melde dich einfach heute Abend. Und denk dran, noch tust du nichts Schlimmes."

„Okay, dank dir."

Bos Stimme ist nur mehr ein Flüstern. Sie starrt auf ihr Handy. Sowie die besänftigende Stimme verstummt ist, kommt die Panik langsam wieder in ihr hoch.

Bildet sie sich die Liebe zu Frauen nur ein? Ist ihre Sehnsucht ein Trugbild, verursacht durch die häufige Abwesenheit von Frank?

Nein. Kein Anblick anderer Männer bringt ihr Herz zum springen. Aber die Nähe von der ein oder anderen Frau verwirrt sie, bringt ihren Puls zum kochen, vernebelt ihre Sinne. Sie sehnt sich nach dem Gefühl von sanften Händen auf ihrer Haut.

Bo schüttelt sich, als könne sie ihre Gedanken abwerfen. Nochmals greift sie zum Handy. Doch diesmal tippt sie für Nadine nur eine Nachricht. ‚Du hast Recht. Werde kommen.'

Für einen Moment starrt sie auf das Display. Dann drückt sie wie in Trance auf ‚senden'.

***

„Setz dich. Vera kommt auch gleich. Hier, zur Entspannung." Nadine drückt ihr ein Bier in die Hand. Bo ist viel zu aufgeregt, um sich zu setzen. Daher lehnt sie sich an die kühle Wand und nimmt einen tiefen Schluck aus der Flasche.

„Bin ich passend angezogen?"

Sie schaut Nadine fragend an, die noch in Jogginghose und nassen Haaren durch die Wohnung eilt.

„Jeder so wie er sich wohl fühlt. Ich finde immer, man soll so rumlaufen wie man ist und sich nicht irgendwie verstellen, weil man glaubt, damit eher aufzufallen oder Eindruck zu schinden."

Nadine entschwindet im Bad. „Bin gleich fertig." Schon ist Bo allein. Ihre Silhouette spiegelt sich im Fensterglas und sie prostet sich zu. Es klingelt und Nadine steckt ihren Kopf durch die Badezimmertür.

„Kannst du mal öffnen. Das muss Vera sein." Und schon ist sie wieder weg.

Bo eilt zur Tür, das Bier noch in der Hand.

„Hey, schön dich zu sehen!"

Vera fällt ihr freudig um den Hals, wobei sie sich auf die Zehenspitzen stellt, um Bo richtig umarmen zu können.

„Gut siehst du aus."

Schon stapft Vera an Bo vorbei und plumpst gelassen auf das Sofa.

„Nadine noch am aufbrezeln?"

Sie schaut Bo forschend ins Gesicht.

„Aufgeregt? Klar, wenn's die erste Frauenparty ist."

Vera räkelt sich ins Sofakissen. „Hab nicht zu große Erwartungen. Alles ganz normale Menschen." Sie lächelt Bo an.

„Vielleicht kommt Biggi auch noch. Die hat einen Sohn, so wie du. Dann kannst du dich mal von Mutter zu Mutter unterhalten. Und ansonsten wird es einfach getanzt bis die Sohlen qualmen." Sie lacht. Dabei hält sie ihren Kopf ein wenig schief wie ein Hund, der seinem Gegenüber interessiert zuschaut.

„So, bin auch endlich soweit." Nadine rauscht ins Zimmer, bekleidet mit Jeans und einem T-shirt auf dem in großen Lettern der Schriftzug prangt: Ich bin wie ich bin.

Ihre Kringellocken umschwirren ihren Kopf wie Korkenzieher und geben ihr ein beschwingtes Aussehen.

„Hallo, Vera, alles klar?" Sie umarmt Vera herzlich und blickt in die Runde.

„Gehen wir los? Ich wäre soweit."

Sofort greift wieder die Nervosität nach Bo. Wie kleine Stromspitzen durchfährt es ihren Körper vom Scheitel bis zu den Fußspitzen. Unsicher lächelt sie die Freundinnen an, doch bevor sie sich's versieht, haben die zwei sie untergehakt und marschieren mit ihr aus dem Haus. Die Party ist nicht weit entfernt. Eine lauschige Abendluft umhüllt das Trio und allmählich überträgt sich die ausgelassene Stimmung von Vera und Nadine auch auf Bo.

„Mädels, ich komme." Und sie lacht erleichtert inmitten ihrer Freundinnen, die wie Schutzpatroninnen neben ihr laufen, um sie vor dem Ungewissen zu schützen.

***

Laute Diskomusik dröhnt durch das Gebäude. Scheinwerfer schmeißen Flackerlicht auf die Tanzfläche, auf der sich etliche Frauen und Männer im Rhythmus der Musik bewegen.

Die Schwulen zeigen völlig ungehemmt ihre trainierten Muskeln. Nur ärmellose Hemden verdecken die Oberkörper. Manch einer tanzt sogar ‚oben ohne‘. Dazu meist knallenge Hosen, die nichts verbergen. Viele Körper schmücken großflächige Tattoos, die vor Schweiß glänzen.

Die Lesben dagegen sind nicht alle so figurbetont angezogen. Von enger Jeans, über weite Pluderhose bis zum Minirock ist alles vertreten. Dafür sind augenfällige Frisuren in der Überzahl. Stehhaare, Rasterlocken, glatte Fransen, die eine Gesichtshälfte verdecken und vor allem Farbtupfer von pink über grün, blau bis zu schneeweiß, alles ist zu sehen. Piercings glitzern vermehrt auf. Doch auch viele Frauen in unauffälligen Outfits tummeln sich auf der Party.

Ein Gemisch aus Parfüm, Deos und Schweiß zieht aufdringlich durch die Räume und nimmt Bo den Atem. Die Klimaanlage schafft es schon lange nicht mehr für angenehme Luft zu sorgen und so beginnt Bo im Gedränge der Körper schnell an zu schwitzen.

Vera schiebt sich dem Trio vorweg wie ein Bulldozer durch die Masse, zielstrebig zu einer Empore.

„Hier können wir erstmal ein bisschen Ausschau halten." Sie ergattert den letzten Bistrotisch und lässt keinen Zweifel daran, ihre Eroberung zu verteidigen. Bo stellt sich aufatmend dazu, während Nadine sich weiter durch die Menge drängelt.

„Ich hol uns Getränke." Und schon ist sie hinter einer Truppe junger Männer verschwunden.

„Ganz schön voll hier." Vera schaut sich neugierig um. „Noch sehe ich keine von unseren Freundinnen. Aber viele bekannte Gesichter. Die Szene kennt sich halt. Und wenn eine Party startet, kommen alle, denn so viele Partys für Homos gibt es hier nicht. Da wird in Köln schon mehr geboten."

Während Vera weiter sucht, blickt sich Bo schüchtern um. Die erste Aufregung ist etwas verschwunden, da sie merkt, dass sie sich hier völlig frei bewegen kann. Kaum jemand nimmt Notiz von ihr, dafür ist sie viel zu normal gekleidet. Ihr Blick fällt auf ein Quartett nicht weit von ihrem Tisch. Vier bullige Frauen in Karohemden, Lederjacke, Armyhosen und Stoppelfrisuren schauen finster in die Runde. Ihre Gesichter gleichen eher Bulldoggen als freundlichen Wesen und Bo zuckt zurück, als eine der Frauen sie direkt anfunkelt. Schnell wendet sie sich Vera zu und flüstert verstohlen zu ihr hinüber:

„Was sind das denn für Gestalten? Die machen einem ja Angst."

Vera blinzelt zu der Gruppe und lacht.

„Das sind Butcher. Sogenannte Kampflesben, die der Welt zeigen wollen, was es heißt emanzipiert zu sein. Die mögen selbst die Schwulen nicht. Schwer zu verstehen. Aber keine Angst, die beißen nicht wirklich. Leider haben viele Heteros die Vorstellung, die meisten Lesben wären solch durchgeknallte Emanzen. Dabei schau dich um, viele nette Frauen hier." Vera deutet mit dem Kopf auf die Tanzfläche. „Vielleicht etwas bunter als andere, aber du wunderst dich manchmal, wie bieder viele Lesben ausschauen und nicht dem Klischee entsprechen. Deshalb weiß ja auch niemand, ob nicht vielleicht die korrekt gekleidete Bankangestellte von nebenan zu uns gehört."

Nadine taucht endlich auf, bepackt mit drei Bierflaschen.

„Gefällt es dir hier?"

Sie gibt Bo ein Getränk und gönnt sich selber einen tiefen Schluck.

„Die Schwulentruppe hat mich an der Theke vorgelassen. Sind doch nette Jungs." Und sie schaut Bo lächelnd an. „Und vor denen braucht man keine Bedenken haben, dass sie uns anmachen."

Bo blickt sich um. Inmitten ihrer Freundinnen fühlt sie sich sicher. Alleine hätte sie sich nie zu dieser Party getraut. Die Vorstellung, vielleicht von jemanden erkannt zu werden, macht sie etwas nervös, aber ihre Neugierde gewinnt langsam die Oberhand.

„Lasst uns tanzen. Ich muss etwas Adrenalin loswerden."

Sie hat ihr Bier schon hinunter gestürzt und wartet ungeduldig auf die Anderen, die noch an ihren Flaschen nuckeln. Vera zwinkert ihr schelmisch zu.

„Geh ruhig schon. Wir passen von hier oben auf dich auf."

„Alleine?" Bo reißt erschrocken ihre Augen weit auf.

„Hier tut dir keine was. Geh schon."

Nadine legt ihren Arm kurz um Bos Schultern und schiebt sie in Richtung der Tanzfläche. Nur zögerlich geht Bo ins Flackerlicht. Die Musik ist dort so laut, dass jegliche Unterhaltung unmöglich ist. Sie zwängt sich durch die schwitzenden Leiber. Ihr Körper berührt zwangsläufig andere Körper und elektrisiert sie. Ein Kribbeln durchfährt sie. Ihr Herz pocht. Endlich hat sie eine Stelle gefunden, wo etwas mehr Platz ist und sie sich frei bewegen kann. Kurz blickt sie hoch zu Vera und Nadine. Beide winken ihr aufmunternd zu. Ein versehentlicher Stoß holt sie aus ihrer Erstarrung und sie beginnt sich im Takt der Musik zu bewegen. Sie schließt die Augen und vergisst für kurze Zeit, wo sie sich befindet. Lässt den Beat durch den Körper gehen und tanzt. Ist frei und unbeschwert. Tanzt als wäre alles ganz normal. Wie auf den vielen Partys in ihrem Leben. Schwingt die Arme. Bewegt die Füsse immer schneller. Sie lächelt in sich hinein. Verloren im Rhythmus kann sie alles vergessen, was ihr auf der Seele brennt.

Die Tanzfläche wird immer voller und Bo wird eingequetscht in der wogenden Masse.

„Zum ersten Mal hier?" Erschrocken reißt sie die Augen auf und starrt in ein Gesicht, das sich nur wenige Zentimeter vor ihrem befindet. Große, dezent geschminkte Augen blicken sie neugierig an. Vor Bo steht eine schlanke Gestalt in Jeans, T-shirt und Blazer. Rote Haare umrahmen ein rundes Gesicht, in dem es nur so von Sommersprossen wimmelt. Schmale Lippen lächeln sie an.

„Äh, ja." Bo bleibt abrupt stehen. Ein kurzer Blick zu ihren Freundinnen signalisiert ihr, dass sie beobachtet wird. Unsicherheit packt ihre Kehle und kein weiterer Ton kommt ihr über die eigenen Lippen.

„Ich bin Caro." Brüllt die Frau ihr ins Ohr. „Ich bin öfters hier." Dabei bewegt sie sich weiter zur Musik und dreht sich tanzend um Bo. Ihre Bewegungen sind weich und fließend und Bo guckt für einen Moment fasziniert zu. Doch dann packt sie Panik. Sie deutet mit dem Finger entschuldigend zu Vera und Nadine. Lautlos formen ihre Lippen ein paar Worte und bevor die Frau noch reagieren kann, verschwindet Bo. Ein enttäuschtes Gesicht zurück lassend.

***

„Du siehst aus, als hättest du ein Gespenst gesehen." Vera zwinkert ihr zu. „Hat die Rothaarige dir was Ungehöriges zugeflüstert?"

„Nein, eigentlich nicht."

„Dann musst du doch nicht fluchtartig die Tanzfläche verlassen."

Nadine grinst.

„Stimmt, das war wohl doof. Aber das geht mir etwas zu schnell."

„Die will doch bestimmt nur tanzen. Du musst noch viel lockerer werden!" Vera tätschelt ihr beruhigend die Hand. „Nicht jede Frau will direkt etwas von dir.

Bo blinzelt zurück auf die Tanzfläche und sieht den Rotschopf fröhlich zwischen den anderen tanzen.

Vera wird Recht haben, denkt sie. Wie albern von ihr, direkt zu flüchten, nur weil eine Frau mit ihr tanzen will!

„Ich hol uns was zu trinken." Bo nickt ihren Freundinnen zu und schlängelt sich zur Bar. Zwei Schwule stehen Arm in Arm vor der Theke und küssen sich verliebt. Fasziniert schaut Bo ihnen zu, aber die beiden beachten sie gar nicht. Sie schiebt sich vorsichtig an ihnen vorbei und winkt dem Keeper.

„Drei Bier." Sie muss laut rufen, denn die Musik schallt inzwischen auch in diesem Bereich der Partyräume krachend aus den Boxen. Der Keeper gibt ihr wortlos drei Flaschen und Bo drückt ihm zehn Euro in die Hand. Er lächelt ihr zu und dreht sich zum nächsten Kunden. Scheinbar hält er es für angemessen, den Restbetrag als Trinkgeld zu nehmen und Bo kann nur verdutzt mit ihren Bierflaschen zurückgehen. Ein Protest bei dieser

Lautstärke wäre sinnlos. Zudem will sie nicht auffallen. Beim Umdrehen stösst sie versehentlich an die zwei Schwulen, die noch immer unbekümmert knutschen. Diesmal grinst Bo und schubst sie leicht zur Seite.

„Sorry Jungs, ihr steht etwas ungünstig."

Sie lächelt sie an, als wäre es für sie das Normalste der Welt. Dabei fühlt sie sich wie ein Küken, dass gerade geschlüpft ist und die Welt entdeckt, geht es ihr durch den Kopf. Schnell entschwindet sie zurück zum Tisch, an dem inzwischen eine hochgewachsene Frau steht und sich angeregt mit den anderen unterhält.

„Tut mir leid, ich habe nur drei Bier geholt. Soll ich noch eins besorgen?" Bo stellt die Flaschen auf den Tisch und will sich schon wieder auf den Weg machen.

„Nein, nein, bleib. Ich hol mir später eins."

Die Frau währt freundlich ab. Dabei betrachtet sie Bo neugierig.

„Ich bin Biggi." Sie hält Bo eine schlanke Hand mit unheimlich langen Fingern entgegen. Überhaupt ist sie mindestens 1,90 Meter groß und sehr hager. Ihre Wangenknochen treten weit vor in einem kantigen Gesicht mit spitzem Kinn. Ihre Augen strahlen dabei eine große Wärme aus und ein breiter Mund entblösst tadellose weiße Zähne. Gekleidet ist sie genau wie das Trio in legeren Klamotten. Ihre überlangen Beine stecken in Röhrenjeans, die ihre Größe noch mehr betonen. Dafür verdeckt ein weites Flanellhemd ihre weiblichen Formen.

„Hallo Biggi, ich habe schon ein bisschen von dir gehört." Interessiert schaut Bo ihr ins Gesicht. Hätte sie Biggi als Lesbe erkannt, wenn sie sie auf der Straße getroffen hätte? Bo wird immer klarer, dass es tatsächlich viele unerkannte Lesben in ihrem Umfeld geben muss, wovon sie nicht annähernd etwas merkt.

Als würden sich Biggi und Bo schon lange kennen, bildet sich sofort eine vertrauliche Atmosphäre. Die Ruhe, die von Biggi ausgeht, überträgt sich auf Bo und sie plaudert ohne Hemmungen direkt drauflos.

„Du hast auch Kinder?"

„Einen Sohn. Zu mehr habe ich es nicht gebracht. Dann habe ich gemerkt, dass da was nicht richtig ist in meiner Welt." Biggi horcht kurz in sich. „Aber vom Erkennen bis zum Outen ist ein langer Weg." Sie schaut Bo fest an, dabei legt sie ihren Kopf leicht schief. „Den Weg hast du wohl noch vor dir. Aber wie du siehst, ich lebe noch." Biggi grinst. „Und das gut."

„Wie hat denn dein Mann reagiert."

„Katastrophal. Er hat mir gedroht, meinen Sohn nicht mehr sehen zu dürfen. Ich würde ihn ja pervers aufziehen." Sie runzelt die Stirn. „Er war total in seiner Mannesehre gekränkt. Fühlte sich ins Bockshorn gejagt. Aber im Endeffekt hat er erkannt, dass er unseren Sohn nicht allein aufziehen kann. Dafür ist er zu wenig zu Hause."

Bos Herz bebt. Ihr wird heiß und kalt. Die Vorstellung, ihre Söhne vielleicht nicht mehr sehen zu dürfen, zieht ihr beinah die Beine weg. Sie hält sich krampfhaft an der Tischkante fest ohne es zu merken.

„Nicht alle Männer reagieren so." Vera mischt sich vehement ins Gespräch. „Meiner war damals natürlich auch erstmal entsetzt. Aber er hat schnell gemerkt, dass er gegen diese Liebe nichts machen kann."

Sie tätschelt Bos Hand, die noch immer die Tischkante zusammenpresst und ihre Handknöchel stechen weiß im Dämmerlicht hervor.

„Genau. Auch mein Mann musste einsehen, dass er machtlos und zudem unser Sohn besser bei mir aufgehoben ist." Biggi beschwichtigt Bo, die noch immer ängstlich in die Runde starrt.

„Allerdings ist unser Verhältnis ziemlich unterkühlt. Wenn er am Wochenende Lukas holt, gehen wir uns eher aus dem Weg. Das ist für Lukas natürlich Mist, dass die Eltern so agieren." Sie seufzt. „Trotzdem bin ich froh, endlich so sein zu können, wie ich bin." Biggi legt ihre Hand auf Bos Schulter.

„Endlich nicht mehr lügen und sich verstecken. Und inzwischen habe ich auch eine Freundin. Die kommt zum Glück super mit Lukas aus. Meinem Mann geht sie einfach aus dem Weg."

„Und Lukas findet das alles okay?" Bos Stimme zittert ein bisschen.

„Kinder wünschen sich nur, dass ihre Eltern nicht streiten. Wir gehen inzwischen höflich miteinander um. Das ist schon gut für Lukas. Vielleicht bekommst du das ja noch besser hin!"

Jetzt legt auch Vera den Arm um Bo.

„Bestimmt. Wir arbeiten daran, dass das gut läuft."

Aufmunternd nickt Vera ihr zu. Bo ist sich da nicht so sicher. So euphorisch wie der Abend begann, scheint er nun eher ein beängstigendes Ende zu nehmen.

Biggi reckt sich zu ihrer vollen Größe.

„Scheinbar habe ich dich mehr verunsichert statt bestärkt. Sorry. Aber jeder reagiert anders. Mein Mann ist der absolute Macho. Deiner wird bestimmt ganz anders handeln."

„Ich hoffe es."

Wenig überzeugt steht Bo inmitten der Frauen, die sie aufmunternd angucken. Nadine deutet mit dem Kopf zur Tanzfläche.

„Lasst uns tanzen gehen. Das befreit."

Und sie packt Bo ohne ihr eine Chance auf Gegenwehr zu geben.

Tanzen, ja tanzen befreit, denkt Bo. Beim Tanzen vergisst sie beinah alles und sie drängt sich zielstrebig durch die Leute und verschwindet zwischen den wogenden Körpern. Sie will erstmal für sich sein. Und das geht am besten, wenn sie tanzt. Sie schließt ihre Augen und für eine Weile vergisst sie, wo sie sich befindet.

***

Bo öffnet ihre Augen. Sie ist völlig ausgepowert. Nun liegt sie auf dem Sofa in Nadines Wohnzimmer und streckt ihre kribbelnden Beine. Noch immer fühlt sie den stampfenden Bass der Musik in ihren Adern. Obwohl sie todmüde ist, kommt sie nicht zur Ruhe. Die Eindrücke des Abends kreisen durch ihre Gedanken.

Durch die offene Tür des Schlafzimmers dringt das Rascheln einer Bettdecke.

„Bist du noch wach?"

„Nicht wirklich." Bo hört wie Nadine sich herumwälzt. „Aber frag ruhig."

„Was würdest du an meiner Stelle tun?"

Es dauert eine Weile bis eine Antwort kommt.

„Ich habe keine Kinder, deshalb kann ich nicht ganz genauso fühlen wie du. Hast du dich denn zwischen den Lesben wohl gefühlt? So richtig? Hattest du den Wunsch, eine Frau im Arm zu halten? Zu küssen?

Bo errötet im Dunkeln. Mit so einer direkten Frage hat sie nicht gerechnet. Aber Nadine hat ja Recht. Sie muss sich sicher sein.

„Ja. Ich habe mich sauwohl gefühlt. Und die ein oder andere Frau fand ich auch anziehend. Aber was Biggi von ihrem Mann erzählt hat, hat mich ganz schön geschockt."

Es raschelt erneut. Nun erklingt die Stimme von Nadine deutlich an ihr Ohr. Scheinbar hat sie sich im Bett aufgesetzt.

„Ich kenne Frank kaum. Habe ihn, glaub ich, einmal auf einem Fest bei Sigrid gesehen. Aber ich erinnere mich, dass er absolut kein Macho ist. Der Mann von Biggi dagegen ist ein Vorbild an strotzender Männlichkeit.

Kein Machowitz geht an ihm vorbei. Mich wundert es nicht, dass er so reagiert hat. Dein Mann handelt wahrscheinlich ganz anders."

„Und wenn nicht? Ich würde es mir nie verzeihen, wenn ich die Kinder verlieren würde."

Tränen steigen Bo in die Augen und ihre Stimme bricht. Sie sucht nach einem Taschentuch und schnieft leise hinein. Da hört sie wie Nadine ins Wohnzimmer schlurft. Im Mondlicht erkennt sie eine gewaltige Gestalt auf sich zukommen. In ihre Bettdecke gehüllt, tapst Nadine zu Bo und setzt sich auf die Sofakante.

„Hey. Nicht weinen. Ich glaub echt daran, dass alles gut wird."

Sie drückt Bo fest an sich und langsam versiegen die Tränen. Ein letztes Zittern schüttelt Bos Körper.

„Du bist jetzt schon so weit gegangen in deiner Entscheidung, du solltest den letzten Schritt wagen und Frank alles erzählen. Natürlich könntest du so weiterleben und bis ans Ende deiner Tage ihm was vorlügen. Aber wem ist damit geholfen? Willst du das? Kannst du das?"

Sie hält Bo noch immer fest.

„Hat Frank nicht ein Recht auf die Wahrheit?"

Bo schnieft noch einmal in ihr Taschentuch. Tausend Gedanken rasen ihr durch den Kopf. Warum hat sie bloß ihr Leben so falsch geführt? Kann sie es schaffen, es noch umzubiegen?

„Ja, er hat wohl ein Recht darauf."

Noch zittert ihre Stimme leicht, aber allmählich strafft sie ihren Körper und windet sich aus der Umarmung, um Nadine ansehen zu können.

„Am liebsten wäre es mir, jemand anderes würde es ihm beichten. Aber das geht wohl nicht. Das ist meine Sache."

„Stimmt. Und jetzt solltest du erstmal schlafen. Es muss ja nicht morgen sein. Lass dir Zeit. Aber ich glaube, es ist der richtige Weg."

Nadine erhebt sich und blickt auf Bo herab, die wie ein verschüchtertes Kaninchen unter der Sofadecke liegt.

„Also, schlaf gut und träum was Schönes. Wir müssen früh aufstehen, leider."

Sie rauscht davon und nur leise erreichen die letzten Worte Bos Ohren.

„Denk einfach an eine der netten Frauen."

2010

Ich liebe Frauen.

Bo reibt sich den letzten Schlaf aus den Augen. Zeitig hat sie die Wohnung von Nadine verlassen. Ohne Frühstück, nur mit dem Geschmack von einem schnell geschlürften Kaffee noch auf der Zunge, die Haare ungekämmt, fährt sie in ihrem Auto nach Hause. Da wird sie erstmal gemütlich duschen. Die Jungs sind längst zur Schule und sie wird genug Zeit haben, sich in ihre Realität zurück zu holen. Zu verwirrend war der gestrige Abend.

Sie biegt um die letzte Straßenecke und zuckt zusammen. Vor ihrem Haus steht der Wagen von Frank.

***

Ihr ist schwindelig vor Angst. Wie kann es sein, dass Frank schon zuhause ist? Womöglich ist er schon gestern Abend gekommen! Doch dann hätte er wahrscheinlich eine Nachricht gesendet. Sie greift nach ihrem Handy. Keine Meldungen.

Es nützt nichts. Sie muss aus dem Auto steigen und ins Haus gehen. Mit unsicheren Schritten geht sie zum Eingang. Zurück aus der Großstadt mit seinen hupenden Autos, dem Stimmengewirr der Schulkinder auf den Bürgersteigen, die auf Grün warten, um die Straße zu überqueren, bellende Hunde, ratternde Züge, die mit quietschenden Bremsen sich dem Bahnhof nähern, hier empfängt sie eine gespenstische Stille.

Sie sucht nach dem Hausschlüssel in der Jackentasche. Nur ein einzelner Vogel singt sein Lied, während die Außenwelt noch zu schlafen scheint.

Bevor sie den Schlüssel ins Schlüsselloch stecken kann, öffnet sich die Tür wie von Geisterhand. Wortlos steht Frank im Türrahmen. Seine Miene ist versteinert. Er blickt sie durchdringend an, als könne er die Antworten auf seine Fragen in ihrem Gesicht lesen. Beinah widerwillig tritt er zur Seite und lässt sie eintreten.

Schuldgefühle drücken auf Bos Schultern und nur schwerfällig betritt sie ihr Heim. Was nun? Kann sie jetzt noch so tun, als wäre alles in Ordnung? Im Garderobenspiegel sieht sie ihre zerzausten Haare. Ihr Teint ist bleich und ihre Augen umspielt noch die Müdigkeit.

Franks Reisetasche steht mitten im Wohnzimmer. Seine Jacke ist nachlässig über einen Sessel geworfen und ein Ärmel hängt schlapp bis auf den Boden. Auf dem Esstisch stehen noch die Müslischalen der Jungs, mitsamt der Müslitüte und den Cornflakes. Ob ich ihnen jemals beibringen kann, den Tisch abzuräumen? Ihr Herz ist schwer und all ihre Zuversicht der letzten Stunden bricht zusammen.

„Setz dich." Franks Stimme durchschneidet die Luft.

Er selber lässt sich auf dem äußersten Sessel nieder. Schaut sie an. Sein Gesicht gleicht einer Maske. Undurchdringlich.

„Wo warst du?" Er muss sich räuspern. Bo steht noch immer wortlos im Raum, kaum in der Lage einen klaren Gedanken zu fassen. Endlich lässt sie sich auf einem Sessel sinken. In dem Moment scheinen sie beide Welten von einander zu trennen, obwohl nur das verwaiste Sofa zwischen ihnen steht. Normalerweise hätten sie zusammen auf dem Sofa Platz genommen. Schulter an Schulter. Hand in Hand. Nun sind sie soweit auseinander gerückt wie nie. Keine Felsschlucht könnte größer sein.

„Hast du jemand anderes kennen gelernt?"

Seine Stimme ist rau, aber er schaut ihr direkt in die Augen. Will Antworten. Wochen und Monate sind vergangen, in denen sie ihm etwas vorgespielt hat. Sich ihm entzogen hat. Noch immer kommt kein Wort über ihre Lippen. Wenn sie ihm jetzt die Wahrheit sagt, bricht ihre Welt auseinander. Für mehrere Momente zögert sie. Ist sie soweit gegangen, um nun doch noch zu schweigen?

Ihr wird heiß und kalt. Tränen steigen ihr die Kehle hoch. Sie zittert am ganzen Körper und nur mühsam bringt sie die Worte hervor:

„Es ist anders als du denkst." Sie schluckt. Komm jetzt, sag es ihm. „Ich liebe Frauen."

Dann bricht es aus ihr heraus wie die Wasserflut eines berstenden Dammes. Tränen strömen ihr über das Gesicht und ihr ganzer Körper bebt. Sie schlägt ihre Hände vors Gesicht, bemüht um Fassung. Doch die Angst, nun alles zerstört zu haben, ist so groß, dass sie minutenlang nur weinen kann. Sie wagt es nicht einmal, Frank anzuschauen. Erst langsam kann sie sich fassen.

Da hört sie ein unterdrücktes Weinen. Aus dem Schleier an Tränen schaut sie zu Frank. Da sitzt er wie ein Häufchen Elend, die Hand vor dem Mund gepresst und weint genau wie sie. Versucht sich zu beherrschen, doch auch aus ihm presst sich die Verzweiflung ihren Weg.

Eine ganze Zeit hört man im Zimmer nur das leise Schluchzen, dann wird es ganz still. Und die Stille ist noch erdrückender als das Weinen.

„Seit wann?" Seine Stimme ist nur ein Flüstern. Er schnäuzt sich, doch schaut er Bo nicht an. Sein Blick bohrt sich in den Fussboden als könne er dort einen Anker zum festhalten finden.

„Ich weiß nicht so genau."

Ganz gleich wie verrückt es klingt, aber sie weiß, dass sie keinen Sex mehr mit Frank will, weil sie Frauen lieber mag, auch wenn sie noch nie eine im Arm gehabt hat. Und das muss sie ihm jetzt sagen, so sehr sie ihn damit auch verletzt.

„Das Gefühl kam langsam. Über die Jahre. Ich habe immer gedacht, es kann nicht sein. Es darf nicht sein." Bo kommen wieder die Tränen. „Warum passiert mir so was? Wir könnten doch glücklich sein?"

Sein Blick ist gequält. Es zerreißt ihr das Herz ihn so zu verletzen. Sie hat es getan, ihre Ehe ist zerstört. Mit einem Satz. Nun gibt es kein Zurück mehr.

„Hast du eine – Freundin?"

„Nein." Bo schüttelt den Kopf. „Ich habe dich nicht betrogen. Noch nie."

„Wie kannst du dann sicher sein?" Frank runzelt die Stirn, schaut sie erstaunt an.

„Das kann ich nicht erklären. Aber ich bin mir sicher. Absolut. Aber ich habe noch keine wirkliche Lösung für uns. Ich weiß auch nicht, wie ich es den Jungs sagen soll." Ihre Stimme versagt. Frank steht abrupt auf.

„Das ist dein Part. Ich muss jetzt erstmal nachdenken. Mein Gott."

Und wieder kämpft er mit den Tränen, während er das Wohnzimmer verlässt. Bo bleibt gelähmt zurück. Was hatte sie getan! Die Angst vor der Zukunft bläht sich in ihr auf. Steigt ihr den Rücken hoch, lässt ihren Kopf dröhnen.

Wie konnte sie ihn so verletzten? Und was nun?

***

Sie hört die Haustür ins Schloss knallen und Franks Schritte entfernen sich. Ein Blick auf die Uhr sagt ihr, dass noch genug Zeit ist bis die Jungs nach Hause kommen.

Zeit zum bügeln, waschen, putzen. Kann sie einfach zur Hausarbeit übergehen, als wäre nichts geschehen? Ihr Körper ist bleischwer. Noch immer sitzt sie tief versunken in ihrem Sessel. Sie schließt die Augen und Bilder kommen in ihr hoch. Franks Gesicht taucht darin auf wie er als junger Mann vor ihr stand und wie sie das erste Mal zusammen getanzt haben. Die erste Umarmung, der erste Kuss. Sein Lachen. Ihre Pläne. All die vielen Jahre zusammen, die wie ein Kartenhaus zusammen gestürzt sind. Jetzt hat ein gebrochener Mann das Haus verlassen. Und es ist ihre Schuld.

***

Wie gelähmt sitzt sie seitdem im Wohnzimmer und starrt Löcher in den Boden. Sie nimmt ihre Umgebung kaum wahr. Ihr Puls ist ganz ruhig, ihre Hände zittern nicht mehr. Lethargie hat sie gepackt, hält sie fest. Umschließt sie wie ein Kokon.

Sie kann nicht sagen wie lange sie so vor sich hingestarrt hat, als sie hört, wie die Haustür sich öffnet. Franks schwere Schritte gehen durch den Flur. Verschwinden im Büro, dessen Tür schnappt ins Schloss. Es ist wie dieses Klick wie bei einem Vorhängeschloss, das unwiderruflich einschnappt, um ein Eindringen von Außenstehenden zu verhindern.

Das Geräusch lässt ihr Herz zusammenziehen. Wie ein Schraubstock presst die Angst sich um ihren Körper. Macht sie noch bewegungsloser. Nur noch ein dumpfes Rauschen beherrscht ihren Kopf. Noch nie hat sie die Leere des Raums so erdrückend empfunden. Noch nie hat sie sich so einsam gefühlt.

Sie holt tief Luft und mit einem tiefen Seufzer entweicht ihr Atem in die Stille des Raums. Sie muss sich zusammenreißen, denkt sie, gleich kommen die Jungs.

Sie rafft sich auf. Bleischwer tragen ihre Beine sie in die Küche und mechanisch beginnt sie mit der Vorbereitung des Essens. Nur mit großer Anstrengung gelingen ihr die normalerweise leichtgängigen, gewohnten Handgriffe. Immer wieder drängt sich die eine Frage in ihr Gehirn, stört ihr Denken. Was nun?

***

Die fröhlichen Stimmen der Jungs schrecken sie auf. Schon geht die Haustür auf und Geplapper füllt das Innere des Hauses mit Leben.

„Hey Mama."

„Hallo Jungs."

„Papa ist ja auch schon da!"

Kai schlüpft aus seinen Schuhen und schlurft auf Socken zum Büro.

„Ich weiß nicht, ob du ihn störst. Klopf erst an." Bos Puls beginnt wieder zu klopfen. Ungeachtet der Worte seiner Mutter, reißt Kai die Bürotür auf.

„Hey Papa. Wie war es in London?"

Bo lauscht mit bebendem Herzen auf die Antwort.

„Ganz okay. Und was gibt es bei euch Neues?" Franks Stimme klingt leicht belegt, aber Kai nimmt keine Notiz davon. Schon eilt er aus dem Büro und läuft weiter in sein Zimmer.

„Ich geh gleich zu Niklas. Essen fertig?"

Jannik steht derweil in der Küche und leckt am Kochlöffel.

„Hm. Lecker. Ich geh auch nochmal weg."

„Dann deck flott den Tisch."

Bo wird es schummrig bei dem Gedanken, gleich gemeinsam am Tisch zu sitzen. Was wird Frank tun? Sie bemüht sich, möglichst gelassen zu erscheinen, obwohl ihr die Beine fast den Dienst versagen.

„Setz euch schon mal, ich komme gleich." Und sie verschwindet schnell auf die Toilette, um für einen Moment noch allein mit sich und ihrer Angst zu sein.

***

Franks Blick ruht auf ihr, als sie sich zu den anderen an den Tisch setzt. Tonlos folgen seine Augen ihren Bewegungen. Bleischwer lastet sein Gesichtsausdruck auf ihr. Drückt sie auf den Stuhl.

„Nehmt euch genug. Ich hab keinen Hunger." Bo schiebt ihren Teller zur Seite. Es ist ihr unmöglich zu essen. Ein riesiger Kloß steckt ihr im Hals. Raubt ihr beinah den Atem. Die Luft brennt.

„Okay." Kai schlingt derweil sein Essen hinunter.

„Iss vernünftig. Dein Freund kann ruhig etwas warten." Frank schaut seinen Sohn tadelnd an, ansonsten lässt keine Regung in seinem Gesicht erahnen, was gerade hinter ihm brodelt. Bo versucht zu lächeln.

„Was habt ihr denn vor?"

„Bisschen Gameboy spielen." Kai schluckt den letzten Bissen hinunter und springt schon auf. „Ich bin dann mal weg."

„Ein gemütliches Essen ist anders." Franks Blick verdüstert sich. „Scheinbar ist hier jeder lieber auswärts als zuhause."

Kai schnappt nach seiner Jacke. Ein kurzer Blick streift seinen Vater.

„Du bist doch auch selten da." Und schon saust er davon.

„Ich bin auch fertig." Jannik schaut seine Eltern zögernd an. „Ich geh dann auch, okay?"

„Klar. Bis später." Bo mustert ihn liebevoll. „Aber nicht zu spät werden lassen."

Ihre Stimme wird fester. Für diesen Moment ist sie der Situation entkommen. Eine Galgenfrist, bevor sie ihren Söhnen von dem drohenden Unheil erzählen muss.

Frank stochert auf seinem Teller herum.

„Schmeckt es nicht?" Unsicher verfolgt Bo seine Handbewegungen. In Gedanken zieht er kreisende Linien durch sein Essen.

„Doch, eigentlich schon." Er sieht sie nicht an. Leise kommen die Worte von seinen Lippen.

„Will mich hier überhaupt noch jemand sehen?"

„Natürlich!" Bo erschrickt. „Aber denk mal an deine

Jugend. Hast du da stundenlang bei deinen Eltern gesessen? Wir hatten doch auch anderes im Sinn."

„Hm."

Eine ganze Weile vergeht. Die Sonne versteckt sich langsam hinter den großen Bäumen und lange Schatten greifen über das Grundstück. Hüllen es in diffuses Licht. Auch im Wohnzimmer zieht die Dämmerung über die Mienen der beiden. Doch keiner von ihnen steht auf, um das Licht einzuschalten.

Aus der Dunkelheit bricht Franks Stimme und Bo zuckt zusammen.

„Hast du dir denn Gedanken gemacht, wie es mit uns weitergeht?"

Bo schluckt.

„Ich habe eine Idee. Vielleicht könnte sie funktionieren." Sie räuspert sich. Nervös streicht sie eine Haarsträhne aus dem Gesicht. Mit der anderen Hand umklammert sie noch immer ihre ungebrauchte Gabel. Ihre Finger schwitzen und der Geruch von Metall liegt ihr säuerlich auf der Zunge. Sie legt die Gabel neben den Teller. Das Klimpern des Metalls auf der Holzplatte klirrt ihr in den Ohren. Außer dem Ticken der Wanduhr hört sie nur ab und zu einen tiefen Atemzug von Frank, der die Stille durchschneidet, als hätte er Mühe genug Luft zu bekommen.

„Ich könnte zu einer Freundin ziehen und nachmittags nach hier kommen, den Haushalt machen und für die Jungs kochen." Sie stockt. „Für dich natürlich auch.

Dann wäre ich nicht wirklich weg. Zumindest für die Kinder." Ihre Worte werden leiser. „Quasi ein Versuch. Dann könnten die Jungs wie gewohnt zur Schule, zu ihren Freunden. Hätten ihr gewohntes Umfeld." In Gedanken fügt sie noch den Satz hinzu: nur wir trennen uns.

Frank steht abrupt auf, drückt auf den Schalter und gleißendes Rampenlicht lässt sie brennen. Erbarmungslos. Wie ein Häufchen Elend kauert sie am Tisch, den Blick auf ihre Hände geheftet. Sie wagt es nicht ihn anzuschauen. Angst und Scham geben sich die Hand.

„Und welche Rolle spiele ich noch dabei?"

Erbitterung quillt wie Galle aus seiner Kehle. „Zumindest verlangst du nicht von mir, dass ich das Haus verlassen soll."

„Nein. Auf keinen Fall. Das wäre nicht fair!" Bo bebt.

„Fair. - Ein seltsames Wort in dieser Situation." Frank schaut zu Boden. Holt nochmal tief Luft. „Tja, dann bin ich gespannt wie es weitergeht."

Mit gesenktem Haupt verlässt er den Raum. Bo lauscht auf die Geräusche, die sie umgeben. Noch immer tickt die Wanduhr. Unbarmherzig, immer weiter, monoton. Dabei hat Bo das Gefühl, die Welt sei soeben stehen geblieben. Alles erscheint ihr wie in einem bösen Traum, indem alles um sie herum zusammenbricht. Nur mühsam erhebt sie sich. Sie schafft es kaum den Tisch abzuräumen. Wie soll sie dann bloß ihr Leben ordnen?

2010
Es kommt ihr wie Verrat vor.

‚Frank weiß Bescheid'.

Nur drei Worte. Aber welche Tragweite steckt dahinter. Bo fixiert das Display ihres Handys. Nervös wartet sie auf eine Antwort von Nadine. - Pling!

‚Wie geht's dir?'

‚Beschissen.'

‚Kannst du telefonieren?'

Bo zögert. Die Jungs sind weg. Frank hat sich schlafen gelegt. Warum sollte sie nicht telefonieren? Zumal Frank ja nun Bescheid weiß. Trotzdem kommt es ihr wie Verrat vor. Sie drückt sich tief in den Fernsehsessel als könne sie sich so vor der Außenwelt abschirmen. Das kühle Leder schmiegt sich beschützend um ihren Körper. Ein leises Knarzen ist zu hören, als sie sich in der Kuhle des Sessels zusammenigelt.

‚Ja, ich ruf dich an.'

Sie wählt Nadines Nummer und sekundenschnell hört sie die Stimme der Freundin. Ganz ohne Umschweife fragt Nadine:

„Was hast du ihm denn gesagt?"

„Das ich halt Frauen lieber mag als Männer und so nicht weiterleben kann."

„Wie hat er reagiert? Hat er getobt?"

„Nein, viel schlimmer." Im Geiste sieht Bo nochmal wie Frank seinem Kummer freien Lauf lässt. Sie würgt die Worte hervor.

„Er hat geweint."

Mit kurzen, abgehackten Worten berichtet Bo von den letzten Stunden. Schon steigt ihr die Angst wieder den Nacken hoch.

Tränen bahnen sich den Weg tief aus ihrem Inneren und rinnen ihr die Wangen hinab. Eine Weile herrscht Funkstille.

„Das ist natürlich schlimmer, als wenn er brüllen würde. Aber zumindest hat er dich vor den Jungs nicht bloß gestellt. Du kannst also genau überlegen wie du vorgehen willst."

Ein kurzes Schweigen, dann klingen weitere beruhigende Worte aus Nadines Mund.

„Du kannst jetzt erstmal Luft holen und dir überlegen, wann und wie du mit deinen Söhnen redest. Es muss nicht heute sein."

Die gleichmäßige Stimme zeigt Wirkung. Bo schluckt die letzten Tränen hinunter.

„Mir wäre es lieber gewesen, er hätte mich angeschrien. Es tut mir alles so leid."

„Ja. Aber an seiner Reaktion kannst du sehen, dass es vielleicht nicht zu einem Rosenkrieg kommen wird."

„Das hoffe ich sehr. Wir haben uns eigentlich nie großartig gestritten in all den Jahren. Wenn, dann war der ein oder andere mal bockig und hat sich in seine Kammer verzogen." Bo denkt zurück. „Es sind nie die Fetzen geflogen."

„Dann wird es auch diesmal nicht so sein." Nadine versucht Bo zu beschwichtigen. „Es ist gut, dass es jetzt passiert ist. Sonst hättest du womöglich noch lange gezögert und wärst daran noch krank geworden. - Oder Schlimmeres, wenn ich an deine Autofahrt denke."

„Ich trau mich gar nicht ins Bett. Das ist doch alles verrückt." Bo quetscht sich noch tiefer in den Sessel.

„Da musst du wohl durch. Es sei denn, du schläfst auf dem Sofa."

„Zu klein. Außerdem würden die Jungs sich wundern und fragen."

Die Vorstellung, sich gleich neben Frank zu legen, drückt ihr auf den Magen.

„Hoffentlich schläft er schon." Sie nimmt sich vor, so spät wie möglich ins Bett zu schleichen. Ein Blick auf die Uhr zeigt ihr, dass es gleich neun Uhr ist.

„Die Jungs sollten auch gleich nach Hause kommen. Könnt ich doch die Zeit zurückdrehen."

„Das geht halt nicht. Freu dich jetzt, dass du den Anfang geschafft hast. Nun wird es in kleinen Schritten weitergehen." Nadines Versuch, sie positiv zu stimmen, fruchtet nur wenig.

„Ich weiß nicht. Ich habe alles nur kaputt gemacht. Wie soll ich mich da freuen?"

„Ich bin sicher, es wird alles gut. Das geht nur nicht

so schnell."

Schweigen entsteht. Erst das Räuspern im Hörer reißt Bo aus ihren Gedanken.

„Sorry, Bo, aber ich muss auch langsam schlafen gehen. Wir telefonieren morgen nochmal. Okay?"

Nadine klingt müde.

„Ja. Ich will dir auch nicht auf die Nerven gehen mit meinem Problem." Bo kneift die Lippen zusammen. Am liebsten würde sie sich die ganze Nacht an Nadine klammern.

„Du nervst mich nicht. Nur im Moment kann ich dir nicht weiterhelfen. Versuch zu schlafen und morgen machst du vielleicht den nächsten Schritt. Oder erst in ein paar Tagen. So wie du kannst." Ihre Worte sind sanft, aber drängend.

„Okay. Danke dir. T'schüß dann."

„Gute Nacht, Bo."

Die Leitung bricht ab. Noch eine ganze Weile hält Bo ihr Handy in ihren starren Fingern.

In diesem Moment hört sie wie Jannik herein kommt. Schnell reibt sie sich über ihr verweintes Gesicht.

„Hey Mama. Ist was passiert?" Jannik schaut seine Mutter beklommen an. Bo schnäuzt in ihr Taschentuch. Ringt nach einer Antwort.

„Nein, nein. Der Fernsehfilm war nur so traurig."

„Ist doch nur ein Film." Erleichtert lacht er. „Du solltest besser was Lustiges gucken, wenn du immer heulen musst."

„Hast wohl Recht. Aber nun ab ins Bett! Ist spät genug für dich." Bo wimmelt ihn ab, bevor sie noch mehr lügen muss. „Ich gehe auch schlafen."

„Bin schon weg." Und er geht ohne sich weitere Gedanken zu machen. Bo lauscht noch eine Weile auf die nächtlichen Geräusche. Es ist wenig zu hören. Kein Wind raschelt in den Bäumen. Nur der Ruf eines Käuzchen ist in der Ferne zu vernehmen. Es scheint, dass alle Welt schon friedlich schläft.

Sie nimmt ihren ganzen Mut zusammen und macht sich fertig für die Nacht. Leise huscht sie ins Schlafzimmer und legt sich zu Frank ins Bett. Er rührt sich nicht. Sein Atem geht gleichmässig, aber nicht tief. Schläft er oder tut er nur so? Bo liegt mit offenen Augen neben ihm und spürt seine Wärme. Sie rückt ganz nah an die Bettkante, um ihn bloss nicht zu berühren. Dreht ihm den Rücken zu. Obwohl es sehr warm im Zimmer ist, zieht sie sich die Decke bis über ihr Ohr und schon bald beginnt sie zu schwitzen, wagt es aber nicht, die schützende Decke abzuschütteln.

Ganz langsam übermannt sie die Müdigkeit. Der Stress der letzten Stunden zeigt seine Wirkung und sie fällt in einen unruhigen Schlaf. Ihr Körper zuckt wie ein Aal und unter den Augenlidern bewegen sich die Augäpfel hektisch hin und her. Ein ängstliches Stöhnen entweicht ihrem Mund und sie wälzt sich von der einen auf die andere Seite.

Immer wieder schreckt sie auf, schaut vorsichtig zu

Frank, ob er etwas mitbekommt von ihren Ängsten. Er liegt ruhig da. Falls er wach ist, lässt er es sich nicht anmerken.

***

Völlig gerädert wacht Bo am Morgen auf. Frank ist längst unbemerkt verschwunden. Sie horcht auf seine Schritte, aber er scheint das Haus schon verlassen zu haben. Sie streicht sich über ihr verklebtes Gesicht. Am liebsten würde sie sich die Decke über den Kopf ziehen und nie mehr aufstehen. Stattdessen rappelt sie sich schwerfällig auf und streift sich den durchnässten Schlafanzug ab. Der säuerliche Geruch zieht ihr in die Nase. Er durchdringt den ganzen Raum, umgibt sie wie eine Glocke aus Angst.

Schnell reißt sie die Fenster auf und geht unter die Dusche.

Es ist weit nach Mitternacht. Am wolkenlosen Himmel funkeln die Sterne und im Mondlicht säuseln Rauchfahnen senkrecht aus den Schornsteinen der Häuser. In vielen Wohnungen ist es längst dunkel und ihre Bewohner liegen schon in ihren warmen Betten. Nur vereinzelt leuchtet noch das ein oder andere Fenster, hinter dem noch Menschen zusammen sitzen oder vielleicht nur ein Einzelner, der noch einmal über das Weihnachtsfest sinniert. In den Gärten brennen Lichterketten, als wollten sie das Fest damit noch länger festhalten.

Eine Tür öffnet sich und der Nachbar gegenüber verabschiedet seine Angehörigen. Ein herzliches Umarmen durchbricht die Nacht. Dann huschen drei Personen durch das Dunkel und die Tür verschließt sich wieder. Kurz darauf erlöschen die Lichter in seinem Haus. Nicht so bei Bo und Katrin. Da lauschen alle gespannt auf Bos Worte. Bis sie für einen Moment verstummt. Katrin steht auf und fragt in die Runde:

„Wer möchte noch ein Getränk? Ich hol mir jedenfalls noch ein Bier."

„Ich trinke eins mit." Kai nickt ihr zu, dann schaut er seine Mutter an. „Das habe ich alles gar nicht so mitbekommen. Echt krass."

Vorsichtig schielt er zu Frank, der in Gedanken versunken auf seinem Stuhl kauert, noch immer Hand in Hand mit Judith. Katrin kommt mit Bier beladen zurück und stellt es auf den Tisch.

„Falls noch einer ein Bier möchte."

Sie öffnet sich eines und setzt sich wieder zu Bo, die still in die Runde schaut und Katrin spricht für sie:

„Es war eine sehr schwere Zeit. Für Bo und für Frank. Gut, dass ihr die Trennung eurer Eltern halbwegs gut verkraftet habt. Zumindest finde ich es fantastisch, dass wir hier so mit allen Beteiligten friedlich zusammen an einem Tisch feiern können. Ich glaube, dass habt ihr Vier als Familie wirklich toll hinbekommen." *Sie prostet allen zu.* „Auf euch. Und das es so bleibt."

Jetzt meldet sich auch Jannik, der bislang nur ruhig zugehört hat und nickt Katrin zu.

„Es war wirklich nicht toll. Aber was soll man dagegen machen, wenn Mama dich lieber mag. Ich finde, du bist auch ganz in Ordnung."

Scheinbar der Worte genug, blickt er seine Mutter an und wartet auf ihre Fortsetzung.

2010
Ich muss euch etwas sagen.

Draußen regnet es Bindfäden. Wassertropfen perlen die Fensterscheiben hinunter und das Grau des Himmels färbt die ganze Umgebung in ein trübes Licht. Die Dachziegel der Nachbarhäuser schimmern nass und die Blätter der Esche vorne auf dem Grundstück hängen schlaff unter der Wasserlast gen Boden.

Menschen huschen über die Straße. Ihre Köpfe gebeugt. Regenschirme und Kapuzen verdecken fast gänzlich die Gesichter, lassen nicht erkennen, in welcher Gemütslage sie sind. Ein Bus rauscht über die Fahrbahn, lässt Regenwasser aufspritzen und eine Frau springt verärgert zur Seite. Wütend fuchtelt sie mit ihrem Schirm in Richtung des Fahrers, der unbeteiligt seine Fahrt fortsetzt.

Bo bekommt das nur schemenhaft mit. Ihre Aufmerksamkeit gilt ihren Söhnen, die sie erwartungsvoll anschauen. Bo hat sie zu sich gerufen. Sie kann nicht länger das Gespräch mit ihnen aufschieben. Seit Tagen kämpft sie mit sich, während Frank ihr aus dem Weg geht. Die Nächte neben ihm werden zum Albtraum, lassen sie nicht zur Ruhe kommen. Ihre Hosen werden immer weiter. Ihre Augen immer trüber. Sie kann nicht mit ihm unter einem Dach wohnen und so tun, als wäre alles normal. Es muss aus ihr raus, diese quälende Last, die sich wie eine giftige Schlange durch ihre Eingeweide schlängelt.

„Also, ich muss euch etwas sagen." Ihr Herz schlägt wie ein Hammer. Ihre Stimme ist dünn. „Etwas Unangenehmes."

Die Zwei horchen auf. Etwas sagt ihnen, dass sie gut zuhören sollten. Vier Augen folgen Bo unerbittlich. Jetzt kann sie nicht mehr schweigen. Sie kaut auf ihrer Unterlippe.

„Was denn?" Kai ist ungeduldig. Das Kribbeln in der Luft lässt ihn nervös werden.

„Ich muss euch sagen, dass ich Frauen lieber mag als Männer." Sie stockt. Sucht nach den besten Worten. Jannik schaut sie erstaunt an. „Na und. Das macht doch nichts."

„Doch. Natürlich."

Kai hat sofort geschaltet.

„Heißt das, ihr lasst euch scheiden?"

Scheidung. Das Wort hängt drohend im Raum.

„Soweit haben wir noch nicht überlegt. Das heißt, ich meine." Bo verhaspelt sich.

„Wir werden wohl nicht ewig zusammen bleiben. Jetzt erstmal schon noch."

Sie blickt ihre Söhne traurig an wie sie da auf dem Sofa sitzen. Zwei junge Menschen, deren Zuhause gerade zusammenbricht. Jannik runzelt die Stirn.

„Dann sind wir auch Scheidungskinder. Wie fast alle meine Freunde."

Als wäre diese Feststellung als Kommentar genug, guckt er bewusst gelangweilt aus dem Fenster. Es krampft ihr das Herz zusammen. Schnell fliegen ihr nun die Worte aus dem Mund.

„Ich werde mich immer weiter um euch kümmern. Selbst wenn ich irgendwann ausziehe, komme ich jeden Tag zu euch und koche und so. Ich bin quasi nur nachts nicht hier."

Eine Weile herrscht Schweigen.

„Und was sagt Papa dazu?" Kai blickt sie an.

„Er ist natürlich traurig darüber. Viel gesagt hat er eigentlich nicht. - Was soll er auch sagen."

Sie haben ja auch kaum miteinander gesprochen. Es ist wie eine eisige Glocke unter der sie im Moment leben. Jeder grübelt für sich. Die Ratlosigkeit hat vollends von ihnen Besitz ergriffen.

„Und wo willst du dann wohnen?" Kai reißt sie aus ihren Gedanken.

„Vielleicht erstmal bei einer Freundin. Jedenfalls in eurer Nähe. Ich werde immer für euch da sein!"

Kläglich klingen die Worte aus ihrem Mund und sie schaut ihre Söhne hilflos an, nach Verzeihung suchend. Jannik blickt noch immer mit regloser Miene aus dem Fenster. So gerne würde sie jetzt ihre Söhne umarmen, aber eine seltsame Scheu hält sie davor zurück. Sie sind keine kleinen Kinder mehr, sondern junge Erwachsene, die mit ihrem Stolz kämpfen, um in dieser Situation nicht zu weinen. Auch jetzt wäre es Bo lieber, sie würden wütend, würden schreien und toben. Dann könnte sie sie packen und trösten. Aber diese Stille, dieses ratlose Schweigen macht die Luft zum Atmen unerträglich.

„Tja, dann wissen wir ja jetzt Bescheid."

Kai ergreift die Initiative. „Ich muss noch was lernen. Ich geh dann mal auf mein Zimmer." Er zögert kurz. Schaut unschlüssig auf seine Mutter, dann zieht er ab. Auch Jannik sucht die Flucht. Bo bleibt versteinert zurück. War das jetzt gut gelaufen? Das Jungs immer so schweigsam sind! Mädchen würden sie jetzt mit Fragen traktieren. Aber Männer brüten lieber allein vor sich hin.

Bo weiß nichts mit sich anzufangen. Im Inneren raubt ihr die Angst jegliche Ruhe. Und andererseits lähmt sie sie. Bewegungslos starrt sie auf die Tür, durch die die Jungs gegangen sind.

Die Raumluft ist stickig. Es hat aufgehört zu regnen und ein einzelner Sonnenstrahl sticht durch die Wolkenberge. Bringt die Wassertropfen auf den Gräsern zum blitzen. Leichter Dampf steigt vom Boden auf und gibt dem Garten ein geisterhaftes Aussehen.

Ich muss an die frische Luft, denkt Bo und greift nach ihrer Jacke. Sie will schon den Jungs zurufen, dass sie kurz spazieren geht, aber sie zaudert. Geht wortlos hinaus.

Die kühle Luft lässt sie frösteln und sie zieht die Jacke fest um ihren Körper. Unschlüssig, wohin sie gehen soll, verharrt sie kurz vor der Haustür, dann schlägt sie den Weg zum Wald ein. Sie möchte Niemandem begegnen, daher schleicht sie sich über enge Nebenwege durch das Dickicht. Viele Male hat sie diese Schleichpfade mit den Jungs genommen, um mit ihnen auf Entdeckungstour zu gehen. Nun ist sie ganz alleine.

Die Blätter der Bäume wispern im Wind, ansonsten hört sie nur ihre eigenen Schritte. Kleine Äste brechen klagend unter ihren Füßen entzwei und altes Laub raschelt mürrisch. Einzelne Pfützen werfen das Sonnenlicht zurück. Wasser spritzt auseinander, als Bo achtlos hindurch watet.

Das macht doch nichts, Mama. Sie muss lächeln, obwohl ihr schon wieder die Tränen in die Augen steigen. Der Versuch ihres Sohnes, sie zu trösten, ist rührend, aber macht sie noch trauriger. Was richtet sie nur an? Kann sie diese Familie wirklich zerstören? Oder könnte sie noch zurückrudern?

Bo bleibt stehen, schaut durch den Waldrand zurück auf die Häuser. Ein leichtes Beben erfasst ihren Körper. Kriecht vom Bauch hoch bis zur Brust. Explodiert. Sie verbirgt ihr Gesicht in den Händen und ein Vulkan aus Angst und Trauer bricht sich seinen Weg. Aus leisem Schluchzen wird ein haltloses Schreien. Ihre Schultern beben unter der Gewalt der Gefühle und ihre Beine versagen. Sie knickt auf die Knie. Minutenlang wird sie geschüttelt. Die Nässe des Bodens dringt ihr dabei durch die Hose. Tränen mischen sich mit Nasenschleim, besudeln ihr Gesicht.

Nur langsam beruhigt sie sich. Nimmt den lehmigen Matsch wahr, der sich unter ihr befindet und ihre Kleidung beschmutzt. Durch den Tränenschleier blickt sie sich um. Niemand hat sie bemerkt. Nur ein Rotkehlchen linst neugierig zu ihr hinüber. Hüpft keck um sie herum. Du hast es gut. Deine einzige Sorge gilt dem täglichen Essen, oder? Der kleine Vogel piepst, als wolle er sie aufmuntern und Bo lächelt ihm zu.

Mühsam rappelt sie sich auf. Betroffen schaut sie an sich herunter. Die Hose ist verschlammt, auch die Schuhe starren vor Dreck. Sie putzt sich die Nase. Mit dem Ärmel wischt sie die Tränen fort. Holt tief Luft und bläst sie stöhnend aus.

Langsam kommt ihr Gehirn wieder in Gang. Bilder springen vor ihre Augen. Sie sieht ihre Jungs, ihre ratlosen Gesichter. Aber auch Gesichter von lachenden Frauen. Franks Tränen und sie hört die Worte ihrer Freundinnen. Veras drängende Stimme. Willst du dein Leben wirklich bis zum Ende als Lebenslüge begehen!

Bo schüttelt es. Nicht weit von ihr steht eine Bank. Ihre Bretter sind noch feucht vom Regen, aber das ist ihr egal. Ihre Hose ist sowieso nass. Sie setzt sich auf das glitschige Holz und nimmt ihr Handy. Sie möchte mit Vera reden! Der kleinen Frau, die so energisch durchs Leben geht. Die sie, die Ältere, an die Hand nimmt und ihr sagt, was sie tun kann. Bo braucht jetzt einen Rat von ihr!

Kein Empfang.

Das hätte sie sich denken können, hier so tief im Wald. Bo springt auf und macht sich auf den Rückweg.

Der Gedanke mit Vera zu reden, gibt ihr neue Energie.

***

„Setz dich. Ich habe sofort Zeit für dich. Nur noch einen Moment."

Bo lässt sich auf dem grünen Sofa in Veras Wohnzimmer nieder. Ihr Blick wandert durch den Raum. Fährt über die kargen Wände und bleibt an einem Foto hängen. Zwei strahlende Frauengesichter lachen den Betrachter an und in den vier Augen, die so glücklich die Welt anschauen, ist die Liebe ganz offensichtlich. Ein dickes rotes Herz aus Lippenstift prangt über den Köpfen. Eine der beiden ist Vera.

Interessiert geht Bo auf das Bild zu, während sie Veras Stimme in der Küche glucksen hört. Ein leichter Anflug von Neid überfällt Bo, als ihr klar wird, dass Vera mit ihrer Freundin skypted. Verliebtes Geflüster dringt an ihr Ohr, lässt sie aufhorchen.

„Ich muss jetzt Schluss machen, meine Süße. Aber ich melde mich später noch mal. Meine seelische Unterstützung wird benötigt."

Die Antwort aus der Ferne ist zu leise, als das Bo sie verstehen kann. Als wäre sie beim Lauschen ertappt, setzt sie sich wieder aufs Sofa, schnell noch einen Blick auf

Veras Freundin werfend. Eine blonde Frau mit Kurzhaarschnitt und Nasenpiercing zeigt eine Reihe makelloser Zähne. Eine auffällige Erscheinung, aber die dunklen Augen blicken Bo warm an. Noch einmal überkommt sie ein Hauch von Neid, da stürzt Vera ins Zimmer.

„Sorry. Aber ich musste noch schnell zu Ende skypen." Veras Augen glänzen und eine leichte Röte überzieht ihre Wangen. Ganz offensichtlich muss sie sich erst wieder in die Gegenwart holen. Sie streicht sich mit den Händen durch die langen Haare und bindet sie zu einem dicken Zopf. Als könne das strengere Aussehen ihre Gedanken bündeln und sie schaut Bo forschend an.

„Du siehst etwas mitgenommen aus. Was ist passiert?" Wieder ganz bei Bo, setzt sich Vera zu ihr. Aufmunternd sucht sie in ihrem Gesicht nach Antworten.

„Sie wissen Bescheid."

Wie ein Stein, der ins Rollen kommt, purzeln nun die Worte aus Bos Mund. Erst langsam, dann immer schneller.

„Es war schrecklich." Mit hastigen Worten schildert sie Vera die Unterredung mit ihren Söhnen. Bos Stimme wird schrill. Voller Angst blickt sie Vera an, die ihr aufmerksam zuhört. Fast mütterlich ruht deren Blick auf Bo. Erst das Wort Scheidung lässt eine Augenbraue hochschnellen.

„Kai hat gefragt, ob wir uns scheiden lassen."

„Nun ja, das ist die logische Konsequenz. Oder willst du etwa verheiratet bleiben und gleichzeitig auf Brautschau gehen?"

Vera zwinkert ihr schelmisch zu.

„Deine Jungs haben das schon richtig erkannt. Die Scheidung ist der normale Weg. Ansonsten wäre es eine seeehr moderne Art von freier Liebe zwischen Partnern." Vera runzelt die Stirn. „Oder wie hast du dir ein weiteres Verhältnis mit Frank vorgestellt?"

Bos Gesicht ist ein Spiegel ihrer inneren Verwirrtheit.

„Soweit habe ich irgendwie noch gar nicht gedacht. Ich weiß im Moment überhaupt nicht mehr, was ich will."

Vera streckt ihren Rücken. Sie überlegt kurz, dann dringen ihre Worte streng in Bos Bewusstsein.

„Doch. Im Prinzip weißt du ganz genau, was du willst. Du möchtest Frank verlassen, um Raum für eine Frau zu haben. Dabei willst du deine Söhne nicht verlieren. Was auch nicht zwangsläufig passiert. Du musst ihnen nur stetig zeigen, dass du jederzeit für sie da bist. Das wird anstrengend. Ist aber möglich." Vera entspannt sich wieder. „Mein Angebot für dich, hier versuchsweise zu wohnen, steht immer noch. Probier es aus, ob du gut leben kannst, wenn deine Kinder nicht mit dir unter einem Dach leben. Wenn du das kannst, wird sich der Rest von selber ergeben."

„Das hört sich alles so einfach an. Aber ich weiß nicht, ob ich es schaffe."

„Das zeigt dir auch nur der Versuch. Nur so, wie es im Moment ist, scheint es mir kein Dauerzustand für dich zu sein. Sieh doch mal in den Spiegel!" Vera funkelt sie an, so dass Bo irritiert an sich herab schaut. Ihre Hose schlackert um ihre Beine, ihre Hände zittern und sie weiß auch ohne einen Blick in den Spiegel, dass unter ihren Augen die Zeichen von zu vielen schlaflosen Nächten sitzen.

„Schau mal." Veras sanfte Stimme dringt an ihr Ohr. „Deine Söhne lieben dich. Und sie lieben Frank. Kinder möchten vor allem, dass ihre Eltern glücklich sind. Wenn ihr es schafft, vernünftig auseinander zu gehen, ohne Streit und Hass, dann musst du ihnen nur zeigen, dass du für sie da bist. Wenn du also jeden Tag, wie du sagst, zu ihnen fährst und für sie Zeit nimmst, ist es für sie kein großer Unterschied zu jetzt. Nur das du endlich glücklich werden kannst. Und Frank hat auch ein Recht auf eine neue Freundschaft!"

Vera grinst. „Natürlich müssen wir dann eine nette Frau für dich finden."

Bo errötet und eine heiße Welle erfasst ihren Körper. Ein kurzer Schwindel lässt sie die Augen schließen.

„Alles okay mit dir?" Ängstlich greift Vera nach Bos Hand. Die öffnet ihre Augen. Noch etwas verschleiert schaut sie in Veras Gesicht, die sich erleichtert zurücklehnt.

„Ja, ja. Es ist nur alles ein bisschen viel."

„Du musst dir Zeit lassen. Immerhin hast du Jahre bis hier gebraucht, jetzt kannst du dein Leben nicht in ein paar Stunden ändern. Das braucht Geduld. Jetzt koch ich uns Nudeln, damit du mal was isst."

Und schon schlüpft Vera in die Küche, während Bo sich erschöpft auf das Sofa legt. Ihr schwirrt der Kopf. Die Vorstellung hier einzuziehen, macht ihr Spaß und gleichzeitig Angst. Die Erschöpfung lässt sie kurz eindämmern.

„Essen kommen." Vera reißt sie aus ihrem Schlummer und erschrocken setzt sich Bo auf.

„Ich komme." Mit steifen Beinen geht sie in die Küche, wo zwei dampfende Teller appetitlich angerichtet auf dem kleinen Tisch stehen. Vera strahlt sie aufmunternd an.

„Komm und iss. Kraft braucht jeder Mensch!"

Und sie dreht sich gekonnt ein paar Spaghetti auf die Gabel.

„Danke Vera. Danke für alles."

Nach dem ersten Bissen merkt Bo wie ausgehungert sie ist und mit wachsender Begeisterung verspeist sie ihre Nudeln. Erst als ihr Teller blank gekratzt ist, lehnt sie sich zurück und atmet auf. Vera werkelt indes schon an der Kaffeemaschine und ein verführerischer Duft übertüncht den Essensgeruch.

„Darf ich dich mal was fragen?" Bo wendet sich schüchtern an Vera.

„Fragst du mich nicht ständig?" Vera lacht. „Was denn?"

„War das vorhin deine Freundin?"

Vera legt ihren Kopf schief. Und ein verträumter Gesichtsausdruck nimmt von ihr Besitz.

„Jip. Das war Andrea. Ich habe ja erzählt, dass sie in der Schweiz wohnt. Daher skypen wir sooft es geht." Sie seufzt. „Da kann ich nicht mal eben so hinfahren. Aber vielleicht ändert sich das ja bald," und ein Lächeln erscheint auf ihren Lippen. „Wenn ich dort einen Job bekommen könnte, ziehe ich zu ihr. Aber die Schweizer sind streng. Man muss schon Arbeit, Wohnung und ein gutes Polizeizeugnis vorweisen, sonst darfst du da nicht bleiben."

Bo erschreckt. Die Vorstellung, ihre gerade erst neue Freundin zu verlieren, macht ihr Angst und sie reißt die Augen entsetzt auf.

„Keine Panik. So schnell bin ich nicht ausser Landes. Das kann schnell noch ein Jahr dauern. Meine Mutter ahnt auch noch nichts von meinen Plänen." Sinnierend blickt Vera aus dem Fenster. „Ich habe noch nie in einer anderen Stadt gewohnt. Und dann sogar ins Ausland ziehen! Das ist auch für mich eine schwere Entscheidung. Da muss ich mir in der Liebe sicher sein!"

Bo lächelt erleichtert, ohne ihrer Freundin Pech in der Liebe zu wünschen, aber so schnell möchte sie sie nicht verlieren.

„Ich würde mich jedenfalls freuen, wenn du noch lange hier bleiben würdest!"

„Dann überleg dir, ob du mit mir hier eine WG aufmachen willst." Und sie schaut Bo auffordernd an.

***

Die Uhr in der Küche tickt unbarmherzig. Bo sieht mit Schrecken, dass sie schon drei Stunden mit Vera verbracht hat. Sie sollte längst nach Hause fahren, aber diese Wohnung gibt ihr ein Gefühl von Sicherheit. In diesen vier Wänden kommt sie zur Ruhe.

„Wenn ich hier bei dir sitze, kann ich richtig entspannen." Sie läßt ihre Augen zufallen. „Ich muss hier keine Angst haben, dass mich die Jungs traurig angucken oder Frank mir Fragen stellt, die ich selber noch nicht beantworten kann."

„Ein Grund mehr, etwas Abstand von Zuhause zu nehmen, wenn du überhaupt noch von einem Zuhause sprechen kannst." Vera zögert kurz. „Ich will dich nicht deprimieren. Aber ist ein Zuhause nicht der Ort, wo man sich hingezogen und am wohlsten fühlt? Ist das also noch dein Zuhause? Du musst dein schlechtes Gewissen überwinden und auch mal an dich denken. Fragt eigentlich niemand, warum du immer dünner wirst?"

Bo schaut an sich herunter. „Es kommen schon mal Kommentare. Aber eine ernsthafte Frage, - nein." Sie überlegt. „Schweigt nicht jeder mal lieber, wenn er ein Problem erahnt? Denn dann müsste man dem Betroffenen ja helfen? Es hat doch jeder genug mit sich selber zu tun, da will man keine weiteren Sorgen."

Vera schüttelt den Kopf.

„Vielleicht hast du Recht. Ich werde jedenfalls nicht locker lassen, bis es dir wieder gut geht." Und sie lächelt Bo herzlich an. „Ich kann dabei auch sehr streng werden!" Demonstrativ stellt sie sich vor Bo auf. Die Hände in die Hüften gestemmt, wippt sie auf ihren Füssen vor und zurück. Dabei spitzt sie ihren Mund, die Stirn gekraust und funkelt Bo an.

„Erwarte nicht nur Mitleid." Sie hebt ihren Zeigefinger. „Ich kann dir auch die Leviten lesen." Sie begutachtet ihr Wohnzimmer „Vor allem, wenn du zu viel Unordnung in meine Behausung bringst." Lachend fuchtelt sie mit ihrem Finger durch die Luft, so dass Banja, ihre Hündin, sich angesprochen fühlt und betroffen unter den Tisch krabbelt. Dabei hat die kleine Hundedame die ganze Zeit brav auf den Teppich gelegen und die zwei Frauen still beobachtet.

„Ach Banja, du bist doch gar nicht gemeint." Bo lockt die Hündin mit schmeichelnder Stimme und dankbar hüpft sie auf Bos Schoß. Leckt ihr die Hand, noch schnell einen vorwurfsvollen Blick Richtung Vera werfend.

„Ich merke schon, ihr versteht euch." Entspannt setzt sich Vera wieder zu den anderen auf das Sofa.

„Also, denk in Ruhe nach. Meine Tür steht dir offen."

2010

Es wird Zeit sich zu erklären.

Der Tag neigt sich dem Ende zu, als Bo das Haus betritt. Im Wohnzimmer brennt Licht. Zu hören ist nichts. Behutsam schlüpft sie aus ihren Schuhen und stellt sie neben das von ihrem Kniefall noch mit Lehm verkrustetem Paar, die wie stumme Zeitzeugen aus der Ecke des Flurs starren. Ihre dreckige Hose hatte sie in den Wäschekorb geschmissen, bevor sie zu Vera geeilt war. Noch zaudernd verharrt sie vor der Wohnzimmertür, als Franks Worte sie zusammen fahren lassen.

„Ich muss mit dir reden." Sein Tonfall lässt kein Entrinnen zu und so betritt sie möglichst ruhig das Zimmer. Frank sitzt kerzengerade in seinem Sessel, die Augen direkt auf sie gerichtet. Um seinen Mund zeichnen sich scharfe Linien ab. Entschlossenheit beherrscht sein Gesicht.

„Setz dich." Seiner Aufforderung gehorchend, lässt sich Bo auf ihrem Sessel nieder. Ihre Augen flackern leicht als sie ihren Mann anblickt. Für einen Moment sprechen nur ihre vier Augen. Tasten den jeweils anderen ab. Suchen Antworten.

Dann bricht Frank das Schweigen. Seine Worte zischen wie Pfeile durch den Raum. Treffen auf Bo, die sich tief in ihren Sessel drückt.

„Ich will, dass du allen Verwandten und Freunden Bescheid sagst, dass du – lesbisch bist. Und das es nicht an mir liegt, wenn wir uns trennen." Seine Stimmt bricht. Franks Selbstbeherrschung knickt ein und nur mit Mühe spricht er weiter.

„Ich will klare Verhältnisse. Gegen deine Veränderung kann ich nichts tun. Da bin ich machtlos. Aber ich will nicht als Hornochse dastehen. Also musst du allen erklären, was mit dir ist. Wie wir dann weitermachen, sehen wir noch."

Als wäre seine Aussage klärend genug, steht Frank auf. Ohne sich noch einmal umzudrehen, verlässt er den Raum.

Bo schliesst die Augen. Ihr Kopf rauscht wie ein Orkan. Lesbisch. Das Wort schwirrt noch wie ein Fluch durch den Raum. Prallt von der Wand ab und klatscht Bo ins Gesicht.

Ja, es wird Zeit, sich zu erklären. Zu offensichtlich sind sie in den letzten Wochen wie zwei versteinerte Marionetten zusammen aufgetreten. Sicher haben ihre Freunde schon Mutmaßungen gehabt. Aber wie soll sie vorgehen? Mit wem soll sie zuerst reden? Ob Sigrid schon etwas gemerkt hat?

***

Schon wieder sind drei Tage vergangen ohne das Bo

sich getraut hat, sich zu offenbaren. Wie im Nebel tapst sie umher ohne ihre Umwelt real wahrzunehmen. Ständig ist ihr übel vor Angst. Kaum fähig etwas zu essen, hat sie sich erst heute morgen wieder übergeben müssen. Ihr zittern die Glieder. Aber heute ist sie fest entschlossen, den Anfang zu machen. Sigrid wird zum Kaffee kommen. Bo hat zumindest schon mal am Telefon angedeutet, dass sie ihr etwas erzählen muss.

Nun läuft sie kopflos seit Stunden durchs Haus und im Geiste wiederholt sie ihre einstudierten Sätze. Ich liebe Frauen. Ich kann nichts daran ändern.

***

Der Kaffee steht unberührt auf dem Terrassentisch. Bos Herz flattert. Jetzt ist es heraus. Gerade hat sie zum ersten Mal ihr Outing bekannt. Wenn sie mal davon absieht, dass ihre Familie, Nadine und Vera Bescheid wissen. Mit stockenden Worten hat sie Sigrid von ihrem Problem erzählt. Sie haben sich in letzter Zeit wenig gesehen, dafür dass sie sonst beinah täglich etwas zusammen unternommen haben. Nun sitzt Sigrid mit finsterer Miene ihr gegenüber und fixiert einen imaginären Punkt auf der Tischplatte. Ihre Unterkiefer treten kantig hervor, so sehr beißt sie die Zähne aufeinander. Nur die dicke Halsader pocht, lässt erkennen, dass Leben in ihr steckt.

Lange schweigen beide Frauen. In der Ferne hupt ein Auto und eine Propellermaschine knattert am Himmel vorbei. Bo blickt ihre langjährige Freundin fragend an.

„Was denkst du?"

Endlich bricht Sigrid das Schweigen. Rau prasseln ihre Worte auf den Tisch, den sie noch immer anstarrt statt Bo in die Augen zu schauen.

„Was soll ich dazu sagen? Wenn das so ist, ist daran wohl nichts zu ändern. Und du bist dir sicher?"

„Ja."

„Hm."

„Aber das hat nichts mit unserer Freundschaft zu tun." Bo wird unsicher. Die sonst so redselige Freundin schweigt weiter und die Minuten vergehen ohne das ein weiteres Wort fällt. Sigrid starrt weiterhin Löcher in den Tisch. Die Kirchturmglocke schlägt und als bräuchte Sigrid einen Startschuss, springt sie auf, um zu gehen.

„Tja, dann weiß ich ja jetzt Bescheid. - Und die Kinder willst du allein lassen?"

Peng. Bo ist wie angeschossen. Sie wird bleich.

„Ich lass sie doch nicht allein!"

„Hm. - Ich muss gehen. Wir sehen uns."

Ohne auf eine Reaktion von Bo zu warten, eilt Sigrid davon.

Apathisch bleibt Bo sitzen. Hört noch die Haustür ins Schloss fallen. Dann stürzt sie zur Toilette und übergibt sich.

***

Ob Sigrid es weitererzählen wird? Grübelnd fährt sich Bo durch ihr nasses Haar. Nachdem sie sich mehrfach übergeben musste, hat sie ausgiebig geduscht. Als könne das prasselnde Wasser ihren Körper reinwaschen. Bin ich jetzt pervers? Sie schaut in den Spiegel. In der Öffentlichkeit ist das Thema Homosexualität gerade sehr präsent, nachdem sich auch Prominente dazu bekannt haben. Vorneweg auch Anne Will. Die hat den Spießrutenlauf schon hinter sich. Zum Glück taucht Bo nicht in der Presse auf. Das wäre die Hölle. Aber Bo hätte nicht gedacht, dass ein Outing so kräftezehrend ist, wie soll sie das überstehen?

Und doch, sie merkt, dass mit jedem Wort, dass sie spricht, ihre Befreiung näher rückt. Allerdings kann sie unmöglich mit allen persönlich sprechen. Dazu kennt sie einfach zu viele Menschen, an denen ihr etwas liegt. Sie muss ihnen einen Brief schreiben. Genau! Darin kann sie sich erklären. Schon sieht sie das Gesicht ihres Bruders, dem Übervater, vor sich. Wie er die Nase rümpft, die Stirn kraus zieht und die Lippen schürzt. Das wird nicht einfach. Wird er sie verachten? Schon wieder steigt ihr die Galle hoch und der beißende Geschmack dringt ihr hoch bis in die Nase.

Da klopft es an die Badezimmertür.

„Kann ich duschen?"

Bo öffnet die Tür. Gegen ihre sonstige Gewohnheit schließt sie sich in letzter Zeit ein.

„Natürlich." Die Worte schmecken noch bitter. „Ich

bin fertig." Und sie quetscht sich hastig an Frank vorbei. Im Weglaufen wirft sie ihm noch zu:

„Sigrid weiß Bescheid."

Bevor Frank reagieren kann, ist sie um die Ecke verschwunden. Zuerst nimmt er die Nachricht wortlos auf. Dann folgt er ihr und stellt sie im Wohnzimmer, wo sie erschöpft im Sessel sitzt. Die Augen geschlossen.

„Und? Was hat sie gesagt?"

„Nicht viel. Eigentlich gar nichts." In Gedanke fügt sie noch hinzu: Nur mir vorgeworfen, dass ich die Kinder im Stich lassen will.

„Tja, was soll man auch dazu sagen."

Seine Worte klingen müde, aber auch mild. Bo reißt die Augen auf und mustert ihren Mann wie er so resigniert vor ihr steht. Seine Schultern sind gebeugt und seine Haare schimmern grauer denn je.

„Wann hast du es eigentlich gemerkt?" Ein lauernder Unterton durchzieht die Frage. Bo grübelt eine Weile, vergisst beinah zu antworten.

„Und?"

„Ich weiss nicht so genau. Es kam ja nicht mit einem Schlag. Es kam schleichend."

Bo denkt nach und ihre Gedanken gleiten weit in die Vergangenheit.

„Aus heutiger Sicht, habe ich wahrscheinlich schon die ein oder andere Freundin mehr geliebt als normal. Aber ich habe es nie so erkannt. Ich kann es selber nicht vernünftig erklären."

218

„Warum hast du solange nichts gesagt?"

„Ich habe es mir selber nicht eingestehen wollen und ich dachte, ich muss die Familie aufrecht erhalten. Außerdem dachte ich, ich allein wäre so verblendet auf der Welt. Inzwischen weiß ich, dass so etwas häufiger vorkommt als jeder denkt."

So reglos wie Frank noch immer vor ihr steht, tut er ihr schrecklich leid.

„Es tut mir so leid. Ich wollte dich nicht verletzen."

Ihr kommen wieder Bilder aus glücklichen Tagen in den Sinn.

„Es war nicht alles falsch zwischen uns. Ich liebe dich immer noch, nur auf eine andere Art." Ihre Stimme ist mehr ein Flüstern, als er sich abwendet, um zu gehen.

„Ich hätte nie gedacht, dass ich nochmal ganz von vorne anfangen muss. Alle Pläne, unser ganzes Lebenskonstrukt, ist zerplatzt."

Er dreht sich noch einmal um.

„Dann sieh zu, dass du das allen erklärst. Damit auch ich neu anfangen kann."

***

Bo sitzt an ihrem Schreibtisch und starrt auf das bekritzelte Notizblatt vor sich. Sie ist fest entschlossen, allen, die ihr am Herzen liegen, eine Mail zu schreiben, denn ein persönliches Gespräch ist aus Entfernungsgründen nicht möglich und vor allem reicht ihre Kraft dazu nicht aus. Doch wie schreibt man so einen Brief?

Immer wieder radiert sie Stellen aus, bis das Papier dünn und fadenscheinig wird. Verärgert startet sie ihr Laptop und öffnet ein Textdokument. Sie versucht es aufs Neue.

Ihr Lieben,

es ist sicherlich nicht der persönlichste Weg, um euch etwas Wichtiges mitzuteilen, aber für mich der Beste. Ich suche jetzt schon seit Stunden nach den richtigen Worten, um euch etwas zu erklären, das ich eigentlich gar nicht erklären kann.

Wie ihr alle wisst, sind Frank und ich seit ewigen Zeiten ein Paar. Um so erstaunter werdet ihr jetzt gucken, wenn ich euch schreibe, dass ich unsere Ehe beendet habe. Es fällt mir sehr schwer, dies zu berichten, aber Frank hat um klare Verhältnisse gebeten und somit muss ich allen erklären, dass ich mein und sein Leben völlig auf den Kopf stelle, denn ich bekenne mich jetzt endlich lesbisch zu sein.

Ich weiss, dass viele von euch nun die Stirn runzeln werden, ungläubig gucken und den Kopf schütteln.

Genauso habe ich selber über mich reagiert. Aber ich kann nicht länger mit einer Lebenslüge weitermachen. Meine Kraft ist zu Ende. Lange habe ich gehofft, alles wäre nur eine Einbildung, eine vergängliche Verirrung, aber es lässt sich nicht länger verdrängen.

Wie wir als Familie genau damit umgehen, wird sich noch zeigen.

Ich werde weiterhin für die Jungs da sein, auch wenn ich, wie es wahrscheinlich sein wird, ausziehen werde. Ich kann und will Frank und die Kinder nicht noch ihr Zuhause nehmen. Frank ist genug gestraft. Seinen Lebenskonstrukt habe ich wohl zerstört. Die Jungs nehmen es noch sehr pragmatisch auf. Es kommt mir vor, als würde ich einen Bekennerbrief schreiben und anschließend auf das Schafott gehen. Ich kann nicht erwarten, dass ihr meine neue Lebensart versteht, aber es wäre schön, wenn ihr es akzeptieren könntet.

Ansonsten bitte ich euch, helft Frank, nicht dazustehen wie ein Gehörnter und natürlich bin ich für jedes Gespräch bereit.

Aber ihr könnt mir glauben, dieser Brief ist wohl der Schwerste meines Lebens. Eure Bo.

***

Erschöpft lehnt sich Bo zurück und überfliegt ihre Zeilen. Da steht es nun schwarz auf weiss. Nun muss sie es nur noch an alle absenden.

Nur ein Fingerdruck, dann - . Was dann? Wird die Lawine sie überrollen oder wird Schweigen herrschen? Ihre Hand schwebt über der Tastatur. Zögert noch. Dann fährt sie nieder und mit einem ‚Plick' vollendet sie ihr Vorhaben. Ihre Augen verfolgen den kleinen, blauen Balken auf ihrem Laptop, der sich von links nach rechts verlängert, dann auflöst. - Erfolgreich versendet.

Nun werden es alle lesen und ihr Leben wird sich komplett ändern. Jetzt gibt es keinen Rückweg mehr. Trotzig hebt sie ihr Kinn. Holt Luft und fährt ihren Computer herunter.

Ihr Herz pocht gleichmässig. Ruhe überkommt sie. Ein Gefühl von wohliger Erschöpfung. Es ist geschehen.

***

Der erste Tag danach.

Bo schaut ungläubig auf die Liste der Emails. Schon dreiundzwanzig Antworten innerhalb weniger Stunden. Sie scrollt die Absender rauf und runter. Unschlüssig, welche Antwort sie zuerst lesen soll. Ihr Bruder fehlt noch in der Liste.

Sie fröstelt. Bevor sie zu lesen beginnt, eilt sie ins Wohnzimmer, packt sich die Sofadecke und kuschelt sich warm ein. Wie in einen Kokon gehüllt, sitzt sie nun vor ihrem Laptop und klickt auf die erste Nachricht.

‚Liebe Bo, mit Erstaunen habe ich deine Mail gelesen und bin auch jetzt noch etwas ratlos, was ich dir schreiben soll. Von meiner Seite her hast du keine Häme zu befürchten. Ich hoffe nur, dass du es schaffst, dein Leben in den Griff zu bekommen und gleichzeitig für deine Familie da zu sein. Ich bin natürlich verwundert über dein Outing, aber manchmal spielt das Leben eben verrückt. Ich hoffe, dass unser Verhältnis sich dadurch nicht ändert.

Bei nächster Gelegenheit reden wir mal persönlich darüber. Bis dahin, alles Gute, deine Freundin K.'

Bo atmet erleichtert aus und klickt sich weiter durch die Liste der Antworten.

‚Hey, das wird schon. Chapeau, dass du so an die Öffentlichkeit gehst.'

‚Hallo Bo, da musste ich mich aber erstmal hinsetzen und drüber nachdenken. Bist du dir wirklich sicher, dass du all das aufgeben willst? Hast du denn eine Freundin? Geht's den Kindern wirklich gut? Ich bin noch etwas verwirrt. Melde mich nochmal. Deine L.'

‚Liebe Bo, du kannst auf uns zählen, auch wenn wir erstmal schlucken mussten. Welch eine Nachricht! Aber wenn das so ist, ist es nicht zu ändern. Und anscheinend habt ihr ja auch schon einen Plan. Wäre es denn nicht auch möglich, zusammen unter einem Dach zu wohnen? Jeder für sich, aber eben bei den Kindern? Dann bräuchtest du sie nicht verlassen. Liebe Grüße dein Schwager.'

Zusammen unter einem Dach? Wie sollte das gehen? Bo schüttelt den Kopf. Und dann in diesem Dorf den größten Dorfklatsch erzeugen. Sie sieht quasi den Titel über dem Wochenblättchen prangen: Hottentotten-WG. Freie Liebe für alle.

Nein. Bo muss bei dieser Vorstellung beinah lächeln und liest weiter.

‚Liebe Bo, deine Mail hat mich sehr berührt! Spricht doch soviel Angst heraus, dabei denke ich, dass in der heutigen Zeit dich niemand mehr dafür steinigen wird.

Aber vielleicht meine ich das auch nur. Ich muss mich ja nicht vor die Leute stellen und outen. Ich wünsche dir jetzt erstmal viel Kraft. Wir sehen uns! Deine A.'

Bo kann es kaum glauben. Ist ihre ganze Angst unbegründet? Nehmen es alle einfach zur Kenntnis, ohne Wenn und Aber? Oder kommen die Vorwürfe später?

Ihre Kehle ist ganz trocken. Schnell holt sie sich ein Glas Wasser, bevor sie weiterliest.

Eine Antwort nach der anderen verschwimmt vor ihren Augen. Niemand macht ihr Vorhaltungen. Wendet sich ab. Ganz anders als Sigrid. Bo verharrt für einen Moment und grübelt vor sich hin.

Obwohl draußen die Sonne scheint, kuschelt sie sich noch tiefer in ihre Decke. Sollte Sigrid die Einzige sein, die ihr Vorwürfe macht? Die Person, von der sie erwartet hat, sie würde ihr beistehen, wendet sich von ihr ab. Waren all die Jahre der ‚Freundschaft' nur Schein?

Plötzlich ertönt der helle Klang der Türklingel. Sie fährt zusammen und für einen Moment überlegt sie, sich nicht zu melden. Doch dann schält sie sich aus ihrer schützenden Hülle und geht zur Tür. Ein kurzes Sammeln, dann öffnet sie und starrt in das verweinte Gesicht ihrer Nachbarin.

„Was ist passiert?", erschrocken hält Bo ihr die Tür auf.

„Das fragst du mich?"

Langsamen Schrittes betritt die Frau den Wohnraum. So leise als könne sie sonst ungebetene Geister wecken. Ohne auf Bos Aufforderung zu warten, setzt sie sich und kramt nach ihrem Taschentuch.

„Ach, Bo, ich habe deine Mail bestimmt fünfmal gelesen. Ich kann es gar nicht fassen. Ich wollte dir zurück schreiben, aber das finde ich dann komisch, so Tür an Tür. Also bin ich gekommen."

Kraftvoll schnäuzt sie sich in ihr Taschentuch. Bo läuft es heiß den Rücken runter. Gewitterwolken durchziehen ihren Magen und eilig setzt auch sie sich, um Herrin über ihre zitternden Beine zu werden. Da sitzt nun die alte Frau, die so oft auf ihre Söhne aufgepasst hat, wenn Bo in Not war und nun weint sie sich die Augen aus. Bevor Bo zu Erklärungen ansetzen kann, ergreift die Nachbarin erneut das Wort.

„Ich mein damit nicht, dass du dich anders orientieren willst. Das ist dann eben so, aber die Tatsache, dass du gehen willst, macht mich todunglücklich!" Und wieder rinnen Tränen aus den verquollenen Augen. „Du bist mir doch die liebste Nachbarin hier weit und breit. Und jetzt willst du mich verlassen."

Ungläubig schaut Bo ihr Gegenüber an. Soweit hat sie gar nicht gedacht.

„Aber ich bin ja nicht völlig aus der Welt."

Sie versucht ihre Nachbarin zu beruhigen, die schon wieder ihren Tränen freien Lauf lässt.

„Ich komm ja jeden Tag, um nach den Jungs zu sehen."

„Aber das ist nicht dasselbe. Du wirst Zeit für deine Kinder haben. Aber mal so eben zu mir auf einen Kaffee kommen oder einfach nur am Gartenzaun klönen, dazu wirst du auf Dauer keine Zeit haben!"

Wehmütig blickt sie Bo in die Augen. „Aber wenn es das Beste für dich ist, will ich dir hier nichts vorjammern. Es ist wohl ziemlich egoistisch von mir gedacht. Aber allein die Vorstellung, dass du bald weg bist, treibt mir die Tränen hoch." Und schon blitzt es wieder verdächtig feucht in ihren Augen.

„Ach komm her, ich vergesse dich nicht. Versprochen. Zudem bin ich ja noch hier."

Bo umarmt die alte Frau und drückt sie fest an sich. Ein leichter Duft von Lavendel-Deo trifft dabei ihre Nase und überlagert den Geruch von Knoblauch, der in den Kleidern der Nachbarin hockt, die so gerne kocht und dabei die Gewürzration öfters überschreitet.

„Du wirst mir auch fehlen. Aber ich muss mein Leben ändern, ansonsten gehe ich daran kaputt."

„Das kommt wohl ein bisschen überraschend." Die alte Frau schaut Bo neugierig an. Dabei fährt sie durch ihr graues, langes Haar, dass noch dicht und voll bis zu ihrem Rücken reicht. Erst jetzt beachtet Bo die lässige Stoffhose, die schon bessere Zeiten gesehen hat und die Bluse, die an den Ellbogen schon speckig glänzt. So salopp kommt sie sonst nicht daher und sei es nur auf einen Sprung. Also muss sie förmlich nach dem Lesen der Mail aufgesprungen und zu Bo geeilt sein. Betreten wendet Bo ihr Gesicht ab, nie hätte sie in dieser Situation gedacht, dass jemand um sie weinen würde.

„Es tut mir leid, dass ich dich so überrumpelt habe. Aber das war der einfachste Weg für mich. Ich habe wohl noch viele Gespräche vor mir."

„Das soll ja auch kein Vorwurf sein. Ich bin einfach nur traurig darüber, wenn du gehst. Entschuldige. Wichtig ist natürlich, dass du wieder glücklich wirst. Da sind die Gedanken einer alten Frau völlig fehl am Platz." Und sie richtet sich auf, um ihre wiedergewonnene Stärke zu demonstrieren.

„Ich geh jetzt auch wieder. Ich musste das nur schnell loswerden. - Jetzt weiß ich auch, warum du so dünn geworden bist."

Nur mehr ein Murmeln dringt an Bos Ohren. Sie begleitet die alte Frau zur Tür. Noch einmal drückt sie sie herzlich, dann steht sie allein im Flur. Sie sehnt sich nach einer Atempause. Was mag heute noch alles passieren? Langsam schlurft sie zurück an ihren Computer. Wieder zwölf neue Antworten. Sie scrollt die Absender entlang, unschlüssig welche Nachricht sie nun lesen soll.

- Pling -

Wieder eine. Bo erschrickt. Die neueste Nachricht kommt von ihrem Bruder! Tief wickelt sie sich in die Kuscheldecke, die sie vorhin achtlos zurückgelassen hat. Nur ihr Kopf ragt noch heraus und ihre Augen fixieren weiter die Mailadresse. Kein Zweifel. Ihr Bruder hat geantwortet.

Bo wird es mulmig zumute. Was wird er ihr vorhalten? Vorsichtig schält sie ihre Hand aus der Decke, wählt

227

die Nachricht aus und drückt auf lesen. Ihr Herz pocht, als ihre Augen den Text erfassen. Kein Gruß, keine Anrede. Nur diese fünf Worte:

‚Rufe dich heute noch an.‘

***

Sie kann gar nicht sagen wie lange sie schon auf den Computer starrt. Wie hypnotisiert hockt sie da und das Denken fällt ihr schwer. Wird er mit ihr brechen? Ihr Bruder, der absolute Familienvater, für den es nichts Wichtigeres gibt, als seine Kinder. Der alles stehen und liegen lässt für sie.

Nur langsam erwacht Bo aus ihrer Erstarrung. Sie fährt den Rechner herunter. Für diesen Moment hat sie genug. Sie braucht Luft. Hastig steht sie auf, ungeachtet der Decke, die nunmehr auf den Boden sinkt und eilt ins Schlafzimmer, um sich anzuziehen. Hektisch schlüpft sie in ihre Freizeitsachen und hetzt wieder durch das Haus. Schnell schnappt sie nach dem Haustürschlüssel, dann steht sie schon vor der Tür, die klickend ins Schloss fällt.

Aufatmen. Für eine Weile wird sie sicher sein. Kann ihr Bruder sie nicht erreichen. Aber ihr ist auch klar, dass der Moment kommen wird, in dem sie ihm Rede und Antwort stehen muss. Doch jetzt nimmt sie wie so oft den Weg in den nahen Wald, der ihr Schutz und Erholung gibt. Und ganz langsam beruhigt sich ihr Puls. Ordnen sich ihre Gedanken und mit jedem Schritt kommt etwas Ruhe in ihren Körper zurück.

***

Die Luft ist rein, frisch wie nach einem Regenschauer. Eine kleine Waldmaus huscht vor ihren Füßen über den Pfad. Beinah lautlos, nur kurz raschelt es, als das Tierchen sich durch das wenige Laub windet, um in ihrem Erdloch zu verschwinden. Bo bleibt stehen und wartet.

„Na, kleine Maus. Ist da unten deine ganze Familie oder lebst du allein?" Doch aus dem Loch kommt keine Regung. „Schade. Ich würde mich gerne bei dir verkriechen."

Langsam spaziert Bo weiter. Da ist sie wieder. Die Schwermut, die sie packt. Die ihr das Denken so mühsam macht. Sie möchte sich nur noch verkriechen, sich verstecken. Den Kopf einziehen und mit niemandem reden. Ausruhen. Schlafen. Schlafen für immer.

Beinahe hätte sie sich den Kopf an einem herunterhängendem Ast gestossen. Im letzten Moment reißt sie ihren Kopf nach links und nur ein paar Blätter streifen ihr Gesicht. Ein Spinnweben klebt sich auf ihre Wange und angeekelt wischt sie den Faden beiseite. Dabei stolpert sie über eine Wurzel. Unbeholfen macht sie einen Ausfallschritt um sich zu fangen, dabei landet sie neben dem Pfad im kniehohen Gras. Ein Schmetterling fliegt auf und flattert in hektischen Schwingen von ihr fort. Seine orange-schwarzen Flügel glänzen im Sonnenlicht und für einen Moment scheint er ihr zuzuwinken, dann entschwindet er. Bo blickt sich um. Niemand zu sehen, nur die Vögel zwitschern und die Blätter wispern im Wind.

Mit einem Mal hat sie den drängenden Wunsch mit Vera oder Nadine zu sprechen. Bei ihnen fühlt sie sich verstanden. Geborgen. Sie kramt ihr Handy aus der Hosentasche und sieht erleichtert, dass der Empfangsbalken ausschlägt.

„Hier ist die Mailbox von Nadine. Bitte sprechen..." Bo drückt die Stimme ihrer Freundin weg. Sie wählt Veras Nummer und hofft, dass sie damit mehr Glück hat. Piep, piep, piep. Schon will sie enttäuscht aufgeben, als sie eine Stimme vernimmt. Es ist Vera. Sie raunt Bo nur leise ins Ohr.

„Hallo Bo. Ich kann nur kurz sprechen. Sitze im Büro. Erzähl. Was gibt's?"

„Entschuldige. Ich fühl mich nur so einsam. Sorry. Ich ruf dann besser ein andermal an."

„Warte." Bo hört Schrittgeräusche, Klappern, dann wieder Vera. Diesmal laut und deutlich.

„So, jetzt geht's besser. Zumindest kurz. Was ist denn passiert?"

„Ich habe die Mail verschickt, von der ich dir erzählt habe. Nun kommen tausend Antworten." Und Bo berichtet ihrer Freundin von den Reaktionen.

„Aber das klingt doch gut. Mensch, siehst du, die reißen dir nicht den Kopf ab."

„Erstmal nicht. Aber in all den Antworten schwingt immer die Frage nach den Jungs mit. Sie haben ja Recht. Was habe ich da nur angefangen!?"

„Du hast es richtig gemacht. Du musst dein Leben ändern. Und wenn du dich weiterhin um deine Kinder kümmerst, kann dir niemand Vorwürfe machen. Und bislang ist ja Sigrid die Einzige, die dich hängen lässt. Und die vergisst du nun einfach."

„Und mein Bruder."

„Stopp. Noch hast du nicht gehört, was er dir sagen will."

Bo sieht quasi wie Vera sich kerzengerade aufbaut, den Finger hebt und streng zu Bo spricht.

„Warte erstmal ab." Ihre Worte donnern förmlich an Bos Ohr. Da sie schweigt, redet Vera sanfter weiter. „Pass auf. Heute Abend hab ich nichts vor. Komm doch zu mir und wir machen uns einen ruhigen Abend. Dann kannst du etwas entspannen. Jetzt muss ich leider wieder ins Büro."

Ihre Stimme wird drängend und Bo wird sich bewusst, dass sie ihre Freundin in eine verzwickte Lage bringt.

„Okay. Sorry. Ich melde mich dann. Ob ich komme. Danke."

„Schon gut. Ich mach Schluss. Bis später."

Und ein Klick sagt ihr, dass Vera das Gespräch beendet hat. Erst jetzt bemerkt sie, dass sie noch immer im hohen Gras steht und der Blütensamen der Gräser hat sich auf ihrer Hose verteilt wie Konfetti. Sie geht zurück auf den

Pfad und macht sich auf den Heimweg. Vera hat Recht. Es läuft doch gut, aber am liebsten hätte sie die Freundin bei all den Gesprächen an ihrer Seite als Stärkung ihres Selbstbewusstseins. Sie fühlt sich so klein und hilflos wie ein Kind im Sturm.

***

„Dein Bruder hat angerufen. Er versucht es gleich nochmal. Ich konnte ihm nicht sagen, wo du steckst und wann du da bist." War das ein Vorwurf oder eher Enttäuschung? Bo sieht in das reglose Gesicht ihres Mannes, der nur kurz von seiner Zeitschrift hochblickt.

„Hat er etwas zu dir gesagt?"

„Er will erstmal mit dir reden. Was soll er auch zu mir sagen? Dumm gelaufen für dich?" Bitterkeit durchschwängert die Luft. „Wissen es jetzt alle?"

„Ja." Bo steht unschlüssig in der Tür.

„Hm. Okay. Und?"

„Die meisten haben erstmal Verständnis. Beziehungsweise, machen mir keinen Vorwurf." Bo fühlt sich wie vor einem Strafgericht, wobei der Richter sich in seine Akten vertieft ohne sie anzusehen.

„Ich mache dir ja auch keine Vorwürfe. Es ist nur schwer zu verstehen nach soviel gemeinsamen Jahren. Ich bin völlig am schwimmen. Alles bricht auseinander und ich weiß nicht, wo ich dabei bleibe."

Jetzt schaut er sie doch an und das Leid in seinen Augen bricht ihr das Herz. Schweigsame Sekunden lang schauen sie sich an. Dann taucht Frank wieder ab. Ein tiefer Seufzer entfährt seinem Mund, dann herrscht wieder Schweigen.

„Tüdelü-tüdelü."

Bo fährt zusammen, doch sie bleibt wie versteinert stehen. Das Telefon klingelt erbarmungslos weiter.

„Geh ran." Franks Stimme gleicht einem Befehl. Wie eine Marionette schleicht sie zum Telefon und hebt ab.

„Ja?"

„Ah. Da bist du ja."

Der vertraute Klang ihres Bruders zerrt sie aus ihrer Erstarrung. Eilig geht sie ins Büro und schließt die Tür hinter sich, sackt auf den Stuhl.

„Ja, Ich denke, du hast meine Nachricht gelesen."

„Hm."

Schweigen. Bo merkt wie ihre Hände feucht werden und abwechselnd reibt sie die Handflächen an ihrer Hose ab. Ihr Herz flattert. Warum spricht er nicht weiter? Schier endlos erscheint ihr die Stille. Endlich bricht er das Schweigen.

„Tja, ich bin schon ganz schön geschockt über deinen Bericht. Ich dachte immer, ihr wäret eine glückliche Familie."

„Und jetzt bin ich das schwarze Schaf."

„So meine ich das nicht. Ich bin geschockt, dass ich nie was davon gemerkt habe. Und natürlich frage ich mich, wie du dich um deine Kinder kümmern willst. Ich

233

kann mir das nicht richtig vorstellen, aber du hast dir ja hoffentlich alles gut überlegt."

„Natürlich. Ich weiß, dass ich viel falsch gemacht habe, aber irgendwie werde ich das schon schaffen. Ich hatte mir das früher auch anders vorgestellt. Wollte eine gute Mutter sein. Ich bin eben nicht so perfekt wie du."

„Blödsinn. Als Mutter bist du schon gut. Anscheinend nur nicht als Ehefrau. Was sagt denn Frank dazu?"

„Er redet kaum. Natürlich ist er auch ratlos. Was soll er auch sagen."

„Ich als Mann wäre ganz schön angepisst. Ich glaube, ich würde dich aus dem Haus werfen. Kannst froh sein, dass er so reagiert." Eine kurze Pause entsteht, bevor ihr Bruder weiterspricht.

„Aber jeder ist anders. Ich verstehe einfach nicht wie du solange damit leben konntest ohne was zu sagen? Unfassbar."

Wieder Schweigen. Belastend. Erdrückend.

Bo rutscht unruhig auf ihrem Stuhl hin und her. Sie würde am liebsten das Gespräch beenden. Ihr war klar, dass ihr Bruder so reagieren würde. Er, der Familiengott.

„Bo?"

„Ja?"

Er räuspert sich. Wieder Pause.

„Trotz allem. Wir sind auch deine Familie. Und natürlich unterstützen wir dich, auch wenn ich noch etwas über die neue Situation nachdenken muss. Also, wenn du Hilfe brauchst, dann melde dich. Ich bin schließlich dein Bruder. Okay?"

Hatte sie gerade richtig gehört?

„Das kriegen wir schon hin." Und seine Stimme nimmt einen sanften Ton an. Ganz der große Bruder, der seine kleine Schwester beschützt.

„Kannst mich jederzeit anrufen. Alles okay mit dir?"

„Ja, danke." Bo nickt, als könne ihr Bruder sie sehen. „Es ist nur gerade etwas viel. Ich melde mich."

„Okay. Mach's gut. Und grüß alle von mir."

Die Leitung schweigt. In ihren Ohren rauscht es. War das ihr Bruder? Sie schluckt. Was hatte er gesagt? Als Mann würde er sie hinauswerfen. Aber als Bruder will er ihr helfen. Sie schüttelt den Kopf. Müde legt sie ihr Gesicht in ihre Hände und für eine Weile ruht sie sich aus. Wie viel Kraft wird das alles noch kosten?

Allein die seltsame Ruhe hier im Haus. Das Abwarten von Frank. Das Überspielen der Situation seitens der Jungs. Jede Minute in diesem Haus, wenn Frank da ist, wird ihr zur Qual. Drückt auf ihr schlechtes Gewissen. Mit einem Ruck steht sie auf. Ein Abend bei Vera wird ihr gut tun.

2010
Der nächste Schritt deiner Befreiung.

„Ich fühl mich als hätte ich stundenlang Steine geschleppt. Ich bin völlig platt."

Bo streckt ihre Beine aus und platziert die Füße auf dem Couchtisch, wo auch schon Vera ihre müden Glieder abgelegt hat. Für eine Weile ist es ganz ruhig im Raum. Vera hat ihre Augen geschlossen, während sie für einen Moment auf dem Sofa Entspannung von ihrem Arbeitstag sucht. Bo versucht es ihr gleich zu tun, aber ihre innere Anspannung will noch nicht weichen, somit ist sie froh, dass die kleine Banja auf ihren Schoß hüpft und um Streicheleinheiten bittet. Mit ihren dunklen Knopfaugen blickt sie Bo an und macht es sich mit einem dankbaren Schnaufen auf Bos Bauch bequem. Wie ein Igel rollt sich die Hündin zusammen, wobei ein Ohr senkrecht aufgerichtet bleibt, damit sie nicht Gefahr läuft, etwas zu verpassen. Ein wohliges Schmatzen, ein Zucken der Pfoten verrät, dass die Kleine schnell im Reich der Träume verschwindet. Über soviel Entspannung auf dem Sofa wird Bo beinah eifersüchtig, doch bevor sie zu Protesten ansetzen kann, öffnet Vera ihre Augen und schaut sie forschend an.

„So, die kleine Ruhepause ist vorbei. Erzähl, was bedrückt dich so. Im Grunde läuft es doch gut."

„Ich kann es gar nicht erklären. Ich fühle mich total erschöpft. Nun wissen alle Bescheid, die mich kennen. Eigentlich könnte ich doch aufatmen, zumal sie positiver reagieren als gedacht. Und trotzdem komme ich mir gebrandmarkt vor. Wenn ich durch die Straßen laufe, habe ich das Gefühl, auf meiner Stirn steht, Lesbe und schlechte Mutter. Ich habe unheimlich Angst, meinen Freunden und Bekannten unter die Augen zu treten. Diese Mail zu schreiben, war schon höllisch, aber vis à vis jemandem zu antworten, ist noch was ganz anderes. Am liebsten würde ich mich für ewig verkriechen."

Bo krault gedankenverloren das Fell von Banja. Die Wärme des Tieres durchströmt ihren Körper und fast könnte sie meinen, es wäre eins ihrer Kinder, als sie noch als Baby auf ihrem Bauch geschlafen haben.

„Die nächste Zeit wird natürlich kein Zuckerschlecken. Aber denk mal daran, dass du dich danach endlich frei fühlen kannst. Das willst du doch! Und du hast auch ein Recht darauf!" Vera richtet sich auf.

„Niemand reißt dir den Kopf ab."

„Nein, dass weiß ich doch. Aber trotzdem habe ich Angst vor jedem Gespräch. Alle kennen mich jahrelang als Frau an Franks Seite und nun so eine Offenbarung."

„Wie würdest du denn reagieren, wenn dir eine von deinen Freundinnen das erzählen würde? Würdest du dich abwenden?" Vera funkelt sie an und fährt energisch fort. „Nein. So gut kenne ich dich jetzt schon, dass ich

237

weiß, dass gerade du jede Hilfe anbieten würdest. Warum sollten also deine Freunde anders reagieren."

„Ach, ich weiß auch nicht. Aber das nimmt mir nicht die Angst vor den ersten Begegnungen. Und kannst du dir vorstellen wie ich mich zu Hause fühle? Permanent versuche ich Frank aus dem Weg zu gehen, weil ich seine Trauer nicht ertragen kann und ratlos bin, was ich ihm noch sagen soll."

„Ein Grund mehr, um endlich hier eine WG zu eröffnen!" Vera ist lauter geworden, so dass Banja hochzuckt. Sie springt auf und krabbelt unter den Couchtisch, wo sie mehr Ruhe findet. Enttäuscht schaut Bo ihr nach. Sie sehnt sich nach dem kuscheligen Fell, das soviel Wärme hinterlassen hat. Sie drückt stattdessen ein Sofakissen auf ihren Bauch, um noch eine Weile das Gefühl von Zuneigung zu behalten.

„Aber ich freue mich auch auf Zuhause, wenn ich die Stimmen der Jungs höre. Ihre lärmenden Schritte. Das Rumpeln und Klatschen, wenn sie ihre Taschen in die Flurecke werfen oder sich raufen. Einfach ihre Geräusche. Sie werden mir fehlen."

Vera greift nach Bos Hand und drückt sie sanft.

„Deine Jungs können dich hier jederzeit besuchen kommen. Aber klar, dass wird hier nicht so einfach ohne sie. Deshalb sollst du das ja auch erstmal ausprobieren. Wenn du damit gar nicht klar kommst, musst du mit ihnen eine andere Bleibe suchen, denn zu viert ist es hier wohl zu eng." Veras Blick schweift durch den Raum, als würde sie ernsthaft eine Möglichkeit darin suchen, alle hier unterzubringen.

„Bleib doch heute Nacht hier und fühl die Stille, ob sie dir gut tut. Ich kann ganz flott das Sofa herrichten. Und das machst du einfach jede Woche einmal, dann zweimal. Bis du erkennst, ob das so für dich in Ordnung ist. Und du kannst ja die Entscheidung, ob mit oder ohne deine Jungs, immer noch ändern." Sie drückt erneut die Hand von Bo. „Ich weiß, du willst sie nicht aus ihrem Umfeld reißen, aber wenn es nicht anders geht, muss es eben sein. Also, diese Entscheidung zurück nehmen. Nur dein Outing kannst du nicht mehr zurücknehmen. Aber das ist auch gut so. Nimm dir das Recht, endlich so zu leben wie es sich richtig anfühlt. Und – soll ich das Sofa herrichten?" Vera lächelt sie auffordernd an.

„Ich weiß nicht, was soll meine Familie denken, wenn ich hier bleibe."

„Lass sie denken, was sie wollen. Entspann dich einfach. Wir gucken uns einen Film an, trinken ein Bierchen und Banja freut sich auch über deine Anwesenheit. Nicht wahr, kleine Dame?" Und als Bestätigung ertönt ein hektisches Schwanzklopfen unter der Tischplatte.

„Komm. Ruf einfach zuhause an und sag, du hättest zu viel Bier getrunken und könntest nicht mehr fahren."

Bo kämpft mit sich. Ihr Hals ist trocken, ihre Gedanken lassen sich schwer sortieren. Alles und nichts rauscht ihr durch den Kopf.

„Ich kann jetzt wirklich ein Bier gebrauchen."

Und sie holt ihr Handy hervor und tippt eine Nachricht an Frank.

„Soll ich wirklich?" Sie schaut Vera fragend an.

„Es wäre der nächste Schritt deiner Befreiung." Und ohne auf Bos Antwort zu warten, springt sie in die Küche und kommt mit zwei Bier zurück.

„Hier." Sie hält Bo die Flasche direkt vor das Gesicht. Für einen Augenblick zögert Bo, dann greift sie nach dem Bier und drückt gleichzeitig auf senden. Dabei kommt sie sich vor wie eine Verräterin.

***

Bo starrt ins Dunkel. Durch die weißen Fenstervorhänge blinzelt ein Lichtstrahl der Laterne vom Vorplatz des Bahnhofs und hinterlässt an der Zimmerecke eine dünne Linie. Wie eine Peitschenschnur schwingt der Bogen über ihren Körper. Sie ist hellwach und gleichzeitig todmüde. Hier zu liegen fühlt sich an wie Verrat an ihrer Familie. Ob sie auch wach liegen und an die Decke starren. Sich fragen, wo die Mutter ist? Was sie tut? Bo seufzt. Es ist still im Haus. Nur das verträumte Schmatzen von Banja ist zu hören. Die kleine Hundedame hat sich beschützend vor das Sofa gelegt. Bo sucht mit einer Hand nach dem Fell der Hündin und krault sie sanft hinter den Ohren. Zuerst ein Zucken, dann ein Räkeln verrät ihr, dass die Hündin die Aufmerksamkeit dankbar annimmt. Eine warme Zunge leckt ihr über die Finger und Bo muss lächeln. Sie liebt Tiere und zumindest bei Banja scheint sie auf Gegenliebe zu treffen.

Es ist heiß hier oben im vierten Stock, direkt unter dem Dach. Verschwitzt wirft Bo die Decke von ihren Beinen und für eine Weile fühlt sie etwas Erleichterung. Ihre Haut klebt und ihr Schweißgeruch zieht ihr in die Nase.

Sie hat gar keine frische Wäsche dabei, fährt es ihr durch den Kopf. Aber sie wird Vera morgen früh fragen, ob sie zumindest duschen kann.

Fühl dich wie zuhause. Mit dieser Aufforderung ist Vera zu Bett gegangen und schläft nun den Schlaf der Gerechten. So eine WG könnte Bo wirklich gefallen. Wie früher, im Studium, als sie sich mit Sabine die Wohnung teilte. Das waren mit die schönsten Jahre in ihrem Leben. Der Übergang von der Jugend zum Erwachsenendasein. Unbeschwert, locker und frei. Erst danach war sie ganz auf sich gestellt gewesen. Für jede Entscheidung im Leben selber verantwortlich.

Wie viel kann ein Mensch im Leben falsch machen? Viel, zu viel. Aber alles war auch nicht falsch!

Langsam werden auch ihr die Augen schwer und sie fällt in einen unruhigen Schlaf.

***

„Hey, du Langschläfer." Ein Zupfen an ihrem Arm holt sie aus den Träumen. Verständnislos blickt sie in vier freundliche Augen und der Duft von Kaffee betört ihre Nase. „Hier, zum wach werden."

Vera setzt sich auf die Sofakante und hält ihr eine dampfende Tasse hin.

„Gut geschlafen? So wie du aussiehst eher nicht. Liegt's am Sofa oder an den Träumen?"

Ihre Freundin schlürft an ihrem Kaffee, während Banja abwechselnd von Vera zu Bo schaut. Dabei spitzt sie die Ohren, um nichts zu verpassen. Bo setzt sich ächzend auf und greift dankbar nach der Tasse.

„Na ja, so wirklich geschlafen hab ich wohl nicht."

„Das wird irgendwann besser. Du musst vor allem dein schlechtes Gewissen abschalten. Dann klappt es auch mit dem Schlafen."

„Das ist einfacher gesagt als getan. Gedanken kann man nicht wirklich steuern."

Bo nimmt einen Schluck und der heiße Kaffee rinnt ihr wohlig durch die Kehle.

„Kann ich vielleicht bei dir duschen?"

Vera verzieht ihr Gesicht. Tiefe Falten springen zwischen ihre Augenbrauen und sie funkelt Bo verärgert an. Dann huscht ein schelmisches Grinsen über ihre Wangen.

„Was habe ich gesagt? Fühl dich wie zuhause! Und ich denke, da fragst du auch nicht um Erlaubnis, oder? Handtücher findest du im Badezimmerschrank und ein frisches T-shirt werde ich auch noch für dich haben."

Mit einem abschätzenden Blick mustert Vera den

Körper von Bo.

„Mit einer Hose wird's allerdings schwierig. Die dürften dir zu kurz sein. Du hast echt lange Beine."

Verlegen versucht Bo ihre nackten Beine unter der Decke zu verstecken. Erst jetzt wird ihr die Situation richtig bewusst, dass Vera als lesbische Frau neben ihr sitzt. Doch die lacht schallend los als sie die Bemühungen von Bo bemerkt.

„Ich tu dir nichts. Und ich hoffe, das beruht auf Gegenseitigkeit."

Mit diesen Worten entschwindet Vera noch immer lachend, um sich für die Arbeit fertig zu machen.

„Also entspann dich", tönt es aus dem Bad.

***

Bo räkelt sich auf dem Sofa, während nebenan das Wasser rauscht. Der Kaffee weckt ihre Lebensgeister und so langsam kommt ihr Denkapparat in Gang.

So wäre das also, wenn sie hier einziehen würde. Eine Vera, die quietschfidel zu morgendlicher Stunde durch die Wohnung springt, statt verschlafener Jungs, die Bo aus den Betten zitieren muss. Kein mürrisches Knurren, wenn sie darauf hinweist, in der Schule gut aufzupassen, sondern ein dankbares Händelecken von Banja, die sich über die frühen Streicheleinheiten freut. Sicherlich eine entspannte Aussicht. Allerdings würde sie bestimmt einiges nicht mitbekommen, was ihre Söhne bewegt, selbst wenn sie jeden Nachmittag bei ihnen wäre.

Bei dem Gedanken huscht ein Schatten über ihr Gesicht. Ob sie ihr alles erzählen, wenn ihnen was auf der Seele brennt? Allzu mitteilsam sind ihre Jungs nicht. Wird sie bemerken, wenn ihre Söhne Sorgen haben?

„Du machst ein Gesicht wie drei Tage Regenwetter."

Vera rauscht aus dem Bad. Ihre nassen Haare gewickelt in einem Turban aus Frottee, ihr Körper verhüllt von einem grünen Bademantel.

„Na ja, ich weiss halt nicht, ob ich wirklich das Richtige tue."

„Das wirst du vielleicht auch nie erfahren. Oder erst in vielen Jahren, wenn du siehst, wohin die Sache sich entwickelt."

„Ich habe Angst, dass ich von meinen Söhnen nicht mehr viel mitbekomme, wenn ich ausziehe."

„Bekommst du denn bisher alles erzählt. Also, in dem Alter habe ich ganz schön viele Geheimnisse vor meinen Eltern gehabt. Deine Jungs sind doch schon alt genug, um ihrer Mutter nicht alles auf die Nase zu binden."

„Das schon. Aber so die Gemütslagen bekommt man als Mutter auch ohne Worte mit. Da reichen manchmal schon die Feinheiten. Und ob ich die erkenne, wenn ich sie selten sehe."

„Also hör mal. Wie oft siehst du deine Söhne? Sie haben Hobbys, Freunde, Schule. Ich denke, so oft seid ihr nicht zusammen. Sie sind keine kleinen Kinder mehr! Auch wenn dir das schwer fällt, zu akzeptieren."

Vera verschwindet im Schlafzimmer und kramt in ihrem Kleiderschrank. Minutenlang hört Bo sie in Schubladen und Fächern wühlen. Dann ist es eine Weile ruhig und Bo vergisst beinah ihre Anwesenheit, so versunken ist sie in ihre Grübeleien.

„Sehe ich so gut aus?"

Vera steht plötzlich neben ihr. Ein schmal geschnittenes dunkles Kleid schmiegt sich an ihren schlanken Körper. Das frisch gewaschene Haar korrekt zu einem Zopf gebunden, glänzt noch leicht feucht. Ein wenig Lippenstift gibt ihr den letzten Schliff, um damenhaft zu wirken. Ganz anders als gestern Abend im Kuschellook.

„Wow. Warum so schick?"

Anerkennend betrachtet Bo ihre Freundin von oben bis unten, während Vera ein paar Sandaletten mit dünnen Riemchen an ihre Füsse schnallt. Sie beäugt Vera aus den Augenwinkeln. Wie es wohl wäre Vera im Arm zu halten? Schnell schallt sie sich einen Esel. Komm bloss nicht auf falsche Ideen, sonst ist die Freundschaft zu Vera wahrscheinlich schnell zu Ende.

„Heute kommt die Geschäftsleitung in unsere Filiale. Da muss Frau eben ein bisschen rausgeputzt sein." Und sie zwinkert Bo neckisch zu. „Männer sind leicht zu beeindrucken, wenn es ums Äusserliche geht. Bei einer weiblichen Firmenleitung musst du dagegen immer etwas schlechter angezogen sein als die Chefin."

Sie dreht sich noch einmal vor dem Spiegel im Flur, zupft an ihrer Frisur und scheint zufrieden.

„Ich muss los. Lässt du Banja gleich nochmal raus?"

Sie beugt sich zu ihrer Hündin und streichelt sie kurz, was mit einem freudigen Schwanzwedeln gedankt wird. „Bis später Banja. Schön brav sein. Und du auch." Vera kneift ein Auge zu. „Und grübele nicht so viel."

***

Bo greift nach der Hundeleine und sofort kommt Banja auf sie zugesprungen.

„Langsam, langsam, kleine Dame." Sie versucht der hüpfenden Hündin das Halsband anzulegen, was bei so viel Freude seitens Banja nicht einfach ist. In ihrem wuscheligen Fell sieht Bo nur schlecht den Verschluss und beinah hätte sie etwas Haut mit eingeklemmt. Aber die Vorfreude auf einen Spaziergang überwiegt und Banja verzeiht ihr winselnd den Fauxpas. Eilig laufen beide die vier Etagen hinab, wobei die Hündin weitaus flinker die Stufen nimmt. Endlich draußen stürzt Banja an den ersten Baum und erleichtert sich, scharrt kurz mit den Hinterläufen etwas Erde über die Hinterlassenschaft und blickt Bo auffordernd an.

„Wohin möchtest du denn?"

Bo schaut die Straßen entlang. Reges Treiben herrscht um sie herum. Der Bahnhofsvorplatz quillt über vor Menschen, Autos quetschen sich im Stopp-and-go über die Fahrbahnen und aus den Bussen strömen gähnende Schüler, beschlipste Männer mit Aktentaschen, ältere

Damen mit Trolleys, die zum Wochenmarkt wollen und gackernde junge Frauen, die zur nächsten Hochschule stelzen.

„Banja, komm zeig mir deine Stadt."

Und als könnte die Hündin alles verstehen, zieht sie selbstbewusst nach vorn und so schlendern sie in Richtung Stadtpark. Bo beäugt dabei neugierig die Menschen, die an ihr vorbei eilen, während Banja mehr Interesse an den Gerüchen zu ihren Pfoten zeigt. An jedem noch so kleinen Pflänzchen markiert die Hündin ihr Revier, somit ist klar, dass die Zwei nur sehr langsam voran kommen. Aber das stört Bo nicht. Gibt es ihr doch die Zeit zum Nachdenken.

Sie geht durch die Straßen der Großstadt. Manches erinnert sie an das Dorf, indem sie lebt. Auch hier gibt es Häuser mit ordentlichen Vorgärten und geschmückten Fenstern. Aber sie sieht auch Häuser, die wenig liebevoll aussehen. Ohne Blumen davor, nur die Mülltonnen stehen Spalier wie Zinnsoldaten. Die Hinterhöfe sind schmutzig und hinterlassene Gegenstände liegen in den Ecken. Unkraut und wilde Blumen haben sich diese Ecken schon erobert. Verbeulte Fahrräder warten auf eine Reparatur. Hier und da versucht jemand aus dem Grau des Hinterhofs eine liebevolle grüne Oase zu gestalten.

Möchte sie lieber hier sitzen? Hier, in diesem kleinen Hinterhof mit seiner schiefen Bank und den paar Blumentöpfen, oder doch in ihrem gepflegten Vorgarten, fragt sie sich. Bo legt den Kopf etwas schief, denkt nach.

Sie sieht das bunte Treiben auf den Straßen. Menschen die lachen, Menschen die grimmig gucken, Reiche und Arme, wer ist glücklicher. Und sie schaut auf Banja und zuckt mit den Schultern. Sie kann sich noch nicht entscheiden. Aber in ihrem Herzen reift immer mehr der Wunsch, ganz aus ihrer Welt auszubrechen.

***

Bo ist schon eine ganze Weile zurück. Sie steht auf dem Balkon und blickt in die Tiefe. Unter ihr der Platz mit den Betonbänken. Große Bäume werfen Schatten auf die Menschen, die dort eine Pause machen, von ihrer Arbeit, ihrem Leben. Wie hoch mag es sein? Bo beugt sich über das Geländer. Die Brüstung drückt sich hart gegen ihren Bauch. Fünfzehn Meter? Ganz schön hoch. Zwei alte Leute erzählen sich etwas. Lachen. Warum lachen die? Hier gibt es nichts zu lachen.

Wie magnetisch zieht sie der Abgrund an. Hoch genug, um zu sterben. Nur eine weitere Bewegung und alle Ängste wären vorbei. So einfach.

Etwas stört sie. Holt sie aus ihrer Trance.

Brrr, brrr.

Bo erschrickt. Ihr Handy. Es liegt im Wohnzimmer auf dem Couchtisch und vibriert knurrend über die Glasplatte. Sie fährt zurück. Eilt ins Haus, noch den Druck des Geländers im Magen spürend.

‚Hey Mama, komme heute früher. Unterricht in der

letzten Stunde fällt aus. Kai.'

Wie spät ist es? Bo kommt blitzartig zurück in die Wirklichkeit. Schon halb eins. Sie muss los. Sie hat versprochen immer da zu sein. Hektik ergreift sie. Sie schnappt ihre paar Sachen und eilt zur Tür.

Stopp, sie muss zumindest alles top verlassen. Schnell geht sie durch die Räume. Schiebt hier einen Stuhl zurecht, stellt ihre Tasse in die Spülmaschine, kontrolliert die Balkontür und bei allem verfolgt sie ein trauriger Hundeblick.

„Banja, du musst schön hier aufpassen. Vera kommt bald wieder." Sie stutzt. Sie auch? Bo zögert. Streicht der Hündin über den Kopf und drängt sich durch die Tür.

Sie sollte was Tolles kochen, was den Jungs am besten schmeckt. Lasagne. Bo schmunzelt. Also schnell alles dafür einkaufen. Lasagne braucht Zeit. Wieso hat sie auch den Morgen so vertrödelt!

2010
Bo ist auf der Lauer.

Abgehetzt wirft sie den Einkauf auf die Küchenanrichte. Schon zwei Uhr. Das wird knapp. Sie schiebt ein paar schmutzige Teller und Tassen zur Seite. Ein kurzer Blick ins Wohnzimmer sagt ihr, dass ihre Abwesenheit schnell Spuren hinterlässt. Auf dem Esstisch stehen noch die Müslipackung und ein leerer Milchkarton. Die Kuscheldecke hängt schlaff vom Sofa bis auf den Boden und begräbt nur zur Hälfte eine Chipstüte, dessen letzte Krümel sich auf dem Parkett verteilen. Was hat sie erwartet? Ihr Ordnungssinn ist nichts für Männer, vor allem nicht für junge Erwachsene. Und Frank scheint nicht die Rolle des strengen Erziehers zu übernehmen. Sie faltet die Decke flink zusammen, schnappt sich den Müll und hetzt zurück in die Küche. Routiniert bereitet sie die Lasagne vor. Die Arbeit hilft ihr, ihre Nervosität in den Griff zu bekommen. Sie hat noch gar nichts gegessen und beim Duft des backenden Auflaufs beginnt ihr Magen zu knurren, als auch schon Kai, gefolgt von Jannik, das Haus erstürmen.

„Lasagne!" Ein einheitlicher Schlachtruf durchbricht die Stille und Bo ist froh über die stürmische Begrüßung. Als wenn nichts wäre, fliegen die Rucksäcke und Schuhe in den Hausflur und beide stehen grinsend neben ihr.

„Lecker. Ich hab einen Riesenhunger." Jannik begutachtet die brodelnde Käseschicht im Backofen. „Fertig?"

„Ich denke ja. Deckt den Tisch. Ich komme mit dem Essen."

Ob ihre Abwesenheit für die Jungs gar kein Problem ist? Sie sucht nach Spuren in ihren Gesichtern, in denen allerdings momentan die Vorfreude auf das Essen überwiegt.

Mit großen Bissen verschlingen beide ihre Portion, während Bo nur langsam isst. Soll sie so tun, als wäre alles normal? Wie heißt es immer, Angriff ist die beste Verteidigung.

„Wie geht es euch?" Betont ruhig lässt sie die Worte über den Tisch gleiten.

„Gut. Wieso?" Kai blickt sie tastend an.

„Na ja. Ich war ja schließlich über Nacht nicht hier. So würde es dann demnächst wohl immer sein, wenn ihr damit zurecht kommt."

Sie schaut bang von einem zum anderen. Jannik hebt den Kopf. Seine Locken werden schon spärlich an den Geheimratsecken. Viel zu früh. Hat er wohl vom Opa geerbt. Oder ist das der Stress, den sie ihm zumutet?

„Geht schon in Ordnung. Wenn es dann immer Lasagne gibt." Er grinst.

„Nicht immer." Kurzes Schweigen macht sich breit. Bevor es unangenehm wird, sucht sie nach den passenden Worten. „Und was habt ihr gestern noch so gemacht?"

„Zusammen mit Papa Fernsehen geguckt, sonst nichts Besonderes."

„Heißt das, ihr kommt ganz gut zurecht?"

Bo ist auf der Lauer. Sollte es so einfach sein, ihr Entschwinden aus der Familie. Kai blickt sie direkt an. Ein Schauer durchfährt sie. Ist da ein Vorwurf oder Traurigkeit zu erkennen? Fast wäre ihr lieber, er würde eine Szene machen, als in diese unergründlichen Augen zu schauen.

„Es muss ja wohl so klappen." Kais Stimme hat längst den Stimmbruch hinter sich gelassen und klingt beinah genau wie Franks Bariton. Seltsam erwachsen. „Nee, geht schon. Hauptsache wir können hier bei unseren Freunden bleiben. Ich geh auch gleich zu Niklas."

Als wäre es genug der Erklärung, kratzt er seinen Teller blank und bringt ihn in die Küche. Bo wartet noch auf eine Reaktion von Jannik. Auch er wird täglich vernünftiger. Seine jugendliche Flapsigkeit weicht dem aufgezwungenen Erwachsensein. Sinnierend starrt er vor sich hin, dann treffen seine Worte wie Dartpfeile in Bos Brust.

„Wir sind jetzt eben auch eine Scheidungsfamilie." Mit den Worten geht auch er aus dem Raum.

Betäubt bleibt Bo zurück. Scheidung. Da ist es wieder. Dieses Wort, hinter dem so viel steckt. Alle denken scheinbar einen Schritt weiter als Frank und sie. Zumindest ist noch kein Mal ein Satz darüber gefallen. Aber wozu auch. Es ist die logische Konsequenz.

Bo räumt ab, steht gedankenverloren im Raum. Was

nun? Sie sieht die schwarzen Knopfaugen von Banja vor sich. Mit einem Mal sehnt sie sich nach der Wohnung von Vera. Dort erscheint es ihr wie im Paradies. Keine fragenden Blicke, keine unausgesprochenen Vorwürfe, keine Erinnerungen mit denen das Haus hier zugepflastert ist. Müde und unschlüssig steht sie da, bis Kai an ihr vorbei hastet.

„Bin weg. Bist du nachher noch da?"

Bo ist irritiert. Mit der Frage hat sie nicht gerechnet.

„Ja klar." Und schon klackt die Haustür ins Schloss.

Klar ist eigentlich gar nichts, denkt sie und geht zu Janniks Zimmertür. Zögerlich klopft sie an. Keine Reaktion. Sie klopft noch mal. Nichts. Sie fasst sich ein Herz und öffnet vorsichtig die Tür. Da liegt er. Augen zu und ein dicker Kopfhörer umrahmt sein Gesicht.

Ob er sie wirklich nicht bemerkt. Sie wartet noch kurz, dann schließt sie leise die Tür und geht zurück ins Wohnzimmer. Irgendwie paradox, geht es ihr durch den Kopf. Und das soll funktionieren? Fragend schaut sie in das Gesicht ihrer Mutter, die da lächelnd im Fotorahmen an der Wand hängt. Kannst du mir nicht verraten, was ich tun soll? Leider nein, klar, schaust ja schon von oben herab. Was würdest du mir wohl sagen. Mich als verrückt erklären? Oder könntest du mich verstehen? Sie seufzt. Keine Antworten entspringen den Bilderrahmen, egal wie lange Bo das Foto ihrer Mutter anguckt. Ihr Blick wandert weitere Bilder entlang. Da lächelt Kai sie an. Mit Eimer und Schaufel bewaffnet, kniet er im Sand und baut Burgen. Wie lang ist das schon her? Zehn, zwölf Jahre? Und Jannik, wie er mit Ketchup um den Mund feist lachend sich auf die Beinchen klopft. Da waren wir noch eine glückliche Familie. Fern von dem Wort: Scheidung.

***

Bo ist erschöpft, als Frank nach Hause kommt. Sie hat Stunden damit verbracht, alles zu säubern. Konnte so zumindest ihre innere Unruhe bekämpfen. Jetzt sitzen sich beide wortlos gegenüber. Frank bricht als Erster das Schweigen.

„Lasagne. Schmeckt gut."

Das Schweigen zwischen ihnen war nie unangenehm. War einvernehmlich. Sie kennen sich seit Jahrzehnten. Da sind Worte nicht immer vonnöten. Doch jetzt brennt die Luft. Macht Bo das Atmen schwer. Sie sucht nach Worten, um die Kluft zu überbrücken. Aber sie findet nur Fragen, also schweigt sie und zupft nervös an ihrer Kleidung, während Frank nervend langsam seinen Teller leert. Penibel säubert er mit dem Messer die Keramik. Hinterlässt kaum mehr Spuren seines Essens. Der Kratzton schabt sich in Bos Gehirn. Erst als der Teller nichts mehr hergibt, schaut er sie an.

„Kommst du am Samstag mit zur Party von Pia?"

Bo wird es schwindelig.

„Ach, die Fete. Hab ich ganz vergessen."

„Tja. Du verkehrst ja jetzt in anderen Kreisen."

Seine Stimme lauert. Schleicht sich zu ihr über den Tisch. Wartet auf ihre Antwort.

„Ich weiß nicht. Da kommen dann alle hin."

Die mich dann begaffen, fügt sie in Gedanken hinzu.

„Das ist doch die Gelegenheit für dich. Ein Abwasch. Dann hast du es hinter dir. - Und ich auch."

Frank nimmt sein Geschirr und geht in die Küche, stellt den Abwasch in die Spülmaschine. Bo hört wie er die schmutzigen Teller umsortiert, nach seinen Vorstellungen. Eine Weile klappern die Geräusche. Dann geht er ohne ein weiteres Wort in sein Büro.

***

Fühlt sich so ein Kandidat, der gleich seine Bühne betritt, um Antworten zu geben? Vor Aufregung hat sie den ganzen Tag nichts essen können. Nun zittern ihre Knie. Passanten sehen in ihnen wahrscheinlich nur ein Paar in den besten Jahren, die durch die Straßen eilen, um zu einer Feier zu gelangen. Niemand sieht ihnen an, welch ein Keil zwischen ihnen klemmt.

In einem Biergarten tummeln sich schon viele Menschen. Glockenhelle Stimmen dringen an Bos Ohr.

„Das muss es ein." Frank reckt sich. „Also dann."

Ohne sie zu beachten, geht er durch den Torbogen. Lampions schmücken den wilden Wein, der sich an dem Bogen hochwindet. Gelbe Satindecken hängen galant über Bistrotischen, an denen schon zahlreiche Gäste stehen und sich gut gelaunt unterhalten. Unbeschwertes Lachen vermischt sich mit dem Klirren von Sektgläsern. Bo gibt sich einen Ruck und folgt Frank, der sich schon ein Stück von ihr entfernt hat. Hinten an der Bar erkennt sie Pia, umringt von Freundinnen allesamt aus ihrer Clique.

„Hallo." Pia strahlt. Ihre Augen glänzen und ihr Gesicht ist leicht gerötet. „Toll, dass ihr gekommen seid." Und sie küsst Bo auf beide Wangen. Bevor Bo etwas erwidern kann, begrüsst Pia schon die nächsten Gäste und beklommen steht sie daneben. Am liebsten würde sie direkt wieder davon laufen, da tippt ihr jemand auf die Schulter.

„Hallo Bo. Sollen wir mal in eine ruhige Ecke gehen?"

Ohne auf eine Antwort zu warten, geht ihr Bruder ins Halbdunkel der Hauswand. Im Schatten mehrerer Palmen, die in riesigen Weinfässern eine Runde zum Verweilen bieten, setzt er sich auf eine Bank. Wortlos deutet er neben sich und Bo lässt sich ängstlich nieder. Sie wagt es kaum ihn anzusehen, den Übervater, der alles im Leben anscheinend richtig macht. Trotz kommt in ihr hoch, doch bevor sie ihre Erklärungen anbringen kann, die sie sich stundenlang überlegt hat, legt er seinen starken Arm um ihre Schulter und drückt sie an sich. Sie fühlt seinen Herzschlag, seine Wärme und all ihre Beherrschung bricht zusammen. Kurz will sich in ihr noch etwas wehren, dann schmiegt sie sich an ihn. Ihr versteifter Körper wird weich und ein Zucken verrät, dass sie nicht mehr Herrin über ihre Tränen ist. Kein Wort des Vorwurfs kommt über seine Lippen. Minutenlang hält er sie nur fest, bis sie sich beruhigt.

„So Kleine, und jetzt erzähl mir mal, wie es euch geht? Was sagen die Jungs?"

Der Blick ihres Bruders ruht warm auf ihr. Schon als Kind war er der Beschützer, aber auch der Bestimmer. Sie war die Kleine, die mit dem Kopf durch jede Wand wollte. Meist sagte er ihr, was zu tun war. Oft haben sie sich daher gestritten, doch vor anderen hielten sie zusammen wie Pech und Schwefel.

„Auch wenn ich deine Geschichte nicht ganz verstehen kann, so bin ich doch immer noch dein Bruder und halte zu meiner kleinen Schwester." Aufmunternd zwinkert er ihr zu. Bos Erstarrung löst sich ganz langsam. Vorsichtig äugt sie um sich, ob sie beobachtet werden. Aber entweder tun alle nur so, oder sie wird tatsächlich nicht beachtet.

„Eigentlich geht's ganz gut." Geräuschvoll zieht sie die Nase hoch, gar nicht damenhaft und ihr Bruder sucht lachend nach einem Taschentuch.

„Frank sagt nicht viel, wartet irgendwie ab. Er wollte wohl, dass ich heute mitkomme. Und die Jungs sind solange sie zu essen kriegen und wir uns nicht streiten, scheinbar zufrieden. Zumindest lassen sie sich nichts anmerken. Ich habe jetzt ein paar Mal bei Vera geschlafen und ausprobiert, wie das klappt, wenn ich nur nachmittags zuhause bin." Zuhause, ist das überhaupt noch das richtige Wort? Die Stimme ihres Bruders holt sie aus ihren Gedanken.

„Vera, hm, also das ist deine Freundin."

„Nicht wie du denkst." Bo wird rot. „Klar, dass das alle denken. Aber sie hat eine feste Freundin. Sie hat mir nur ein Dach über dem Kopf angeboten, da sie vor Jahren in der gleichen Situation war. Mehr nicht."

„Viel Vertrauen, wenn man sich kaum kennt."

„Ja. Eine kleine Frau mit großen Herzen. Ich habe sie das auch gefragt, aber sie meinte darauf, sie hätte bei mir das Gefühl mir vertrauen zu können."

Ihr Bruder drückt sie nochmals fest an sich.

„Das kann man auch. Auch wenn du wirklich für Überraschungen gut bist. So richtig vorstellen, kann ich mir das ja immer noch nicht. Ich mein, so jahrelang eine Familie führen, und dann sich umentscheiden. Na ja, schaun wir mal, was noch so alles dabei heraus kommt. Komm, wir trinken jetzt ein Bier. Das tut gut."

Und er schubst sie in die Menge. An einem der Tische steht gleich ein ganzer Trupp Freundinnen und schaut sie neugierig an. Am liebsten würde sie schnell hinter ihrem Bruder her laufen, aber da spricht sie schon Marion an.

„Hallo Bo, wie geht es denn so?"

Vier Augenpaare mustern sie direkt und unverhohlen.

„Ich mein, da hast du uns ja doch ganz schön überrascht."

Zögerlich stellt sich Bo zu den Frauen und stützt sich Halt suchend auf dem Tisch ab. Doch ohne auf eine Antwort zu warten, fangen die anderen alleine an zu diskutieren.

„So abwegig finde ich das gar nicht." Elisabeth studiert Bo, als stünde vor ihr eine Ware, deren Funktion man prüft. „Mich hat die Geschichte nicht so überrascht."

„Also, ich sehe so etwas nicht. Ich meine, ob jemand schwul oder lesbisch ist. Bo sieht doch ganz normal aus." Marion blickt in die Runde.

„Sie sieht eben nicht besonders tussimässig aus, aber deshalb ist sie ja nicht sofort lesbisch." Jutta sieht an sich herunter. In ihren Jeans mit Karobluse sieht sie auch nicht besonders damenhaft aus im Gegensatz zu den anderen Frauen heute Abend.

„Ich finde es jedenfalls gut, dass sie ausziehen will und nicht von Frank verlangt, dass er sich was Neues sucht und dann noch Unterhalt bezahlt. Das machen ja viele so."

„Weißt du eigentlich, was du da alles aufgibst? Immerhin habt ihr ja viel zusammen aufgebaut. Und darauf willst du einfach so verzichten?"

Annegret hebt ihre Augenbrauen, die zu einem feinen Bogen gezupft über ihren Augen schweben. Bräunlicher Lidschatten gibt ihr ein südländisches Flair. Ihre Haut zeigt einen samtigen Flaum aus etwas zu viel Make up. Ganz feine Dame, so wie sie da vor Bo steht, im schwarzen Lederkleid und Schnürstiefeln.

„Geld und Gegenstände sind mir unwichtig." Endlich kann Bo den Redefluss der Frauen unterbrechen, die sie in ihrer Diskussion kaum beachtet haben.

„Für mich zählt nur, ob Frank und die Jungs mich nicht verstoßen. Und dafür versuch ich alles zu tun."

„Das machst du bestimmt gut." Marion tätschelt Bos Hand, bemüht der Freundin ihren Zuspruch zu zeigen. „Ich habe jedenfalls bislang nichts Schlechtes über dich gehört. Bist du denn jetzt schon ausgezogen?"

Alle Vier schauen sie fragend an.

„Nein. Nur probeweise. Ich meine, nur ab und zu zum ausprobieren."

„Hast du denn eine Freundin?"

Die Neugierde springt allen aus dem Gesicht.

Nur Marion schüttelt den Kopf. „Jetzt lasst sie doch mal in Ruhe. Ihr könnt einen ja Löcher in den Bauch fragen. Ich hol mir was zu trinken."

Bo nickt ihr dankbar zu und wendet sich ebenfalls ab und läuft direkt der nächsten Gruppe in die Arme. Sie seufzt schwach. In einiger Entfernung sieht sie Frank stehen, umringt von Freunden. Wird auch er gerade von Fragen durchbohrt? Wahrscheinlich. Mühsam quält sie sich durch die nächste Fragerunde.

Es ist anstrengend, zermürbend. Und doch wird sie von Mal zu Mal lockerer. Die Worte kommen flüssiger, auch sucht sie nicht jedes Mal nach Erklärungen, die ihr selbst noch fern sind. Trotz Skepsis und Verwunderung – Abneigung erfährt sie nicht. Nicht jeder hat Verständnis, aber die Akzeptanz ist da. Und das bestärkt Bo mehr und mehr.

In einer ruhigen Minute schleicht sie sich in einen einsamen Winkel. Müde setzt sie sich auf einen alten Gartenstuhl, der vergessen in der Ecke steht. Seine beste Zeit ist scheinbar vorbei. Mittlerweile ist es weit nach Mitternacht, doch noch viele Gäste stehen lachend und trinkend an den Tischen. In einer Ecke wird getanzt und der Bretterboden bringt die Musikboxen zum schwingen. Bo hört die Stimmen wie durch Watte. Zu viele Fragen, Kommentare und Anmerkungen liegen ihr in den Ohren. Sie fühlt sich todmüde, aber glücklich diesen Abend so gut überstanden zu haben. Wieder hat sie einen großen Schritt in eine ungewisse Zukunft geschafft. Niemand scheint sie zu verurteilen. Nur immer wieder die eine Frage nach den Jungs hängt wie ein Damoklesschwert über ihr.

***

Obwohl Bo diese Feuerprobe gut überstanden hat, geht sie jedesmal ängstlich auf ihre Freunde zu. Erst durch diese neue Situation wird ihr bewusst wie viele Menschen sie persönlich kennt, die nun alle mit ihr reden wollen und jedes Gespräch kostet sie enorme Kraft. Manchmal möchte sie nur noch in ein Mäuseloch kriechen und niemandem über den Weg laufen. Die beste Ruhe findet sie daher bei Vera. So auch jetzt. Ohne viele Worte legt sie sich auf deren Sofa und erholt sich, während Vera plappernd durch die Wohnung läuft und sie von ihren düsteren Gedanken ablenken will.

„Wir müssen mal wieder auf eine Frauenparty gehen, sonst wird das ja nie was mit dir."

Vera stupst sie an und zwinkert ihr zu. „Schließlich willst du doch mal eine nette Frau finden, oder? Wozu sonst das ganze Drama."

Sie legt sich neben Bo, die dankbar ihren Kopf an Veras Schulter legt.

„Im Moment hab ich noch andere Sorgen."

„Die werden sich auch nicht ändern, wenn du nicht zuhause ausziehst. Wie lange willst du das Spiel so noch treiben? Denk doch mal an Frank. Der hat auch ein Recht auf einen Neuanfang!"

„Vielleicht sollte ich einfach vom Balkon springen, dann ist endlich Ruhe."

„Bist du total bescheuert!" Vera springt vom Sofa und stellt sich gestikulierend vor Bo. Ihr Gesicht rötet sich und dicke Adern an ihrem Hals und an den Schläfen treten hervor.

„Wenn du auch nur ansatzweise daran denkst, von meinem Balkon zu hüpfen, ist aber was los. Daran zu denken ist schon reiner Egoismus! Einfach so abhauen zu wollen. Und alle anderen? Was sollen die tun? Deine Jungs? Willst du die allein lassen? Ich warne dich. Ich werde dich auf Schritt und Tritt kontrollieren. Wozu die ganzen Nerven, wenn du dich einfach so verpissen willst!"

Wütend läuft Vera hin und her.

„Ich glaub es nicht. Du hast es doch fast geschafft! Ab jetzt schreibst du mir stündlich eine Nachricht, damit ich weiß, was du tust!"

Völlig aufgebracht fuchtelt sie noch immer mit den Händen durch die Luft, dann hält sie inne.

„Hey, nicht weinen. Wir packen den Rest auch noch." Und sie nimmt Bo in den Arm, die still ihren Tränen freien Lauf lässt.

„Wir geben doch nicht kurz vorm Ziel auf!"

2011
Ja, da bin ich.

Die Luft ist schon empfindlich abgekühlt und die ersten Blätter an den Bäumen auf dem Bahnhofsvorplatz färben sich rotgolden. Die wenigen Menschen, die achtlos an Bo vorbei gehen, ducken ihre Köpfe in hochgeschlagene Mantelkrägen.

Eine weggeworfene Zeitung liegt auf dem Asphalt und vereinzelte Seiten flattern raschelnd um Bos Füße. Sie schiebt sie zur Seite und ein Windstoß treibt die Blätter ein paar Meter weiter, wo sie an einem Lichtmast hängen bleiben wie eine vergessene Fahne.

Hinter ihr tickt die Ampel. Erst langsam, dann schnell, damit auch Blinde gefahrlos die Straße passieren können. Nur ein Passant hastet über die Fahrbahn, von der Last seines Rucksacks gebeugt, nimmt er keine Notiz von ihr.

Bo schaut sich um. Dreht sich einmal im Kreis, macht wie im Zeitraffer kurze Aufnahmen von ihrer Umgebung, zieht die Luft ein, ein Gemisch aus Kühle, Staub und Abgasen, dann greift sie nach ihrer Reisetasche und drückt auf den Klingelknopf.

Eine scheinbar endlose Zeit wartet sie darauf, dass sich die Tür öffnet. Was soll sie tun, wenn Vera doch nicht zuhause ist? Umkehren, im Bistro nebenan warten? Ungeduldig verlagert sie ihr Gewicht von einem Fuss auf den anderen. Stellt ihre Tasche wieder ab. Dabei lehnt sich der kantige Rahmen auffordernd an ihre Wade.

„Bo, bist du das?"

Die Stimme von Vera schwebt über ihr, übertönt die Musik, die schwallweise aus dem Bistro dringt, sowie sich dessen Tür öffnet und wieder schließt, um Gäste einzulassen.

Eilig tritt Bo einen Schritt rückwärts, reckt ihren Kopf und erkennt Veras Gesicht hoch oben über dem Balkon der vierten Etage. Die Reisetasche kippt mit einem Klatsch auf den Boden, aber Bo beachtet sie nicht, sondern winkt Vera erleichtert zu.

„Ja, ich bin's."

„Sorry, ich hab die Klingel nicht gehört. Aber Banja hat zum Glück gebellt. Warte kurz." Veras Kopf verschwindet, um kurz darauf wieder aufzutauchen. „Der Türdrücker funktioniert gerade nicht. Achtung! Der Schlüssel kommt."

Und schon klirrt nur wenige Meter neben Bo ein Schlüsselbund auf das Pflaster.

***

Keuchend steht Bo vor der Wohnungstür. Vier Etagen sind noch immer ungewohnt für sie und ihre Reisetasche wird bei jeder Stufe schwerer. Der Schlüsselbund klimpert zwischen ihren Fingern, als sie nach dem passenden

Schlüssel sucht. Doch bevor sie ihn ins Türschloss stecken kann, wird die Wohnungstür aufgerissen und Vera steht strahlend vor ihr. Wie ein Derwisch rast Banja an Vera vorbei auf Bo zu. Ihr Gebell hallt durch das Treppenhaus. Dabei hüpft die kleine Hundedame wie ein Flummi an Bo hoch. Mehr Freude geht nicht.

„Banja, jetzt lass mich mal."

Vera schubst ihre Hündin in die Wohnung und schon schließen sich zwei Arme um Bos Körper.

„Komm rein in die gute Stube. Ab jetzt ist sie dein neues Zuhause. Ich hab dir schon Platz im Schrank gemacht." Und sie schnappt sich die Reisetasche und schleppt sie zum Kleiderschrank. Mit einem Plumps lässt sie sie fallen.

„Das machen wir später. - Jetzt stoßen wir erstmal auf deine Zukunft an!"

Sie bugsiert Bo ins Wohnzimmer, wo schon nett dekoriert auf dem Couchtisch zwei Gläser mit Sekt und eine Tüte Chips auf ihren Verzehr warten.

Bo ist noch etwas zögerlich. Alles kommt ihr vor wie in einem Traum. Passiert das hier wirklich? Hat sie tatsächlich den Schritt in eine neue Zukunft besiegelt, indem sie hier einzieht?

„Guck nicht so ängstlich! Alles wird gut. Du wirst schon sehen." Vera drückt ihr eins der Gläser in die Hand. „Prost. Willkommen in deinem neuen Zuhause. Auf das wir uns hier gut verstehen." Vera blickt sich um, als müsse sie selber nochmal die Situation überblicken.

„Die Wohnung ist nicht riesig, aber wenn wir uns bemühen, geht das schon. Jetzt komm erstmal an. - Auf unsere Zukunft." Vera erhebt sich feierlich, schwenkt ihr Glas in die Luft. Mit einem zarten Klirren stoßen sie an und Bo nimmt einen tiefen Schluck und die Erkenntnis, soeben einen riesigen Schritt in ihrem Leben gemacht zu haben, schwappt in ihre Kehle.

„Das ist jetzt deiner." Vera drückt ihr einen anderen Schlüsselbund in die Hand. Bo fühlt das blanke Metall kühl in ihrer Handfläche. Zaghaft fährt sie mit dem Daumen über den kantigen Bart, wobei die Zähne wie eine stumpfe Säge über ihre Haut reibt. Langsam erwärmt sich das Metall und Bo beginnt zu lächeln.

„Ja, da bin ich."

Sie krault Banja das Fell, die sich genüßlich zu ihren Füßen niedergelassen hat.

***

„Also, im Prinzip kannst du machen, was du willst. Du hast jetzt einen Schlüssel. Hier kannst du deine Sachen verstauen und dort ist dein Bett. Alles andere wird sich schon ergeben."

Noch ungläubig hält Bo das Bündel Metall in ihrer Hand. Nur fünfzig Gramm, und doch so gewichtig. Sie kann ihre Gedanken kaum zügeln. So viel kreist durch ihren Kopf. Die letzten Monate waren ein Kraftakt an Gefühlen und Entscheidungen gewesen. Jetzt hat sie den Absprung gewagt. Sie sitzt tatsächlich hier in Veras Wohnung, die nun auch ihre sein soll. Während Veras Geplapper nur wie Hintergrundmusik an sie herantritt, beginnt langsam die Erkenntnis den letzten Schritt getan zu haben. Der Gedanke ergreift besitz von ihr und das Lächeln auf ihrem Gesicht vertieft sich. Es ist wie ein Traum, aus dem sie nur schwer erwacht, um ihn Wirklichkeit werden zu lassen.

„Hey, was grinst du so? Hab ich was Falsches gesagt?" Vera guckt sie fragend an. „Okay, ich rede etwas viel, aber ich bin ja auch etwas aufgeregt, wie unsere WG funktionieren wird. Wird bestimmt lustig!"

Sie lässt sich neben Bo auf dem Sofa nieder und legt die Füsse auf den Tisch.

„Du hast ja schon gemerkt, hier darf man das, auch wenn ich weiß, dass das unschicklich ist." Sie kichert. „Aber so entspann ich besser. Aber untersteh dich und lass Banja aufs Bett! Da kann sie noch so süß gucken, die kleine Dame. Das sie auf das Sofa hüpft, ist schon schlimm genug!"

Sie streichelt ihre Hündin liebevoll, die daraufhin dankbar ihre Finger ableckt.

„Nicht Banja, nicht immer lecken. Ich hab dich auch so lieb." Sie zupft sie leicht am Ohr. „Und wir zwei finden es ganz toll, hier ab jetzt Gesellschaft zu haben."

Sie prostet Bo erneut zu.

„Auf unsere WG!"

Sie leert ihr Glas mit einem Zug und leckt sich genüßlich über die Lippen.

„Aber jetzt erzähl mal, warum du so plötzlich hier einziehst, obwohl du vor vier Wochen noch unschlüssig warst. Haben meine Reden endlich gefruchtet oder was ist passiert?"

Bo steigt eine leichte Röte ins Gesicht und ihre Augen beginnen zu lächeln. Noch bevor sie etwas sagen kann, setzt sich Vera mit einem Ruck auf und schaut sie mit weit geöffneten Augen an.

„Ah, du bist verliebt! Ich lach mich schlapp. Deshalb hab ich dich vier Wochen nicht gesehen! Wer ist sie? Wie sieht sie aus? Woher kennst du sie?"

Die Neugierde springt ihr aus dem Gesicht, während sie Bo anstarrt.

„Wie kommst du denn darauf?" Bo versucht das Lächeln zu verdrängen, dass durch ihren ganzen Körper schwebt.

„Das sieht doch ein Blinder mit dem Krückstock. Mir machst du nichts vor!" Vera bohrt weiter. „Ich höre!"

Bo holt Luft.

„Wir haben uns ja erst einmal gesehen." Sie zögert. „Ich fand es aber angebracht, es Frank sofort zu sagen. Soviel Anstand gehört zu einer so langen Beziehung. Ich hatte das Gefühl, nun ausziehen zu müssen. Ich kann unmöglich eine Beziehung mit einer Frau beginnen und gleichzeitig mit Frank unter einem Dach wohnen."

„Mein Reden! Aber sehr anständig von dir. Doch jetzt mal zu den Fakten."

Vera stupst sie an und Bo kann sich das Lachen nicht mehr verkneifen.

„Sie ist blond, schüchtern, zaghaft. Hat ein schönes Lächeln."

„Wo habt ihr euch kennen gelernt?"

„Nun ja. Etwas seltsam. Oder soll ich sagen, ganz modern? Im Internet." Bo kichert. „Eigentlich war es ein lustiges Verwirrspiel."

Vera starrt sie noch immer auffordernd an.

„Jetzt lass dir doch nicht alles aus der Nase ziehen. Du bist also bei Parship, oder wie?"

„Nicht wirklich. Das hat die Sache ja so rätselhaft gemacht. Also, ich habe da bei Gay-Parship reingeschaut und war total überfordert von all den Frauen. Aber ich habe dann einfach mal für mich ein Profil erstellt und – flups – hast du unzählige Vorschläge von Frauen, die zu dir passen könnten. Manche mit Foto, andere ohne. Ich habe mich selber nicht gezeigt. Katrin auch nicht."

„Ach, die Gute heißt Katrin." Vera spitzt die Lippen. „Bo und Katrin. Hört sich ganz gut an. Aber weiter. Halt stopp. Darauf muss ich noch ein Glas trinken." Schon flitzt sie in die Küche, wo sie die angefangene Flasche Sekt aus dem Kühlschrank angelt.

„Unsere Bo, so ganz still und heimlich lernt sie eine kennen und sagt nichts. Weiß Nadine davon?"

Vera schenkt ihnen nochmals ein und lässt sich wieder aufs Sofa plumpsen. „So, erzähl weiter. Das wird ja ein unterhaltsamer Abend."

„Also, ich wollte mich nicht so richtig anmelden bei Parship. Ist ja teuer. Aber dann kannst du nur dreimal miteinander reden, dann blockiert das System. Die sind nicht doof, die wissen wie sie Geld machen. Katrin wusste das und hat nach der ersten Mail eine Verschlüsselung geschickt, die ich knacken musste:

,Wenn du weiter Interesse hast mit mir zu reden, dann schreib eine Mail an die Bergziege im freien Netz.'

Ich war ziemlich ratlos, was ich damit anfangen sollte, aber zugleich auch neugierig. Bergziege, das ist doch genau meine Wellenlänge, wo ich doch immer durch die Berge wandern will, dachte ich. Und aus ihrem Profil wusste ich, dass sie geschieden ist. Also, habe ich gedacht, supi, genau wie ich. Mann verlassen, die versteht mich." Bo trinkt einen grossen Schluck aus ihrem Glas. „Natürlich Blödsinn, meine Auslegung, aber dazu später. Ich habe dann gegoogelt, was freies Netz ist. Zu meinem Entsetzen landete ich bei den Nazis in Süddeutschland. Nee, hab ich gedacht, so was bloß nicht. Hab erstmal den Computer ausgemacht und meine Hausarbeiten erledigt. Aber irgendwie ließ mich die Sache nicht los. Schließlich passte ihre Ortsangabe nicht nach Süddeutschland. Tja, und beim Rasen mähen kam mir die Erleuchtung. Freies Netz – Freenet!" Bo lacht. „Hat ein paar Stunden gedauert bis es bei mir geklickt hat, aber dann habe ich es ausprobiert: bergziege@freenet.de und siehe da, die Mail ging ohne Probleme raus. Ich habe natürlich aufgeregt auf den Rechner gestarrt, das kannst du mir glauben!

Es hat nicht lange gedauert, da machte es pling! und eine Nachricht kam zurück."

Bo lehnt sich zurück ins Kissen. Es kommt ihr noch immer alles völlig irreal vor. Sie hier bei Vera, Katrin einige Kilometer entfernt, ihr Kopf schwirrt.

„Hallo, noch anwesend?" Vera tippt ihr ungeduldig auf die Schulter. „Und dann?"

„Dann? Da stand: Hallo Bo - ‚ich war so naiv und hatte meinen richtigen Namen geschrieben, nicht wie alle anderen ein Pseudonym, - da du es ja geschafft hast, mein Rätsel zu lösen, wäre es toll, wenn wir uns zum Kaffee treffen könnten. Ich bin nicht der Mensch, der vorher tausend Mails schreibt, sondern rede lieber direkt mit meinem Gegenüber. Völlig ohne Erwartungen. Was meinst du?"

„Na, die geht ja forsch zur Sache!"

„Stimmt, aber mir war das recht. Ich meine, anonym im Netz kannst du viel erzählen. Aber so vis à vis erkennt man doch direkt, wie der andere tickt. Zumindest ein wenig. Ich habe jedenfalls geantwortet, dass ich sie gerne auf einen Kaffee völlig unverbindlich treffen würde."

„Ich lach mich schlapp. Unsere stille Bo. Hat heimlich ein Date."

„Was heißt hier Date? Ein nettes Treffen."

„Wo? Wie? Wann? Mensch, schieß los. Du kannst einen ja wirklich auf die Folter spannen." Veras Ungeduld ist förmlich greifbar, aber Bo schmunzelt entspannt und räkelt sich erstmal vor Wonne.

„Das war vor fünf Tagen."

„Vor fünf Tagen und ich weiß nichts davon!" Scherzhaft schimpft Vera dazwischen. „Pardon, red weiter."

„Also, vor fünf Tagen bin ich nach Merzkirchen gefahren. Treffpunkt Marktplatz. Ich war so nervös, dass ich viel zu früh war. Also habe ich auf einem Park+Ride Parkplatz gewartet, damit die Zeit verrinnt, um passend am Zielort anzukommen.

Wenn sie genauso unsympathisch ausgesehen hätte wie die Frau in Daun, wäre ich einfach durchgefahren."

„Welche Frau in Daun?" Ratlosigkeit spiegelt sich in Veras Zügen.

„Äh. Die hab ich eine Woche vorher getroffen."

„Ich fasse es nicht. Und was war mit der?"

„Da wusste ich auf den ersten Blick, dass an ihrer Beschreibung nichts stimmt. Sportlich, Interesse an Theater, unternehmungslustig. Alles Unsinn! Da stand ein Couchpotato, blass, ungepflegt vor mir und erzählt mir was, dass ja sonst niemand reagieren würde, wenn sie die Wahrheit schriebe. Das sie nämlich am liebsten auf dem Sofa liegt, Fernseh guckt und tagsüber als Kinderfrau tätig ist. Daher das mit dem Theater. Kindertheater." Bo schüttelt den Kopf. „Völlig blödsinnig. Ich habe ihr klar gesagt, so fände sie nie die Richtige." Sie runzelt die Stirn. „Deshalb war ich etwas vorgewarnt."

„Und?"

„Was und? Ach so, nun ja. Katrin stand am vereinbarten Fleck und zumindest passte die Beschreibung schon

273

mal perfekt. Nichts geflunkert. Aber danach wurde es lustig." Sie schaut Vera grinsend an.

„Ich bin echt dämlich. Von wegen wandern und mich verstehen, da ich mich von meiner Familie trenne. Wir sind erstmal mit ihrem Wagen an einen stillen Ort in die Natur gefahren. Sie hatte Kuchen und Kaffee dabei. Vorher hat sie mich gefragt, ob ich lieber ins Café gehen möchte."

Bos Blick schweift ab und ein verträumter Ausdruck macht sich auf ihrem Gesicht breit.

„Aber sie sah so nett aus, da habe ich gesagt, kein Problem. Fahren wir ins Grüne. Im Auto habe ich dann doch das Flattern bekommen. Was sollte ich tun, wenn sie mir auf den Keks geht, ich aber nicht wegkomme? Aber es war nett. Ich habe wohl kaum von ihrem Kuchen gegessen. Tat mir leid, aber ich steh ja nicht so auf süss. Und nach jedem Schluck Kaffee brach mir da im Sonnenschein noch mehr der Schweiß aus, dass ich Angst hatte, ich würde anfangen zu müffeln."

„Und was war daran so lustig?"

„Na, nichts von meinen Vorstellungen war richtig! Sie hat sich Bergziege genannt, weil sie mal mit dem Rennrad den Ventoux hoch ist. Nix wandern. Und einen Mann beziehungsweise Kinder gibt es auch nicht. Natürlich war sie mit einer Frau verheiratet. Nur ich Depp hatte es mir anders gedacht."

Sie muss wieder lachen.

„Aber Katrin findet das alles nicht schlimm. Nur das

ich noch bei Frank wohne, findet sie reichlich merkwürdig. Na ja, das ist, äh, war es ja auch. Aber jetzt bin ich ja hier."

„Ah, daher weht der Wind. Da muss erst eine Frau her, bevor du zuhause ausziehst. Da rede ich mir die Lippen fusselig und dann macht dir Katrin schöne Augen und schon..." Vera dreht demonstrativ beleidigt den Kopf weg. Doch dann beginnt sie zu glucksen.

„Du Schlitzohr. Bei dir trifft's wirklich zu: stille Wasser gründen tief. Aber jetzt nochmal zum mitschreiben. Wie sieht sie aus? Was macht sie?"

„Katrin hat circa meine Größe, etwas kleiner vielleicht. Blonde, kurze Haare, weibliche Figur, die sie allerdings nicht betont. Trägt genau wie ich einfach Jeans und T-shirt. Ein schmales Gesicht und ein sehr offenes Lachen. Das gefällt mir. Allerdings kommt sie mir sehr vorsichtig und kontrolliert vor. Kein Plappermaul, sondern ihre Worte kamen sehr überlegt. Ich glaube, ich habe mehr erzählt und sie hat still zugehört."

„Nach einer Trennung wird sie geprägt sein. Und bei deiner Situation, würde ich zuerst auch etwas stutzen."

Bo schluckt. „Ist nicht unbedingt eine leichte Angelegenheit mit mir, schon ewig verheiratet und Kinder. Sie war nur kurz liiert, dann hat ihre Frau sie betrogen. Nun muss sie ihr Leben auch neu ausrichten. Ob ich dafür die Richtige bin?" Sie blickt Vera fragend an.

„Also, dass müsst ihr schon selber rausfinden. Aber wenn ihr schon so ehrliche Fakten geschaffen habt, seid ihr vielen schon weit voraus. Die meisten rücken erst spät mit ihren Problemen heraus. Hauptsache, erstmal eine Beziehung eingehen. Ich denke, wenn du direkt so ehrlich bleibst, dann kann das was werden. Was macht sie denn?"

„Gelernt hat sie Krankenschwester, aber gearbeitet hat sie hauptsächlich in der Altenpflege. Jetzt mag sie nicht mehr und studiert gerade für einen Master."

„Na, dann ist sie jedenfalls sehr sozial eingestellt und später, im Rentenalter, auch gut zu gebrauchen."

Vera prustet los und Bo stupst sie scherzhaft auf den Arm.

„Du Blödi. So alt bin ich auch wieder nicht."

„Wie alt ist sie denn?"

„Äh, etwas jünger als ich. So genau weiß ich das nicht."

Ein Lächeln setzt sich in Veras Mundwinkeln fest, während sie gespielt vorwurfsvoll ihre Mähne schüttelt.

„Du bist mir doch eine Marke. Still und heimlich unterwegs, während ich mir den Kopf zerbreche, was ich mit dir machen soll."

Forschend fahren Veras Augen über Bos Gesicht und suchen nach verräterischen Spuren.

„Sie gefällt dir, dass sehe ich. Und wann lern ich sie kennen? Ich muss schließlich mein Okay geben."

„Nun mal langsam. Wir haben nur Kaffee zusammen getrunken."

„Aber so wie du guckst, könnte da mehr draus werden."

„Hm, vielleicht. Mal schauen."

Eine Zeit lang träumen beide schweigsam vor sich hin. Jede in ihrer Welt bis Vera das Schweigen bricht.

„Nimm's mir nicht übel, aber ich bin todmüde. Ich muss ins Bett. Morgen beim Frühstück können wir deine Zukunft weiter planen." Sie reckt ihre Glieder und gähnt herzhaft. „Den ersten Kaffee gibt es wie immer am Bett. Zum wach werden. Mit dem Bad müssen wir uns dann jeweils abstimmen. Obwohl, morgen habe ich ja Wochenende und keinen Dienst. Kannst also das Bad belagern." Schon steht sie auf und räumt die Sektgläser und die leere Flasche in die Küche.

„Ich brauche ja nie lange im Bad. Das hast du ja vielleicht schon gemerkt." Bo betrachtet ihre Hände. Kein Nagellack hat jemals ihre Nägel verschönert und schminken tut sie sich auch nicht.

„Ansonsten kriegst du natürlich den Vortritt."

„Wir werden uns schon..." Die letzten Worte gehen im Wasserstrahl unter, während Vera ihre Zähne putzt.

„Gute Nacht! Mach du das Licht aus."

***

Schon wird es ruhig um Bo, die noch immer auf dem Sofa hockt, die Arme eng um ihre Beine geschlungen. Der Geschmack von Sekt klebt noch auf ihren Lippen und doch ist ihre Kehle trocken. Steif geht sie ins Bad, hält ihr Gesicht unter Wasser und nimmt ein paar tiefe Züge. Kühl rinnt das Nass durch ihren Hals. Einzelne

Tropfen laufen von ihrer Stirn, über die Wangen bis zum Kinn, während sie sich im Spiegel anstarrt. Ohne die beruhigende Stimme von Vera ergreift sie wieder diese Unruhe.

Sie legt sich zaghaft in ihr Bett und obwohl die Müdigkeit gewaltsam durch ihren Körper schwappt, starrt sie ins Dunkel. Sie zieht die Decke wie einen Trost hoch bis zum Kinn. Ist das jetzt wirklich die richtige Lösung?

Sie fällt in einen unruhigen Schlaf.

***

„Guten Morgen!"

Kaffeeduft schleicht in Bos Sinn. Verwirrt nimmt sie die immer noch ungewohnten Geräusche wahr. Leise Trippelschritte von Banja's Pfötchen, die ungeduldig vor ihrem Bett ausharrt bis Bo sie beachtet, dazu ein Klappern von Geschirr aus der Küche. Sie blinzelt ins Sonnenlicht, das sich belustigt durch die Gardinen zwängt. In dem Moment betritt Vera das Zimmer und stellt eine Tasse mit dampfendem Kaffee an ihr Bett.

„Gut geschlafen? Du siehst etwas zerknautscht aus." Vera setzt sich zu ihr und macht es sich bequem. „Du guckst als hätten dich Dämonen gejagt."

„So fühl ich mich auch. Ich habe einen ziemlichen Blödsinn geträumt. Ein Durcheinander mit meinen Jungs und Katrin. Aber so genau weiß ich es schon nicht mehr."

Bo reibt sich den Schlaf aus den Augen und greift

dankbar nach dem Kaffee.

„Na, von Katrin hast du hoffentlich was Schönes geträumt?" Vera grinst sie an. „Wann seht ihr euch denn wieder?"

Bo blickt auf ihr Handy, das auf dem Nachttisch parat liegt.

„In circa einer Stunde. Sie kommt zum Bahnhof und ich dachte, wir gehen ein bisschen durch den Weißhauswald spazieren."

„Und dann liegst du hier so ruhig herum!"

Vera springt auf und stellt sich auffordernd vor Bo.

„Hopp, hopp, unter die Dusche! Was ziehst du an?"

Sie mustert Bo von Kopf bis Fuss, zumindest den Teil, der unter der Bettdecke hervor lugt.

„Wir müssen dich etwas aufbrezeln. Und was nimmst du mit? Sekt? Blumen?" Vera läuft in ihr Schlafzimmer, um kurz darauf mit einem schwarzen feschen Hemd zurück zu kommen.

„Das könnte passen. Deine Jeans, na ja, die muss halt gehen, da kann ich nicht mit dienen." Schon eilt sie wieder ins Schlafzimmer. „Guck mal, dazu noch diese Jeansjacke." Sie begutachtet ihre Auswahl wie eine Verkäuferin im Modeladen und hält die Kleider vor Bo, die sie teils belustigt teils erstaunt anblickt.

„Also, wir gehen doch nur spazieren." Doch bevor sie weiterreden kann, ist Vera wieder verschwunden. Lautstarkes Poltern im Kühlschrank verrät ihre Absicht. Gedämpft kommt Veras Stimme aus der Küche. „Trinkt sie

O-Saft oder Cola? Mag sie lieber Käse oder Salami?"

„Das weiß ich doch nicht. Vera, wir waren einmal Kaffee trinken!"

„Dann quatsch nicht, zieh dich an. Du musst einen tollen Eindruck machen und ich stell dir ein Lunchpaket zusammen."

Noch immer hört Bo sie kramen und das Scheppern von Keramik verrät ihr, dass Vera selbst an das passende Geschirr denkt. Brav huscht sie unter die Dusche, den Geschmack des Kaffees noch auf der Zunge. Das Wasser treibt ihr tatsächlich die Müdigkeit aus den Poren und frisch nach Mango duftend zieht sie Vera's Hemd an. Ihre Finger fühlen über den genoppten Stoff. Sie krempelt die Ärmel um und ein gestreiftes Innenfutter kommt zum Vorschein. Passt perfekt, denkt sie und geht zum Spiegel im Bad. Aber ihre Bemühungen reichen nicht aus. In dem kleinen Spiegel über dem Waschbecken sieht sie nur Bruchstücke ihres Outfits. Ihr Blick schweift an sich herunter.

„Ich finde, ich sehe passabel aus. Außerdem ist Katrin auch nicht so auf Äußerliches aus. Wichtiger ist doch, sich nicht zu verstellen."

„Ja ja, aber du darfst ruhig ein Hingucker sein."

Vera steht hinter ihr und betrachtet ihr Werk. „Okay, fürs erste. Aber wir müssen mal eine ordentliche Jeans für dich kaufen! Schließlich brauchst du deine Figur nicht in diesem Schlabbersack verstecken. Aber für heute muss es wohl so gehen."

Sie zeigt auf eine kleine Kühltasche.

„Das kannst du mitnehmen und dann erforsch mal, was für Vorlieben Katrin hat! Mit kleinen Aufmerksamkeiten gewinnt man schnell an Sympathie." Sie zwinkert Bo zu und lacht. „Ich fass es immer noch nicht. Unsere Bo!" In einem Überschwang von Freude umarmt sie Bo. „Dann mal viel Spaß bei den Tieren." Wieder lacht sie schallend. „Andere treffen sich im Kino. Herrlich. Aber jetzt sieh zu, dass du zum Bahnhof kommst. Vielleicht kannst du ja noch eine Rose kaufen."

Schon sucht Vera in ihrem Portemonnaie nach Kleingeld.

„Vera! Ich bin erwachsen!"

„Aber scheinbar nicht Date erfahren!"

Bo schnappt sich die Tasche und drückt sich an Vera vorbei zur Tür.

„Danke."

„Hast du deinen Schlüssel? Geld?"

„Ja Mama."

„Also raus." Vera drückt sie nochmals kurz.

„Viel Spaß!" Schon schiebt sie Bo raus und schließt die Tür.

***

Im Treppenhaus ist es still. Nur die hastigen Schritte von Bo auf den blanken Steinstufen sind zu hören. Auf der zweiten Etage steht das Fenster zum Innenhof offen und ein kühler Hauch mischt sich mit der stickigen Raumluft. Jetzt packt Bo doch die Nervosität. Gestern war sie noch zu sehr eingenommen von dem Gefühl aus Trauer und Hoffnung. Die Wehmut, ihre Kinder zurück gelassen zu haben und die freudige Erwartung, ein neues Leben beginnen zu können, dieses Gefühlschaos hatte sie die ganze Nacht beansprucht. Der neue Hausschlüssel in ihrer Hosentasche piekt sie bei jeder Treppenstufe. Jeder Stich eine kleine Erinnerung an ihren neuen Start. Gleich wird sie Katrin gegenüber stehen!

Mit fliegenden Füßen eilt sie in die Bahnhofshalle, wo sie zwischen Postkartenständern, Zeitschriftenstapeln und Bücherkisten eines Kiosks Platz findet, um ungestört den Gang zu den Bahnsteigen zu beobachten. Der Duft von frischen Kaffee lockt Passanten zu dem Shop, an dem man ‚Coffee to go‘ ergattern kann. Schon seit den Morgenstunden steht der Verkäufer für seine Gäste parat. Bo drückt die Kühltasche an ihren Körper. Vera ist einfach ein Schatz, denkt sie und rückt den Riemen der Tasche in eine bequemere Lage.

Was täte sie nur ohne diese Freundin? Völlig selbstlos hilft Vera ihr. Sie muss sich unbedingt etwas überlegen, wie sie sich dafür bedanken kann!

Bo äugt auf die große Bahnhofsuhr, die unbeeindruckt von der Geschäftigkeit der Menschen, ruhig die Sekunden herunterzählt. Ein leises Grummeln ertönt, fast unmerklich erzittert der Boden. Zehn Uhr dreizehn. Das muss der Zug sein, mit dem Katrin kommt! Ohne es zu bemerken, reckt sie den Hals in die Höhe. Sie darf sie nicht verpassen. Wie ein Ameisenstrom quillt eine Menschentraube in die Halle. Ein Gewirr aus bunten Jacken bewegt sich auf Bo zu, umrundet sie und strömt aus dem Bahnhofsgebäude nach draußen. Bos Augen suchen in Windeseile die Gesichter ab, bis sie an einem hängen bleibt. Ganz ruhig kommt da Katrin zielstrebig auf sie zu. Quetscht sich durch die Menge. Ihr Gesicht ein einziges Strahlen und schon stehen sie sich erwartungsvoll gegenüber. Bo lässt die Kühltasche zu Boden gleiten und mit einem schüchternen Lächeln umarmt sie Katrin.

„Hallo, schön dich zu sehen. Ich dachte schon, ich finde dich nicht unter all den Leuten, die hier gerade ankommen."

„Ich habe dich sofort gesehen. Hübsch siehst du aus."

Sie stehen sich dicht gegenüber, so dass sie sich die Atemluft teilen. Der Duft von frischen Blüten dringt zu Bo. Am liebsten würde sie ihr Gesicht in Katrins Haare versinken lassen. Verlegenheit zuckt kurz über ihre Gesichter. Ein Passant rempelt Bo an, so dass sie leicht strauchelt.

„Pardon."

Die achtlos hingeworfene Entschuldigung reißt Bo aus ihrer Unsicherheit.

„Lass uns hier verschwinden."

Sie greift nach ihrer Tasche und deutet mit dem Gesicht in Richtung Ausgang.

„Ich dachte, wir gehen einfach in den Tierpark."

283

Sie blickt Katrin fragend an.

„Okay? Ich liebe Tiere und der Park ist echt schön."

„Gut. Gehen wir."

Katrin lächelt zurück und unzählige kleine Lachfalten verschönern ihr Gesicht. Ihre Haare glänzen im Sonnenschein und ein schelmisches Leuchten blitzt aus ihren Augen.

„Welche Tiere magst du denn am liebsten?"

„Ich finde Erdmännchen herrlich und Murmeltiere. Und Hängebauchschweine, hm, Meerschweinchen, Esel." Bo prustet los. „Okay, fast alle außer so Krabbeltiere wie Spinnen. Aber vor allem weiche Fellnasen."

„Dann auf zu den Fellnasen!"

***

Wie selbstverständlich haben sich ihre Hände gefunden. Gemeinsam schlendern sie zum Freiwildgehege. Zu Bos Entsetzen ist der Park schon rappelvoll. Eltern oder Großeltern sind bemüht, die aufgeregten Kinder und Enkel davon abzuhalten, die verschreckten Tiere zu streicheln oder in deren Gehege zu klettern.

Klar, was hatte sie sich auch gedacht. Was ist an einem sonnigen Wochenende Besseres zu tun, als mit Kindern in das Freigehege zu gehen!

Vera wird sich totlachen. Bo runzelt die Stirn und schielt zu Katrin, die unbeachtet der Massen neugierig zu den Tieren schaut. Dreiste Hühner gackern um ihre

Füsse und fordern Futter. Der Boden ist übersät mit Vogelkot, doch Katrin scheint das nicht zu stören. Bo schiebt sie mehr in Richtung der Außenanlagen. Erst bei den Zwergeseln räuspert sie sich.

„Sind die nicht putzig?"

Gespannt wartet sie auf Katrins Reaktion. Vor ihnen grasen graue Zwergesel und genießen den Sonnenschein. Während einige faul ihren kugeligen Bauch seitlich liegend in die Sonne halten und dabei genüßlich die Augen schließen, rennen andernorts drei junge Tiere hintereinander her und beißen sich spielerisch in den Schwanz. Ein großes, altes Männchen steht wie eine Statur auf einem Grashügel, der als guter Aussichtspunkt dient. Ihm entgeht nichts. Seine Augen lassen die Tierparkbesucher nicht aus dem Blick. Sollte ein Besucher mit Futter winken, er wäre der Erste, der sich füttern lassen würde. Weiter hinten quieken Wildschweine um die Wette. Scheinbar haben sie etwas Fressbares entdeckt und streiten um die Vorherrschaft, während das Damwild lautlos in einer Gruppe zusammen steht und die Besucher betrachtet. Man könnte sich fragen, wer hier wen begutachtet.

Katrin ist ebenso gefangen vom Anblick der Tiere wie Bo. Beide lehnen am Zaun des Geheges. Ihre Arme berühren sich und jede spürt die Wärme, die von der anderen ausgeht.

Bo will Katrin soviel erzählen, aber das heftige Schlagen ihres Herzens ergreift völlig Besitz von ihr, so dass sie kein Wort hervor bringt. Sie traut sich kaum, Katrin direkt anzuschauen.

„Die Zwergesel sind wirklich süß." Katrin zeigt auf ein Jungtier, das vergeblich versucht, seinen eigenen Schwanz zu erhaschen. Immer schneller dreht es sich im Kreis, bis es beinahe das Gleichgewicht verliert und umzufallen droht. Für einen Moment verdutzt, schüttelt es seinen Kopf und läuft zu seiner Mutter.

„Ich weiß gar nicht, wann ich das letzte Mal in einem Tierpark oder Zoo gewesen bin. Dabei ist es wirklich toll den Tieren zuzuschauen."

Katrins Blick geht zu Bo.

„Was gefällt dir denn so gut an den Tieren hier?"

Bo überlegt kurz.

„Ich finde einfach diese dicken weichen Nasen so herrlich. Am liebsten würde ich jedem Tier mal auf die Nasenspitze stupsen. Idiotisch, oder?"

Sie kommt sich kindisch und albern vor, doch Katrin lacht.

„Wie findest du meine Nase? Die ist ja auch nicht sehr schmal und unbedingt die Schönste?

Sie blickt Bo direkt an. „Die habe ich mir schon zweimal gebrochen. Früher beim Fußball, daher ist sie etwas schief."

Tatsächlich beschreibt der Nasenrücken einen Bogen und lässt dadurch die Nasenflügel ungleich breit erscheinen. Ihr Lachen entblösst zudem ihre Zähne, die auch nicht perfekt in der Reihe glänzen. Aber ihr offenes Strahlen übertüncht diese kleinen Schönheitsfehler und in dem Moment kann sich Bo kein schöneres Gesicht vorstellen.

„Da Vinci würde sagen, ein makelloses Gesicht ist langweilig zu malen. Erst die Spuren des Lebens machen es interessant. Auch die Mona Lisa ist keine Schönheit und doch so berühmt geworden."

„Na, wenn du mich mit der Mona Lisa vergleichst, kann ich ja zufrieden sein."

Und ihr Gesicht leuchtet mit der Sonne um die Wette. Dabei kommt sie dem Gesicht von Bo ganz nah. Bos Herz rast. Bevor sie sich vergewissern kann, ob sie beobachtet werden, haucht Katrin ihr einen Kuss auf den Mund und zwinkert ihr flüsternd zu.

„Hat keiner gesehen." Sie zieht Bo ein Stück vom Gehege weg in den Schutz eines Ahornbaumes und umarmt sie vorsichtig. Ihre Nasen berühren sich, ihre Augen glühen. Dann öffnen sich ihre Lippen, um ganz mit einander zu verschmelzen. Bo senkt ihre Lider.

Ihr erster Kuss mit einer Frau. Sie findet Gefallen an den weichen Lippen, die vorsichtige Berührung der Zungen. Kein Zentimeter Raum ist mehr zwischen den Körpern. Ihrer beider Herzschlag pocht im Gleichklang. Kräftig, schnell, - verliebt. Fast hätte sie vergessen, wo sie sich befinden.

Erst der Schrei eines Fasans reißt sie aus der Verzückung. Vorsichtig schaut sie sich um, doch niemand interessiert sich für sie. Glückselig schmiegt sie sich an den weichen Körper von Katrin. Am liebsten würde sie so

Stunden ausharren. Der warme Atem von Katrin streift ihren Hals und ein leichtes Ziepen am Ohrläppchen lässt sie lächeln.

„Wie gefällt dir das?" Katrins Stimme ist leise, gedämpft. Bo läuft ein wohliger Schauer über den Rücken.

„Ich könnte mich daran gewöhnen."

Schnell haucht Katrin ihr noch einen Kuss auf die Lippen.

„Du kleiner Nimmersatt." Katrin stupst sie auf die Nase und zieht sie aus dem Versteck. „Jetzt will ich aber deine Fellnasen sehen und langsam wird es Zeit für ein Picknick. Oder was hast du mit der Kühltasche vor?"

Das Glück der beiden liegt greifbar in der Luft und Bo nimmt einen tiefen Atemzug.

„Stimmt. Liebe macht hungrig. Lass uns eine Parkbank suchen."

Insgeheim dankt sie nochmals Vera für ihre glänzende Idee.

„Ich hoffe, ich habe was Leckeres für dich dabei."

Inzwischen wimmelt es nur so von Besuchern im Park. Sämtliche Ruheplätze sind überfüllt mit vor Freude kreischenden Kindern. Aufgeregte Hühner gackern zwischen kleinen Beinen, schnappen nach Butterbroten und Keksen. Ein Kind übertönt alle mit seinem Geschrei. In der Enge hat es sich an einer Bank gestoßen und die Bemühungen seiner Eltern es zu beruhigen, fruchten nur mäßig. Erst die Idee des Großvaters, Tierfutter zu kaufen, bringt den Schreihals zum verstummen.

Ein Wildschwein ist völlig unbeeindruckt von dem Krach im Park. Während es sich im staubigen Sand des Geheges genüßlich niederlässt, guckt es mit seinen kleinen schwarzen Augen gelangweilt in die Runde. Seine dicken Borsten sind mit Lehm verkrustet und ein paar Fliegen lassen sich frech auf seinem Rücken nieder. Fünf junge Ferkel versuchen derweil an die Zitzen eines Muttertieres zu kommen, aber der Muttersau ist es momentan zu unruhig im Gehege. Sie sucht das Weite und mit ihr die kleinen aufgeregt quiekenden Ferkel.

Erst weit hinten beim Damwild finden Bo und Katrin eine vereinsamte Bank. Schnell ergattern sie die Chance auf ein Picknick und lassen sich aufatmend nieder.

„Echt voll hier. Tut mir leid." Bo guckt zerknirscht zu Katrin. „Romantisch ist anders."

„Nicht so schlimm. Das wird ja wohl nicht unser letzter Ausflug sein, oder?"

Bo breitet schon ein ansehnliches Frühstück aus. Zu unters schmückt ein Tuch die Parkbank und darauf liegen schon ausgebreitet Käse, Salami, Leberwurst, Brotscheiben und Weintrauben. Selbst Orangensaft und zwei Piccolo Sekt fehlen nicht. Vera hat einfach an alles gedacht.

„Was isst du denn gerne?" Bo kämpft mit der Verpackung einer Sülze.

„Tja, das ist das Schlimme an mir." Katrin schaut betrübt, dann grinst sie Bo schelmisch an.

„Ich bin quasi ein Hobbit. Ich esse beinah alles, Hauptsache es ist immer etwas in meiner Nähe." Und ihr schallendes Lachen durchzieht den Park und verstummt erst als Bo ihr ein Stück Käse in den Mund schiebt.

***

„Und du bist jetzt tatsächlich bei Vera eingezogen? Wie fühlt sich das an?" Sanft berühren Katrins Finger Bos Hand. Für einen Moment verschwindet der Zauber der Verliebtheit bei Bo. Sie schluckt den Käse hinunter und sucht nach den richtigen Worten.

„Ich bin hin und her gerissen. Zum einen fühle ich mich frei, aber zum anderen plagt mich das schlechte Gewissen, meine Familie betreffend. Letzte Nacht war noch nicht sehr entspannt. Ich habe lange gebraucht, um einzuschlafen. Und heute morgen wusste ich zuerst gar nicht, wo ich bin."

„Dafür hast du aber ein tolles Frühstück gezaubert." Katrin knabbert an einem Salamistick. „Sogar an Sekt hast du gedacht."

Bo wird rot.

„Ehrlich gesagt, das war Vera. Die denkt einfach an alles. Ich war heute früh noch gar nicht ganz wach, - und dann auch etwas aufgeregt."

„Und - hat sich die Aufregung gelegt?"

Die Wärme in Katrins Stimme umschlingt Bos Herz, lässt es ruhig schlagen. Zwei Augenpaare suchen sich ab, versuchen die Gedanken der Anderen zu lesen, finden

Vorsicht und Neugier zugleich. Tasten sich ab und ein Lächeln gleitet über beide Gesichter.

„Wie man es nimmt. Aufregend ist das hier schon für mich. Aber nervös bin ich nicht mehr."

Schnell küsst sie Katrin auf den Mund.

„Und Vera? Was hat sie denn gesagt, als du so plötzlich vor ihr standest? Mit Tasche, mein ich?"

„Sie hat mich mit offenen Armen empfangen. Sie wusste allerdings noch nichts von dir, deshalb war sie wohl etwas überrascht." Bo berichtet in kurzen Sätzen vom gestrigen Abend.

„Wie ist sie denn so? Deine Vera?"

Eine unterschwellige Angst lauert in Katrins Worten und Bo wird hellhörig.

„Du brauchst dir wegen Vera keine Gedanken machen. Wir führen wirklich nur eine WG. Vera ist in festen Händen. Absolutes Tabu!" Bo blickt ängstlich in Katrins Augen, in denen sich noch etwas Skepsis spiegelt. „Klingt natürlich etwas komisch für dich, aber ich hoffe, du glaubst mir?"

„Na ja, bleibt mir ja gar nichts anderes übrig."

Katrin spitzt ihren Mund und etliche Falten knittern über ihre Stirn. Dann huscht ein Lächeln über ihre Wangen.

„Aber ich glaube dir. Für Zweifel bist du einfach zu ehrlich."

Sie schmiegt sich an Bos Seite und legt ihren Kopf auf deren Schulter. „Aber deine Fellnasen habe ich immer noch nicht gesehen.“

Erleichtert drückt Bo sie an sich.

„Okay, als Endspurt geht's zu den Fellnasen.“

***

Eine ganze Horde Kaninchen lümmeln sich im Schatten eines Baumes. Ihre Kiefer zermalmen ununterbrochen Grashalm für Grashalm. Die Ohren teils angelegt, teils aufmerksam in die Höhe gereckt, widmen sie ihre Aufmerksamkeit fast ausschließlich dem Fressen. Dicke Möhren werden in kurzer Zeit angenagt und verschlungen. Ein fetter Hase bewacht die Gruppe. Als ein Kind zu nahe an den Futterplatz heran stapft, klopft der Hase mehrmals kräftig mit dem Hinterlauf auf den Boden und alle Fellnasen heben aufmerksam ihren Kopf. Dabei drehen sich die langen Ohren in alle Richtungen, um eventuelle Feinde zu erkennen. Aber die Kaninchen haben sich längst an die Zuschauer gewöhnt und somit widmen sie sich schnell wieder den köstlichen Möhren.

„Guck mal. Zwei Junge.“

Bo deutet in den hinteren Teil, wo sich zwei Jungtiere schläfrig aneinander kuscheln.

„Süß. Und beneidenswert.“ Katrin drückt kurz Bos Hand, die zuerst stutzt, dann leicht errötet.

„Stimmt. Beneidenswert. Vielleicht sollten wir jetzt das Weite suchen.“

Schon zieht sie Katrin in Richtung Ausgang.

„Kommst du noch mit in die Wohnung?"

„Gerne. Ich will doch auch noch Vera kennen lernen."

„Also doch etwas skeptisch."

***

„Hallo. Ich bin Vera. Und du die heimliche Freundin."

Vera begrüßt Katrin so herzlich als würden sie sich schon Jahre kennen. „Komm rein und fühl dich wie zuhause. Ich habe Kuchen gebacken."

„Der duftet schon durch das ganze Treppenhaus. Aber wir hatten ja gerade erst unser Picknick, das du so toll zusammen gestellt hast." Katrin gibt Bo einen Klaps auf den Po.

„Das solltest du doch nicht verraten, Bo!" Vera spielt die Entrüstete. „Das gibt doch Punktabzüge bei Katrin."

„Nein, nein. Ehrlich wärt am längsten."

Katrin bleibt noch etwas unschlüssig in der Tür stehen, doch Bo schiebt sie nach innen in die Küche.

„Einen Kaffee können wir uns aber noch gönnen. Und vielleicht doch ein Stückchen Kuchen?" Bo ergreift Unruhe. Sie weiß ganz genau, dass Vera nun heimlich Katrin inspiziert. Das sollte ihr eigentlich egal sein, aber ein bisschen hofft sie doch auf ein positives Feedback. Geschäftig führt sie Katrin durch die kleine Wohnung.

„Also, das ist die Küche, wie du siehst. Hier geht es ins Wohnzimmer und dort ist mein Reich. Da hat Vera ihr Zimmer. Hier findest du das Bad."

Wie eine Immobilienmaklerin eilt sie von Zimmer zu Zimmer. Katrin kann kaum folgen, zumal auch Banja um Aufmerksamkeit buhlt. Mit ihren kleinen Trippelschritten hüpft sie permanent um die Füße der Frauen, ungeachtet der Gefahr getreten zu werden.

„Ja und das ist natürlich Banja. Die darf ich nicht vergessen. Eine ganz Liebe."

„Wenn sie nicht bettelt." Vera mischt sich ein. „Was sie sehr gerne tut. Ansonsten ist sie die liebste Seele, die ich kenne." Sie packt ihre Hündin und befördert sie ins Wohnzimmer. „Hier bleibst du und lässt die beiden mal in Ruhe." Und etwas leiser: „Das sind Turteltäubchen. Die wollen allein sein."

„Habe ich gehört." Bevor die Verlegenheit die Oberhand gewinnt, haucht Bo schnell einen Kuss auf Katrins Wange und kommt mit ihr ins Wohnzimmer. „Wir essen jetzt deinen Kuchen!"

„Danach muss ich auch nach Hause, die Pflicht ruft. Ich muss noch eine Ausarbeitung machen."

„Ich will ja nicht neugierig sein, aber was machst du denn?" Interessiert guckt Vera herüber.

„Ich studiere Pflegemanagement."

„Na, Bo, dann bist du ja in besten Händen!"

„Klar. In meinem Alter muss man vorsorgen."

Ein einstimmiges Lachen quillt durch die Wohnung, durchbrochen von Banjas freudigem Gebell.

„Banja, Ruhe. Sonst beschweren sich die anderen Bewohner des Hauses." Vera streichelt ihre Hündin, die dankbar deren Finger leckt, die nach frischen Kuchen duften. „Pfui. Jetzt muss ich mir schon wieder die Hände waschen." Schon springt sie auf und eilt ins Bad.

Bo nutzt die Gelegenheit.

„Alles okay, oder was denkst du gerade? Du guckst so ernst."

„Nein, alles prima. Ich bin nur etwas müde. Ich habe auch nicht so gut geschlafen." Katrin gähnt herzhaft. „Vera ist sehr nett. Ob ich bei ihr bestehe?"

Sie blickt Bo scherzhaft in die Augen. „Ich weiß schon, dass sie mich mustert. Ob ich für ihren Zögling die Richtige bin." Sie zwinkert Bo zu, die verschämt wegguckt.

„Ich hoffe, du fühlst dich hier wohl?"

„Ihr könntet auch als Schwestern durchgehen, wenn man nicht ganz so genau hinsieht. Ein bisschen Ähnlichkeit ist vorhanden. Vorerst bin ich jedenfalls beruhigt. Ich glaube, eure WG wird ganz lustig."

Sie kneift Bo in den Oberschenkel. „Kommst du mich das nächste Mal besuchen? Ich kann uns auch was Leckeres kochen."

Als würden sie sich schon wochenlang kennen, schwingt ein Band der Vertrautheit zwischen ihnen. Legt sich um ihre Schultern und lässt sie nicht mehr zweifeln, dass sie zusammen passen.

„Klar, komm ich."

***

Vor ihr liegen flache Felder. Abgeerntet und bereit für die nächste Saison. So weit das Auge reicht nur Ebene und erst am Horizont erkennt man die Berge der Eifel. Die tief stehende Sonne lässt die Felder dampfen. Ein paar Hasen springen davon, als sie Bos Auto vorbei knattern hören. Ein Fasanenpaar fliegt erschrocken auf und schießt knapp über ihren Wagen. Automatisch zieht Bo ihren Kopf ein. Hey, aufgepasst, ihr dummen Hühner!

Bo ist nervös. Katrin hat ihr den Weg zu ihr genau beschrieben, trotzdem ist sie unsicher, ob sie richtig unterwegs ist. Eigentlich ist es gar nicht so weit weg, aber in diese Ecke hat es sie bislang seltener verschlagen. Dafür ist ihr die Landschaft mit den flachen Feldern etwas zu eintönig. Sie liebt die Berge, somit hat die tiefe Eifel mehr Reiz für sie. Da gibt es zumindest ansehnliche Hügel. Hier ist tatsächlich mehr die Gegend für Radfahrer. Sie schmunzelt. Bergziege. Witzig. Aber vielleicht kann sie Katrin ja demnächst in die richtigen Berge, in die Alpen locken. Und zwar zu Fuß, nicht mit dem Rad.

Bo fährt langsamer. Da muss es sein. Hier rechts und dann noch ein paar Meter. Hausnummer achtzehn. Sie stoppt den Wagen und schaut sich um. Ein stattliches Einfamilienhaus mit Anliegerwohnung liegt da zur Rechten. Akkurate Vorgärten mit Begonienkästen reihen sich aneinander. Kein Mensch ist zu sehen. Aber wahrscheinlich wird sie schon versteckt hinter Gardinen beobachtet. In einem Dorf wie diesem bleibt meistens nichts geheim.

Katrin wohnt hier erst seit kurzem. Nach der Trennung von ihrer Frau hat sie natürlich eine neue Bleibe gebraucht und hier gefunden. Ob die Nachbarn wissen, dass sie lesbisch ist? Egal, was geht es sie an. Bo steigt aus und geht möglichst coolen Schrittes zur Haustür, obwohl es für sie alles andere ist, als ein entspannter Besuch. Ihr Herz klopft heftig. Schließlich wird sie gleich mit Katrin ganz allein sein. Ohne Tierparkkinder, Passanten oder Vera. Sie schluckt die Trockenheit ihrer Kehle runter und klingelt. Hoffentlich hat ihr Deo nicht versagt! Unsicher saugt sie ihren eigenen Geruch ein, doch da öffnet sich schon die Tür und Katrin steht vor ihr. Mehr Strahlen im Gesicht geht nicht.

„Schön, dass du da bist."

Und schon liegen sich die Frauen in den Armen. Mit einem Fußtritt knallt Katrin die Haustür zu, während ihre Lippen den Mund von Bo suchen und ihre Hände sanft den Nacken streicheln.

Im Haus riecht es verführerisch nach Fisch, doch die Verliebten haben nur Augen für einander. Ihre Küsse sind wie liebevolle Bisse und ihre Körper schmiegen sich so eng aneinander als wären sie eins. Jede spürt die Wärme der anderen und möchte nie mehr loslassen.

Erst der Geruch von Angebranntem reißt sie auseinander.

„Schitt." Katrin rast an ihren Herd und hastig nimmt sie den kokelnden Fisch aus dem Backofen. „Verflucht. Angebrannt." Verlegen steht sie vor der qualmenden Auflaufform und schimpft leise vor sich hin. Lachend umarmt Bo sie. Hält sie ganz fest und ihre Lippen drücken einen Kuss an Katrins Hals.

„Dann gibt es wohl nur Liebe zu essen."

Schelmisch schaut sie Katrin über die Schulter.

„Oder ist das Brathering?"

„Ach Mist. Ich wollte dir was Schönes bieten."

„Das tust du gerade."

Mit geschlossenen Augen genießt Bo die weichen Formen von Katrin. Ihre Hände erforschen zum ersten Mal den Körper einer Frau. Zuerst vorsichtig. Ein wenig ängstlich, ob sie darf. Doch Katrin wehrt sich nicht. Gibt sich hin und die zwei Frauen verschmelzen immer mehr ineinander.

Irgendwie landen sie auf dem Sofa, wo sich ihre Körper vereinen. Zwei nach zarter Liebe suchende Gestalten, die streicheln und liebkosen. Die sich zu einem schwitzenden Wesen verbinden. Küsse bis das die Lippen schmerzen.

Das Abendlicht, das vorsichtig durch die Dachfenster lukt, zeichnet ihre Haut weich. Bos Augen fahren jeden Winkel an Katrins Körper ab. Bleibt in ihrem Gesicht hängen und verharrt. Ein Gefühl durchzuckt sie. Es liegt etwas in Katrins Blick. Kann es Liebe sein? Ein Lächeln festigt sich um Bos Mund. Wie mutig, denkt sie, muss sie sein, um dieses Leben zu leben? Sie, eine Frau und Mutter, fast fünfzig, stellt alles auf den Kopf, um endlich so zu leben, wie es sich für sie richtig anfühlt. Ja, dafür will sie mutig sein.

Und sie schmiegt sich wie eine Katze an Katrin. In diesem Moment braucht es keine Worte.

2011
Noch immer ist da diese Anziehungskraft der Tiefe.

Für Bo beginnt eine Zeit der Freiheit und der Schuldgefühle. Während sie über Tag die Sorge um ihre Söhne quält, hat sie abends frei für Unternehmungen.

Draußen ist es längst hell, während Bo noch schläfrig in der Küche hockt und an ihrem Kaffee nippt. Was gäbe sie jetzt dafür, ihren Jungs ganze Schokoladenberge zum Frühstück zu geben. Ihre Devise war immer, dass jeder nur ein Brot mit Schokolade essen durfte. Nun sieht sie die Söhne vor ihrem geistigen Auge, wie sie alleine am Tisch sitzen, um sich für den Tag zu rüsten und sie hier in der Küche, rührt traurig in ihrer Tasse, während Banja sie mit ihren Knopfaugen anschaut, als könne sie Bos Gefühle spüren.

Ihr wird die Luft schwer und nur der Gedanke, am Nachmittag wieder für die Jungs da zu sein, bringt sie zur Ruhe.

Hektische Betriebsamkeit wechselt sich ab mit lethargischer Starre. Sie setzt sich auf das Sofa im Wohnzimmer und starrt an die Decke. Sucht Antworten auf ihre vielen Fragen.

Zum vorhandenen Gefühlschaos kommt ja noch hinzu, dass ihr Geld, das ihr zur Verfügung steht, langsam

300

zur Neige geht. In ihrem Alter ist eine Jobsuche tatsächlich kein leichtes Spiel. Bislang erhält sie nur eine Absage nach der anderen oder überhaupt keine Rückmeldung. Allmählich ist sie bereit, jeden Job anzunehmen, Hauptsache sie wird unabhängig von Frank. Bo seufzt. Hätte sie damals ihren Job nicht gänzlich aufgegeben, hätte sie heute ein sehr gutes Gehalt. Aber Frank meinte immer, in seinem Beruf für die Kinder keine Auszeit nehmen zu können. Seine Karriere ging ihm vor. Nun hat sie das Nachsehen. Nach so einer langen Pause, nimmt sie anscheinend niemand mehr.

***

Ohne Vera ist die Wohnung wie ein alter Luftballon, dem langsam die Luft zum Atmen entweicht. Schnell geht Bo auf den Balkon, zieht die kalte Herbstluft tief in ihre Lunge. Hört von unten die Stimmen der Passanten und fühlt sich ein Stück besser. Nicht mehr ganz so allein. Ihre Hände umgreifen das Balkongeländer. Packen fest zu. Noch immer ist da diese Anziehungskraft der Tiefe. Bo äugt nach unten. Wie viel Sekunden braucht es bis man unten aufschlägt? Sie zupft ein Blütenblatt der Petunie, die vor ihr im Balkonkasten wächst, und lässt sie fallen. Eins, zwei, in wenigen Sekunden trudelt es zu Boden. Bo starrt in den Abgrund bis der Postbote eiligen Schrittes auf das rosafarbene Blatt trampelt, es zerquetscht mit seinen festen Schuhen und achtlos weiter geht. Bo kann die Blüte nicht mehr erkennen, sucht die zerfetzten Reste auf dem Trottoir.

Traurigkeit übermannt sie. Sie hatte kein Recht, die Blüte zu zerstören, wo es doch hier oben so einen schönen Platz in der Sonne hatte. Mit einem Ruck löst sie sich vom Geländer und wendet sich ab, geht zurück zu Banja ins Wohnzimmer, wo eine lachsfarbene Rose ihren Blick einfängt. Die hatte Katrin ihr mitgebracht, als sie plötzlich vor der Tür stand. Mit einem Lächeln im Gesicht, die Rose in der Hand, hatte sie Bo nur kurz geküsst und war wieder davon gesprungen. Nur eine SMS hatte Bo verraten, dass Katrin einen kurzen Stopp der Bahn nutzen wollte, um auf dem Weg zum Studium heraus zu sprinten, in der Hoffnung Bo anzutreffen. Verrückte Nudel, geht es Bo durch den Kopf. Sie sucht nach ihrem Handy und schreibt eine Nachricht an Katrin:

Deine Rose lächelt mich jeden Tag an und holt mich auf die schöne Seite des Lebens. Danke. Kuss. Bo.

***

So viele Nachrichten per SMS hat Bo noch nie in ihrem Leben geschrieben. Wie oft hat sie sich gewundert, dass andere hunderte Nachrichten am Tag verschicken können. Jetzt gehört sie selber zu den fleißigen Schreibern, auch wenn ihr das Tippen der Buchstaben nicht so geübt von den Fingern geht. Sie genießt die Aufmerksamkeit von Katrin und merkt zum ersten Mal im Leben, wie es ist, wenn der andere öfters an sie denkt und sich mitteilt. Von Frank kam immer nur der Spruch, du merkst doch, wenn ich nach Hause komme, wozu soll ich das vorher ankündigen. Und Blumen – werden überbewertet. Die welken doch nach einem Tag. Ja, Frank ist durch und durch ein technisch begabter Mensch, aber manchmal machen eben Kleinigkeiten die Liebe aus. Verliebt betrachtet Bo die Rose. Die Sonne wirft einen langgezogenen Schatten über den Tisch, der leicht zu winken scheint, da Banja mit ihrem Schwanz kräftig an das Tischbein klopft und die Schmetterlinge in Bos Bauch flattern kurzfristig davon.

„Musst du mal Gassi, oder was möchtest du?"

Banja springt sofort auf und eilt zur Haustür.

„Okay, habe verstanden. Weißt du was, du kommst einfach mit mir. Wir fahren zu den Jungs und kochen was."

Banja ist es völlig egal, wohin der Ausflug geht. Hauptsache, sie ist dabei. Bo zieht sich schnell an, packt das Nötigste ein und schon sind sie unterwegs. Eilen durch das Treppenhaus. Vor der Haustür zieht Banja schnurstracks zu ihrem Lieblingsbaum und während sie zufrieden ihr Geschäft erledigt, sucht Bo den Boden ab. Aber vor dem Blütenblatt ist keine Spur mehr zu finden. Sie schaut hoch zum Balkon, wo die übrigen Petunien im Wind leicht ihre Köpfe schütteln. Sorry, denkt sie und wendet sich schnell wieder Banja zu.

„Auf, auf, kleine Dame. Es wird Zeit."

Das Haus ihrer Familie steht stumm im Herbstlicht. Die Fenster blicken ihr dunkel entgegen, die hinteren Rolladen zum Garten sind verschlossen und verhindern, dass das Sonnenlicht ins Wohnzimmer dringen kann. Sie öffnet die Haustür und in diesem Moment ist sie froh, dass Banja mit ihren Trippelschritten die Stille des Hauses verscheucht. Schnell lässt sie die Rolladen hoch fahren und schaltet das Radio ein. Mit geübten Handgriffen beginnt sie aufzuräumen, bis sie sich einen Esel schimpft.

„Das sollten die Herren selber tun, oder Banja?"

Die Hündin wedelt einmal kurz als sie ihren Namen hört, dann erkundet sie ungetrübt weiter das neue Terrain. Bo lässt daraufhin alles so liegen wie sie es vorfindet und kümmert sich lieber um das Essen. Vor dem Küchenfenster schlendern zwei Nachbarinnen vorbei und äugen zu ihr hin. Schnell wendet sich Bo ab. Jetzt bloß keine neugierigen Fragen. Geschäftig kramt sie im Schrank und aus den Augenwinkeln beobachtet sie die Frauen bis diese ihres Weges ziehen. Dann kocht sie weiter.

***

„Hey Mama."

„Hallo. Alles gut? Schön euch zu sehen."

Für einen kurzen Augenblick stockt die Unterhaltung. Nur Sekunden. Aber für Bo fühlt es sich wie eine Ewigkeit an. Die Sekunden quetschen sich zwischen sie und ihre Söhne und der Raum scheint sich zu vergrößern. Drängt sie auseinander.

„Riecht gut." Kai bricht das Schweigen und Bo schaut ihn dankbar an.

„Seid wann hast du einen Hund?" Jannik liegt wie ein Säugling auf dem Rücken und spielt mit Banja, die ausgelassen auf ihm herum springt. Dabei versucht die Hündin ihm beständig das Gesicht abzulecken.

„Nicht lecken lassen, Jannik. Hunde können Würmer haben."

„Ach Mama, die ist doch so süß!"

Doch er steht auf und Banja bleibt nichts anderes übrig, als um ihn herum zu hüpfen.

„Banja ist die Hündin von Vera, bei der ich ja im Moment wohne."

Da ist sie wieder, die Beklommenheit. Aber was soll sie auch sagen.

„Ich passe also ein bisschen auf sie auf. Aber jetzt kommt essen und erzählt. Wie war euer Tag?"

„Wie immer. Schule halt."

Kais Stimme klingt wieder eine Nuance tiefer. Sein Stimmbruch scheint vollendet. Doch wie gewohnt, sind seine Antworten nur karg. Ein großer Redner war er noch nie. Wieder legt sich Schweigen über den Tisch bis Bo wie beiläufig die Worte aus ihrem Herzen fallen.

„Habt ihr Lust, mich mal zu besuchen?"

Die Brüder schauen sich kurz an.

„Klar, warum nicht."

„Ich hol euch dann ab und wir machen uns einen schönen Nachmittag. Ich koche was ganz Besonderes und wir können was spielen oder nur quatschen. Ich mein, wir machen es uns dann so richtig gemütlich."

Bo sprudeln die Worte wahllos aus dem Mund. Erleichtert über die Zusage fällt ein Teil der Beklemmung von ihr ab und sie überschüttet ihre Söhne mit Vorschlägen.

„Wir können dann auch noch in die Stadt gehen. Bummeln. Eis essen."

„Wir können auch einfach mit dem Fahrrad kommen." Kai unterbricht ihren Redeschwall. „Dann brauchst du uns nicht extra holen und wegbringen."

„Würde ich aber gerne machen."

„Ja, ja. Aber nicht nötig. Wir finden das schon. Sind ja keine Babys mehr."

„Nein, das seid ihr wirklich nicht mehr. Wann habt ihr denn Zeit zu kommen?" Sie schaut ihre Söhne aufmerksam an. Aber in ihren Gesichter spiegelt sich nur Ehrlichkeit. Keine Ablehnung. Kein Widerwillen. Erleichtert wartet sie auf eine Antwort.

„Wann kannst du, Jannik?" Kai blickt seinen Bruder an. „Ich kann übermorgen."

„Okay, ich auch." Jannik ist noch immer mit der Hündin beschäftigt und schaut die anderen gar nicht richtig an. „Wenn Banja auch da ist, komm ich gerne."

Beschwingt fährt Bo durch die Straßen. Banja liegt erschöpft auf dem Boden des Wagens. So viel Aufmerksamkeit hat die Hündin lange nicht bekommen. Nach dem Essen hat Jannik mit ihr im Garten getobt, bis Bo ihm erklärt hat, dass Banja schon eine alte Dame ist und auch mal Pausen braucht. Da hat er sich darauf beschränkt mit ihr auf dem Boden zu liegen und sie zu kraulen. Was Banja sichtlich genossen hat. Jetzt schläft sie zufrieden und ein leises Schnarchen ist zu vernehmen.

Bo schaltet das Radio an und Tina Turner brüllt durch den Wagen. Banja zuckt erschrocken mit den Ohren und krümelt sich noch enger zusammen. Bo lacht. Sie versucht lauthals mit der Sängerin mitzuhalten. Nicht schön, aber laut. Sie fühlt sich leicht wie ein Schmetterling. Sie kann es kaum erwarten, dass ihre Söhne sie besuchen kommen. Soll sie Katrin dazu holen? Nein, das ist noch zu früh. Das wäre zu viel auf einmal.

Fast wäre sie über Rot gefahren. Hektisch steigt sie in die Bremsen und der Wagen kommt noch knapp zum halten. Aufpassen, Frau, sonst ist dein neues Leben schneller zu Ende als gedacht. Schon donnert ein LKW über die Kreuzung. Bo dreht die Musik leiser und konzentriert sich auf das Fahren, doch die Freude über die Zusage lässt ihr Herz noch immer freudig schlagen. Schon geht sie den Einkaufszettel durch. Etwas aufräumen muss sie auch. Und natürlich Vera informieren.

Ob sie anwesend sein wird? Schon wieder gehen ihr tausend Gedanken durch den Kopf und nur schwer kann sie sich auf die Parkplatzsuche konzentrieren. Endlich macht sie den Wagen aus und wie auf Kommando springt Banja auf und drängt hinaus.

„Na, du hast es aber eilig. Mal schauen, wer zuerst oben ist."

Doch Bo hat keine Chance. Mit flinken Sprüngen hopst Banja die Stufen hoch und Bo kann nur keuchend folgen. Oben ertönt schon ihr freudiges Gebell und Vera öffnet ihr die Tür.

„Na ihr Ausflügler. Wo wart ihr denn?"

Bo kommt pustend oben an.

„Lass mich raten. So wie du strahlst, warst du entweder bei Katrin oder bei deinen Jungs." Vera zwinkert ihr zu.

„Letzteres."

„Dann war es wohl ein nettes Treffen."

„Ja, war es. Und übermorgen kommen sie mal nach hier."

„Na, da lacht aber jemand." Vera nimmt Bo kurz in den Arm. „Das freut mich. Soll ich mich dann anderweitig verabreden?"

„Nein, nein. Sie sollen dich ruhig kennen lernen. Und du sie natürlich auch." Bo hat endlich wieder genug Luft zum reden. „Diese Treppen sind echt eine Herausforderung."

„Das gibt sich mit der Zeit. So wie vieles andere. Du siehst ja, es wird langsam alles gut. Jetzt lass uns den

Abend gemütlich genießen. Im Fernsehen kommt eine schöne Schnulze."

„Ich komme gleich." Während es sich Vera wieder auf dem Sofa bequem macht, verzieht sich Bo zuerst noch mal in ihr Zimmer.

***

‚Hallo Liebes, bin zurück. Habe die Jungs besucht. Sie wollen mich übermorgen besuchen! Hab dich lieb:)))'

‚Wow, das klingt doch gut!! Dann ist ‚Mama' aber aufgeregt:)) Ich bleibe dann besser fern.((Lieb dich'

‚Pffft'

‚War ein Scherz. Vermiss dich. Wann kommst du zu mir?'

‚Am Wochenende'

‚Noch soooo lang. Denke nur an dich. Kann gar nicht richtig studieren.((

„Was machst du solange? Der Film hat angefangen." Vera ruft nach Bo, die fleißig weiter tippt.

„Komm ja schon."

‚Träum süß von mir, dann vergeht die Zeit schöner.'

‚Gute Nacht mein Schatz'

Vera mischt sich wieder ein.

„Ja ja, grüß Katrin von mir. Ich weiß doch, dass du mit ihr simst."

‚Gute Nacht und dicken Kuss. Von Vera auch Grüße:)))'

Bo schaut auf ihr Handy. Jetzt schweigt es. Pling! Nicht ganz.

‚Kuuusssss!‘

‚Kuuuusss!!‘

Sie lacht. Sie benehmen sich wie Teenager. Aber ist das nicht herrlich! Schmunzelnd geht sie zu Vera, bereit für eine Fernsehschnulze.

***

„Ich brauch ein Taschentuch."

Schniefend greift Vera nach einer Packung Papiertaschentücher und hält sie Bo ebenfalls hin.

„Du anscheinend auch. Zusammen heulen ist auch manchmal schön." Vera tätschelt Bos Hand. „Ich hab den Film schon so oft gesehen und heule trotzdem jedes Mal."

„Der ist aber auch traurig."

Bo stehen die dicken Tränen in den Augenwinkeln und zwei nasse Laufrinnen glänzen auf ihren Wangen. Beide Frauen haben rote Nasen vom Putzen, doch das stört sie nicht. Gemeinschaftlich wird über das Schicksal von Hachiko geweint, dem Hund, der seinem Herrchen, nach dessen Tod, unendlich nachtrauert. So herzergreifend, dass man meint, mitsterben zu müssen. Selbst beim Abspann starren beide Frauen noch gebannt auf den Fernseher.

„Jetzt muss ich aber noch was Lustiges gucken. Sonst

habe ich heute nacht Albträume." Vera beginnt sich durch das Abendprogramm zu zappen und bleibt bei einer Castingshow hängen. „Vielleicht gibt es ja hier etwas zu lachen." Dabei wischt sie sich die letzte Träne mit dem Ärmel ihres Sweatshirts ab. „Ach Banja, hoffentlich musst du das nie erleben." Sie knuddelt ihre Hündin, die sie verstört anguckt. Auch wenn Banja die Worte nicht versteht, die Stimmung im Raum nimmt sie sehr wohl wahr. So wedelt sie zaghaft, ein Versuch, die Frauen wieder aufzumuntern.

***

Der Fernseher brüllt alle Sorgen aus der Wohnung. Es ist längst nach zweiundzwanzig Uhr, doch Vera interessiert das im Moment nicht. Begeistert steht sie mitten im Raum und singt lauthals mit der Sängerin um die Wette. Ihr Trinkglas in der Rechten imitiert ein Mikrofon, während sie die Linke in die Höhe reißt und mit dem ausgestreckten Zeigefinger in die Luft sticht. Ihre langen Haare fliegen im Rhythmus um ihren Kopf und ihre Hüften schwingen zackig von einer Seite zur anderen. Während in der Castingshow die Sängerin eher verhalten ihren Auftritt abhält, bringt Vera das ganze Wohnzimmer zum vibrieren. Bo hält es nicht länger auf dem Sofa. Auch sie tanzt ausgelassen um den Couchtisch herum und lacht sich ihre Anspannung aus der Seele. Erst als der Vortrag endet, kommen beide Freundinnen wieder zur Ruhe.

„Ach, man soll das Leben nicht zu ernst nehmen, sondern viel öfters Spaß haben." Vera schaltet die Lautstärke des Fernsehers wieder herunter. „Jetzt weiß zumindest das ganze Haus, dass wir noch leben."

Amüsiert blickt sie zu Bo.

„Und nun ab ins Bett. Die nächsten Interpreten müssen ohne unsere Unterstützung singen." Mit einem Klick verwandelt sich der Fernseher in ein schwarzes Loch und die Faszination einer bunten Glimmerwelt verschwindet abrupt. Zurück in der Realität verspürt Bo die Anstrengung des Tages. Eine bleierne Müdigkeit nimmt von ihr Besitz und schnell macht sie sich für die Nacht bereit.

„Gute Nacht, Vera."

„Schlaf gut, Bo, und träum was Schönes."

***

Auf dem Bahnhofsvorplatz tickt die Fußgängerampel. Irgendein Gegenstand klappert metallen im Wind gegen die Hauswand. Vereinzelte Autos schleichen durch die Nacht und die Reifen surren über die Straße. Rumpeln über den Riss in der Fahrbahndecke, der noch vom letzten Frost herrührt. Ein Obdachloser ruft Schimpfworte durch die Nacht. Bo liegt mit offenen Augen im Dunkeln und horcht auf die Geräusche. Obwohl ihr Körper nach Schlaf schreit, kommt ihr Geist nicht zur Ruhe. Zu viele Gedanken machen sich in ihrem Kopf breit. Sie schiebt die Bettdecke mit den Beinen zur Seite bis es wieder zu kühl wird. Dann schlüpft sie wieder ganz unter die Decke. Ihre Hände kneten den Stoff der Bettwäsche, ohne das sie es bemerkt. Ihre Zähne schmerzen, da sie im Schlaf ihre Kiefer zu fest aufeinander beißt. Erst in den frühen Morgenstunden fällt sie in einen unruhigen Schlaf.

***

„Wen hast du denn ermorden wollen?"

Besorgt blickt Vera in Bos Zimmer. Nur langsam kommt die Erkenntnis über Bo, wo sie sich befindet. Gerädert reckt sie ihre Gliedmaßen und reibt sich die Augen.

„Wieso?" Verständnislos schaut sie Vera an.

„Du hast irgendwas gerufen, da bin ich reingekommen. Ich dachte, du willst was von mir. Sorry. Anscheinend hast du schlecht geträumt. Jedenfalls hast du dein Kopfkissen mit deinen Fäusten traktiert, als wolltest du jemanden nieder machen."

Bo runzelt die Stirn. Peinlich berührt starrt sie an die Decke, doch die Erinnerung will nicht kommen.

„Keine Ahnung. Aber ich fühl mich wie von einer Dampfwalze überrollt."

„Dann schlaf noch eine Runde. Ich muss allerdings los."

Vera bleibt noch einen Moment im Türrahmen stehen. Ihr mütterlicher Blick ruht dabei auf Bo, die sie müde angähnt.

„Du kannst dir ja noch Zeit lassen. Mit allem. Ich habe das Gefühl, im Moment prasselt viel zu viel gleichzeitig auf dich ein."

Leise fällt die Tür ins Schloss und Bo ist wieder allein mit ihren Gedanken. Ihr Leben ist wirklich augenblicklich auf der Überholspur. Was sich in der letzten Zeit alles verändert hat, passt eigentlich in mehrere Jahre. Ihr Outing ist noch nicht lange her und nun liegt sie hier in einem neuen Zuhause. Ihre Gefühle schwanken zwischen Verliebheit und Zukunftsängsten. Ihr schlechtes Gewissen drückt noch oben drauf. Ohne Vera würde sie das gar nicht schaffen.

Bo schließt noch einmal die Augen. Nur dumpf hört sie wie Vera die Wohnung verlässt. Dann schläft sie nochmals ein, diesmal ohne Albträume und ihr schlafendes Gesicht entspannt sich.

2011

Als wäre das Erklärung genug.

Der Winter naht. Die Temperaturen sind spürbar gesunken und die Tage werden sichtbar kürzer. Heute scheint es überhaupt nicht hell zu werden. Dunkle Wolken treiben am Himmel entlang. Jagen sich gegenseitig. Der Wind lässt bunte Blätter wie Vogelschwärme durch die Gassen wirbeln. Unter Bos Füssen rascheln sie wie zerknülltes Papier, setzen sich an ihren Schuhsohlen fest, bevor sie wieder ein paar Meter weiter ihren eigenen Weg nehmen.

Bo hat ihre Winterjacke aus dem Schrank geholt und duckt sich tief in ihren Kragen. Konzentriert eilt sie durch die Straßen, um bei dem ungemütlichen Wetter schnell ihre Einkäufe zu erledigen und dann zurück in die warme Wohnung zu können. In ihrem Rucksack drücken sich schon beinah alle Lebensmittel, die sie nachher zum Kochen benötigt, schwer in ihren Rücken. Nur eins fehlt ihr noch. Coca Cola für die Jungs. Sie selber trinkt sie nicht. Aber für ihre Söhne soll es heute ein rundum gutes Essen geben.

Sie biegt um die nächste Ecke und sieht schon die beleuchteten Fenster des Supermarktes. Mehrere Fahrräder quetschen sich davor, festgekettet an Eisenstangen. Ein

315

Rad ist ziemlich demoliert. Die Reifen haben keine Luft und der Sattel fehlt. Scheinbar wartet es schon länger auf seinen Besitzer. Knapp neben den Rädern lehnt ein Obdachloser an der Hauswand. Ohne sie anzuschauen, krächzt ihr seine Stimme ins Ohr, als sie an ihm vorbei will.

„Haste ma nen Euro?"

Sie stutzt kurz. Überlegt, ob sie ihm was geben soll. Dann fällt ihr ein, dass sie gar kein Kleingeld hat und geht verschämt an ihm vorbei in den Laden hinein.

Das hektische Piepen der Scannerkasse begrüßt sie. Zudem schwappt ihr die abgestandene Wärme des Innenraums entgegen. Schnell öffnet sie die Winterjacke, um nicht zu schwitzen. Im Vorbeigehen greift sie sich einen Einkaufskorb und steuert zielsicher zur Getränkeecke. Vorbei an Keksen und Gemüse. Sie könnte dem Mann draußen eine Banane kaufen oder ein paar Kekse? Grübelnd bleibt sie vor den Obstkisten stehen. Ein kurzer Blick aus dem Fenster zeigt ihr, dass er noch genauso reglos an der Wand hockt. Gut, eine Banane oder zwei, kann er gerne haben, denkt sie, und nimmt sich die Bananen aus einem Karton. Dann sucht sie den Colaständer auf. Warum macht Coca Cola nur immer mehr Sorten? Was trinken die Jungs denn am liebsten? Zero, Vanille, normal, mit Kirschgeschmack. Bo entscheidet sich für die normale Variante und legt zwei Flaschen in den Korb. Sie reiht sich in die Schlange an der Kasse ein und tastet schon mal nach ihrer EC-Karte. Zwei Cola und zwei Bananen mit EC-Karte zahlen, Bo schmunzelt. Ihre Mutter hätte nur den Kopf geschüttelt und gedacht, es ginge doch nichts über Bargeld als richtige Währung. Da weiß man, was man hat.

Schon ist sie an der Reihe und ein Mann mit stumpfen Gesicht schaut sie nur kurz an, deutet auf den Kartenautomat und lehnt sich für die kurze Zeit der Bezahlung müde zurück. Ein Kopfnicken sagt mir, dass der Vorgang funktioniert hat und er wendet sich schon dem nächsten Kunden zu. Bo drückt ihre Sachen noch zu den anderen in den Rucksack, kehrt dem Kassierer den Rücken zu, doch ohne zu vergessen, sich freundlich zu verabschieden.

Ein erstauntes ‚Tschüss‘ erreicht sie noch, bevor sie den Laden verlässt, die zwei Bananen wie Pistolen in der Hand. Anscheinend wird das Personal hier selten begrüßt, grübelt sie, schade.

Draußen packt sie sofort der kühle Wind und sie schließt schnell wieder ihre Jacke. Dabei mustert sie den Obdachlosen, der gerade eine Passantin anspricht. Als hätte sie nichts gehört, geht sie achtlos an ihm vorbei. Etwas unsicher nähert sich Bo dem Mann. Eine Geruchswolke aus nasser Kleidung, ungewaschener Haut und Urin dringt ihr entgegen. Sie zögert kurz, dann hält sie ihm die Bananen hin.

„Hunger?“

Eine schmutzige Hand schiebt eine ebenso fleckige Kapuze nach hinten, so dass Bo in ein lauerndes Gesicht sehen kann. Tiefe Furchen um Mund und Nase lassen den Mann viel älter erscheinen, als er vermutlich ist. Seine Augen glänzen wässrig. Die Augenränder sind gerötet. Doch jetzt geht ein Lächeln durch das Gesicht und entblösst eine Zahnreihe mit etlichen Lücken.

„Klar."

Er greift sich die Bananen und drückt sie an seinen Körper, als hätte er Angst, sie wieder zu verlieren.

„Okay, dann lass sie dir schmecken."

Bo rückt den schweren Rucksack zurecht. Etwas unschlüssig mustert sie seine dünne Kleidung, doch dann wendet sie sich ab. Sie kann im Moment nicht jedem helfen, geht es ihr durch den Kopf. Erstmal muss sie selber klar sehen.

„Dankeschön, gnädige Frau."

Seine raue Stimme lässt sie zusammen zucken. Gnädige Frau, als wäre sie etwas Besseres als er. Wer weiß, wo sie noch endet. Schnell eilt sie davon. Irgendwie peinlich berührt. Sie versteckt sich in ihrer Kapuze und nur aus den Augenwinkeln sieht sie an der nächsten Ecke noch einen Obdachlosen sitzen. Diesmal schaut auch sie bewußt vorbei.

***

„Wir stellen den Küchentisch ins Wohnzimmer. Dann könnt ihr besser sitzen. Da ist mehr Platz drum herum."

Geschäftig räumt Vera die Wohnung um. Gleich kom-

318

men Bos Söhne und das Essen duftet schon herrlich.

„Es muss doch schön aussehen, wenn deine Jungs zum ersten Mal kommen."

„Ich glaube, dafür haben sie eigentlich noch gar keinen Blick."

„Das glaubst auch nur du! Natürlich merken sie, wenn die Mama sich besondere Mühe macht!"

Vera deckt schon das Geschirr. Ein Sammelsurium aus grünen Tellern mit passenden Servietten. Bo steht nervös neben ihr und fragt sich zum hundertsten Mal, wie das Treffen wohl ablaufen wird. Da reißt sie ein Klingeln aus ihren Gedanken. Banja schießt bellend zur Wohnungstür, um zu zeigen wie wachsam sie ist.

„Banja, Ruhe! Aus! Alles gut."

Vera befiehlt ihre Hündin zurück und wendet sich an Bo.

„Also, viel Spaß. Ich verzieh mich auf mein Zimmer."

Und schon steht Bo allein im Flur. Nur Banja sitzt als Verstärkung neben ihr und dreht ihr Köpfchen hin und her. Auch sie hört die nahenden Schritte auf den Treppenstufen und die dumpfen Stimmen der Jungs, die sich bis zur vierten Etage kämpfen. Bevor ihre Söhne sie erreicht haben, öffnet Bo die Tür. Trotz ihrer Nervosität versucht sie ein entspanntes Lächeln zu zeigen. Schnaufend erklimmen ihre Söhne die letzten Stufen und Banja wedelt erfreut, da sie vor allem Jannik wiedererkennt.

„Hallo, schön, dass ihr da seid."

„Hey Mama."

Etwas steif umarmt sie ihre Kinder.

„Kommt rein."

Bo sucht nach Worten, doch Banjas Freude hilft ihr über die ersten Minuten hinweg. Schon hat die Hündin Jannik in ihren Bann gezogen und er nimmt ohne Hemmungen auf dem Wohnzimmerteppich Platz, um mit Banja zu spielen. Ganz anders Kai. Der steht genauso unschlüssig wie Bo im Raum und sucht nach den richtigen Worten. Sein Blick streift umher. Ohne seine Miene zu verändern, fahren seine Augen über Gegenstände, Möbel und bleiben letztendlich an der Balkontür hängen.

„Du, äh, ihr habt einen Balkon? Darf ich?"

Ohne auf die Antwort zu warten, öffnet er die Balkontür und tritt hinaus. Die kalte Luft, die sofort ins Wohnzimmer bläst, lässt Bo frösteln, doch sie sagt nichts und folgt ihrem Ältesten.

„Ist ja echt hoch hier. Ganz anders als bei uns." Er reckt seinen Hals und äugt über das Geländer nach unten. „Aber es gibt mehr zu gucken."

Krampfhaft überlegt Bo, was sie sagen soll.

„Ja, von hier kannst du fast bis zum anderen Ende der Stadt gucken. Schau."

Sie zeigt in Richtung Osten, wo sich die Thielsburg mit ihrem schmalen Rundturm aus den Bäumen reckt.

„Cool. Aber kalt hier draußen." Kai schüttelt sich.

„Stimmt. Komm wieder rein. Wir essen erstmal."

Glücklich etwas tun zu können, geht Bo vor. Innen liegt Jannik rücklings auf dem Boden und Banja platt auf ihm.

„Ach, ist die süüüß." Er lacht aus vollem Herzen. Dankbar greift Bo die gute Laune ihres Jüngsten auf und lacht befreit mit.

„Setz euch doch."

Noch bevor sie in die Küche gehen kann, kommt Vera aus ihrem Zimmer geschossen.

„Hallo Jungs. Sorry, ich will nicht stören."

Jannik springt auf, wobei Banja enttäuscht davon hüpft. Mit einem Strahlen begrüsst Vera Bos Söhne, wobei sie sich ziemlich in die Höhe recken muss, um ihnen ins Gesicht zu sehen.

„Uih, seid ihr groß. Und ich sehe, gut bekannt mit Banja."

Als wäre es die normalste Situation der Welt, gibt Vera ihnen höflich die Hand. Dann schnappt sie sich ihre Wolljacke, die noch auf dem Sofa liegt und schon ist sie wieder verschwunden.

„Fühlt euch wie zuhause. Ich bin dann mal weg."

Für einen verdutzten Moment stehen die anderen stumm im Raum, bis sich ein befreiendes Lachen breit macht.

„Ja, das war Vera. Aber jetzt setzt euch doch."

Zuerst nimmt das Essen ganz die Aufmerksamkeit aller in Anspruch, doch so langsam taut die Atmosphäre auf und Bo entspannt sich zunehmend. Auch Kai bricht sein Schweigen.

„Diese Vera ist ja wirklich nett, wenn du hier so einfach wohnen darfst. Woher kennst du sie eigentlich?"

„Nadine hat sie mir vorgestellt. Weil -" Bo überlegt, dann redet sie frei heraus. „Weil Vera auch mal mit einem Mann verheiratet war und nun eine Freundin hat. Quasi in derselben Situation steckt. Und mich verstehen kann."

„Hat sie auch Kinder?" Jetzt mischt sich Jannik neugierig ein.

„Nein. Aber ich glaube, sie hätte gerne welche. Aber das Leben spielt manchmal anders. Wie findet ihr es hier?"

„Ziemlich grün." Jannik grinst. „Du magst doch lieber rot. Aber sonst ganz nett hier. Wohl anders als bei uns. Kein Garten. Und so mitten in der Stadt."

„Ist doch cool. Kann man viel besser einkaufen und rausgehen." Kai sieht es pragmatisch. „Von uns aus muss man erst ein ganzes Stück laufen bis man einen Bäcker erreicht."

Die Unterhaltung plätschert ein wenig dahin. Noch sind die Worte belanglos. Nur unterschwellig lauern die wesentlichen Fragen, aber keiner der Dreien bricht den Damm. Scheinbar ist jeder damit zufrieden die Stimmung nicht zu verderben. Doch Bo hält es nicht länger aus.

„Kommt ihr denn mit der Situation so zurecht? Ich mein, so ohne mich?" Bang schaut sie auf ihren Teller. Mit einem Mal wird ihr ganz heiß. Was ist, wenn sie sie bitten, zurück zu kommen? Doch Kai beruhigt sie.

„Geht schon. Wir sind ja auch keine Babys mehr."

Als wäre das Erklärung genug, greift er nach der Cola.

„Und scheinbar gibt's hier dann Cola zu trinken."
Dankbar schaut Bo zuerst ihren Ältesten an, dann geht
ihr Blick fragend zu Jannik. „Kannst du auch damit leben?"

„Passt schon.

Mit einem Lächeln fügt er hinzu. „Jetzt haben wir ja
auch einen Hund."

***

Es ist dunkel geworden. Rundum in den Häusern
leuchten die Fenster und geben Einblick ins Innere.
Vereinzelt sind die Bewohner zu beobachten, wie sie am
Tisch essen oder vor dem Fernseher entspannen. Kaum
jemand zieht die Vorhänge zu, um neugierige Blicke zu
vermeiden. Es ist wie eine große Gemeinschaft, die sich
auf die Nacht vorbereitet.

Längst lümmeln sich Bo und ihre Söhne auf dem Sofa.
Was zuerst schleppend begann, ist nun eine muntere Unterhaltung und man könnte denken, hier säße eine ganz
normale Familie. Erst gerade erzählt Jannik von seinem
Fahrradsturz von vor zwei Tagen. Als wäre es ein Spaß
gewesen, zeigt er stolz seine blauen Flecken.

„Da haben einfach die Bremsen versagt und..."

Kai unterbricht ihn. „Quatsch, du warst wie immer zu
schnell."

Bo runzelt die Stirn. Sie will allerdings an diesem

Abend nicht mit dem erhobenen Zeigefinger agieren, sondern fragt nur besorgt: „Hast du dir nichts getan?"

Jannik, schon immer ein wenig zu übermütig, spitzt die Lippen.

„Da war ja die Hecke, die den Radweg von der Straße trennt. In die bin ich kopfüber rein. Ist nix passiert."

„Nur dein Vorderrad ist Schrott."

Wieder mischt sich Kai ein. Ganz der ältere Bruder übernimmt er die Aufpasserrolle und seufzt. „Du kannst ja mal vernünftiger fahren."

„Das ist langweilig." Jannik äugt zu seiner Mutter, ob sie ihm nun Vorhaltungen machen wird. Doch Bo schweigt lieber dazu. Stattdessen bringt sie das Gespräch auf ein anderes Thema.

„Habt ihr mit Frank schon mal über Weihnachten gesprochen? So lange ist es nicht mehr entfernt."

„Nö. Der Papa ist sowieso nicht so oft da. Und wenn, dann sitzt er meistens am Computer."

„Oder wir gucken zusammen einen Film im Fernsehen." Jannik funkelt seinen Bruder an. „Außerdem sind wir selber viel weg. Jetzt zum Beispiel."

Bevor die Stimmung kippt, lenkt Bo ein.

„Ich denke, Frank und ihr beiden, ihr macht das schon richtig. Für euren Vater ist es ja auch nicht so einfach. Das war mal alles ganz anders geplant. Aber das Leben verläuft manchmal nicht so wie man denkt." Entschuldigend blickt sie in die Gesichter ihrer Söhne, die unsicher den Blickkontakt vermeiden. Doch bevor es unangenehm wird, steht Kai auf.

„Wir sollten jetzt mal fahren. Ist ja schon spät."

„Soll ich euch nicht nach Hause bringen? Habt ihr Licht am Rad?"

„Alles gut. Jannik fährt ja mit Franks Rad durch die Gegend. Da funktioniert alles. Und meins ist auch okay. Los Jannik, steh auf."

Lustlos schält sch Jannik vom Sofa. Tätschelt nochmal Banja. Für einen Moment zögert er, dann gibt er Bo einen flüchtigen Kuss auf die Wange und holt seine Jacke. Kai steht schon fertig vor der Tür. Bo gibt sich einen Ruck und umarmt ihn kurz.

„Kommt gut nach Hause. Schickt mir eine Nachricht, wenn ihr da seid."

Kai dreht sich zur Tür, dabei fällt ihm noch etwas ein. Er greift in seine Jacke und hält ihr mehrere Briefe hin.

„Die sind noch für dich. Bei uns angekommen. Hab ich fast vergessen."

„Danke." Seine Hände berühren dabei ihre Finger und für einen Augenblick lässt er ihre Nähe zu.

„Okay. Dann bis bald." Schon hasten die Jannik und Kai die Treppe hinunter. Bo starrt noch eine Weile ins Leere. Horcht auf die Schritte bis die Haustür zuknallt. Dann eilt sie zum Balkon, um einen letzten Blick auf ihre Söhne zu erhaschen.

***

325

„Na, wie war's?" Vera lässt sich neben Bo plumpsen und schaut sie erwartungsvoll an. Leise trällert Musik aus den Lautsprechern. Für eine Weile unterbricht nur Simply Red die Stille im Raum. Dann räuspert sich Bo, reckt sich ein wenig und beginnt zu erzählen.

„Anfangs war es etwas zäh. Vor allem bei Kai habe ich das Gefühl, dass er nicht sagt, was er denkt. Jannik dagegen hat vor allem mit Banja gespielt. Ich war ganz froh, dass sie dabei war. Hat mir ein wenig die Nervosität genommen, die Brave." Ausführlich beschreibt Bo nun ihrer Freundin den Ablauf des Abends.

„Aber das hört sich doch gut an. Für das erste Mal kannst du schließlich nicht erwarten, dass sie dir mit freudigen Umarmungen begegnen. Ich finde, das war ein guter Anfang." Vera schielt zu Bo, deren Augen verdächtig glänzen. „Und wie war der Abschied?"

Bo zieht ihre Nase hoch, zuckt mit den Schultern und lehnt sich an Vera, die mütterlich den Arm um sie legt. Vera drückt sie sanft. Die Musik ist verstummt. Beide sind in ihre Gedanken versunken, bis der Blick von Vera auf die Briefe fällt, die achtlos auf dem Tisch liegen.

„Ist die Post für dich oder mich?"

„Meine. Haben die Jungs mitgebracht."

„Willst du sie gar nicht öffnen?"

„Hatte noch keine Lust. Das Meiste ist eh Werbung."

Bo greift nach den Briefen und guckt sie kurz durch. An einem Umschlag bleibt ihr Blick hängen. Sie wendet ihn um. Schaut auf den Absender. Starrt ihn an.

„Ist was?" Vera wird neugierig.

„Das könnte eine Antwort auf eine meiner Bewerbungen sein."

Bo setzt sich ruckartig auf und hält das Schriftstück wie eine heiße Ware in der Hand.

„Dann mach doch auf!"

„Und wenn es wieder eine Absage ist?" Bos Stimme kratzt. Bislang hat sie nur Absagen bekommen. „Ich trau mir beinah nichts mehr zu. Scheinbar gehöre ich schon zum alten Eisen, dass keiner mehr will.

„Soll ich aufmachen?" Vera stupst sie an. „Vom Anstarren wird der Brief nicht geöffnet." Sie nimmt ihn Bo aus der Hand. „Darf ich?"

Bo nickt. Plötzlich ist sie wieder hellwach. Ihr Puls beschleunigt. Ängstlich schaut sie Vera zu, die den Briefumschlag gekonnt aufschlitzt und den Briefbogen wie eine Trophäe ins Licht hält, um ihn besser lesen zu können. Hastig murmelt sie einige Worte, bis sie an einer Stelle des Briefes hängen bleibt.

„...und würden uns freuen, Sie in einem persönlichen Gespräch kennen zu lernen. Mit freundlichen Grüßen... Du bist eingeladen zum Gespräch!" Vera drückt Bo den Brief in die Hand und lacht. „Das ist doch cool! Da musst du direkt morgen früh anrufen! Wer weiß, wie lange der Brief schon bei deinen Jungs gelegen hat. Und du musst was Ordentliches zum Anziehen haben. Vielleicht gehst du auch noch vorher zum Friseur." Geschäftig redet Vera weiter, ohne zu merken, dass Bo ihr kaum zuhört. Mit einem Mal scheint alles in einem besseren Licht. Sollte sie endlich eine Stelle bekommen, wäre sie unabhängig von Frank und zumindest in dieser Sache frei. Könnte besser schlafen, ohne ständig Zukunftsängste zu haben. Wie viele Nächte hatte sie schon damit zugebracht, über ihre finanzielle Lage zu grübeln. Ihre Gedanken springen hin und her. Sollte diese Angst endlich ein Ende haben?

2012
Zuhause? Wo genau ist das?

Der Wecker klingelt und Bo reckt noch einmal verschlafen ihre Glieder. Dann schlüpft sie aus dem warmen Bett und saust unter die Dusche. Nun ist sie schon die achte Woche bei ihrem neuen Arbeitgeber angestellt und ihr Leben hat eine feste Struktur bekommen. Zwar ist die neue Stelle kein Traumjob, aber es ist ein Job. Sie verdient mäßig, aber genug zum Leben. Ihr Chef ist ein alter Haudegen, mit Vorstellungen wie im Mittelalter. Keine persönlichen Gespräche, bloss nicht zu oft auf die Toilette gehen, Frühstückspause?, bei einer halben Stelle überflüssig. Bo sieht ihr Gesicht im Spiegel. Früher hätte sie über so eine Stelle den Kopf geschüttelt. Heute ist sie froh, dort Geld zu verdienen.

„Und kommen Sie bloß nicht zu spät!!" Sie ahmt die Fistelstimme ihres Arbeitgebers nach. Dazu schaut sie grimmig in den Spiegel und muss lachen. Wenn sie eines nie ist, dann ist es zu spät zu erscheinen. Sie huscht in die Küche und macht sich schnell ein Brot, stopft es sich in den Mund, während sie schon die Jacke überstreift. Ein Vorteil hat der Job. Er ist so stressig, dass die Zeit im Flug vergeht und sie den Laden wieder verlassen kann. Dann eilt sie wie jeden Tag kurz zu Banja in die Wohnung und fährt mit ihr zu ihrem alten Zuhause.

Längst fällt ihr das Wort nicht mehr so einfach über die Lippen. Zuhause. Wo genau ist das? In der Wohnung von Vera? Bei Katrin? Bei dem Gedanken an Katrin lächelt sie verliebt. Katrin, die ihr weiterhin viel Verständnis entgegen bringt, obwohl sie sicherlich das ein oder andere Mal den Kopf schüttelt über die seltsame Situation. Noch immer verheiratet, zwei Söhne, Frauen-WG. Bo schmunzelt. Aber scheinbar hat Katrin sie doch so gern, dass sie das alles erträgt. Heute Abend wird sie zu ihr fahren. Dann können sie ganz für sich sein.

Weihnachten 2017

Müde legt Bo ihren Kopf auf Katrins Schulter. Vom vielen Reden ist ihr Mund ganz ausgetrocknet und ihr Nacken schmerzt. Sie hat gar nicht gemerkt wie lange sie schon zusammen sitzen und sie die aufregendste Geschichte ihres Lebens erzählt. Der Mond leuchtet noch immer hell ins Wohnzimmer und ein Käuzchen ruft in die Nacht.

„Sag mal, Katrin, wie hast du das denn alles aushalten können? Die enge Gemeinschaft mit dieser Vera? Bo als Frau und Mutter? War das nicht etwas sehr speziell?"

Judith erkundet das Gesicht von Katrin, die sanft den Nacken von Bo krault.

„Ja, speziell war es auf jeden Fall. Aber was hält man nicht alles aus, wenn man sich in einen Menschen verliebt! Zuerst habe ich wirklich überlegt, ob ich die Finger von dieser Frau lasse. Es hörte sich ja ziemlich kompliziert an. Vor allem die Tatsache, dass sie noch solange bei Frank gewohnt hat, fand ich komisch." Sie überlegt. „Und die Alternative bei Vera war natürlich auch nur suboptimal. Aber schon ein Fortschritt. Aber Vertrauen gehört nun mal zur Liebe dazu! Nein, eigentlich habe ich nie daran gezweifelt, dass Bo es ernst mit mir meint. Dazu ist sie viel zu ehrlich." Sie küsst Bo kurz auf das Haar. „Und was die Jungs angeht. Das war mir von Anfang an bewusst. Wenn du eine Mutter

liebst, dann stell dich nie zwischen die Mutter und deren Kinder. Sonst hast du direkt verloren. Kinder bleiben immer an erster Stelle. Aber ihr seid ja wirklich gut ertragbar." Katrin flunkert Kai und Jannik zu. „Ich habe zumindest das Gefühl, dass wir ganz gut miteinander auskommen, oder?"

„Klar, vor allem, wenn du immer so nett für uns sorgst." Kai nickt ihr verschwörerisch zu.

„Wie meinst du das?" Frank schaut seinen Sohn erstaunt an.

„Katrin kauft immer eine Kiste Cola nur für die Jungs, obwohl wir selber nichts davon trinken." Bo stupst Katrin in die Seite. „Wahrscheinlich sind das verborgene Muttergefühle."

„Pfft. Ich weiß eben, dass sie gerne Cola trinken, also bringe ich ab und zu eine Kiste mit für den Fall, dass sie uns besuchen. Inzwischen darf ich aber nur noch Cola Zero kaufen, wegen der Kalorien." Sie lacht und kneift Bo ein Auge zu. „Ich will mich ja nicht in die Erziehung mischen."

„Misch dich ruhig ein." Jannik hat ein breites Grinsen im Gesicht. „Aber wir kommen auch ohne Cola zu euch."

„Also alle Achtung, Katrin. Du hast wirklich eine Engelsgeduld bewiesen mit Bo. Da muss die Liebe ja groß sein." Judith schaut die beiden anerkennend an. „Dann sollte eure Beziehung doch wohl halten. Und unsere hoffentlich auch." Judith stupst Frank an, der völlig in seine Gedanken versunken erscheint.

„Was, wie bitte?"

„Ich sagte, ich hoffe, dass unsere Beziehung auch so gut

hält wie die von Bo und Katrin." Judith guckt etwas pikiert. „Hast du gar nicht zugehört?"

„Doch, natürlich. Ich bin nur etwas müde. Immerhin ist es gleich drei Uhr des morgens."

Der Mond strahlt kühl vom Winterhimmel und die Sterne bilden um ihn ein funkelndes Firmament. Längst schläft ein jeder in der Nachbarschaft. Nur die Gemeinschaft der sechs Personen, die zum ersten Mal zusammen den Heilig Abend feiert, hält noch aus. Lauscht weiterhin dem Bericht von Bo. Wagt nicht sie zu unterbrechen. Will nichts verpassen.

2012
Ein Lachen in ihrem Herzen.

Die Abendsonne verschwindet gerade hinten am Horizont. Zurück bleibt ein orangeroter Himmel durch den leichte Wolken ziehen wie eine Herde munterer Schafe. Die Bäume tragen fast keine Blätter mehr. Stattdessen türmen sich Laubberge an den Straßenrändern und wirbeln auf, als Bo an ihnen vorbei rauscht. Sie hat es eilig. Sie will endlich Katrin in ihre Arme schließen. Sich an sie schmiegen und sich von den anstrengenden Tagen erholen. Katrin, die immer so sanft ihren Nacken krault, wenn sie spürt, dass Bo mal wieder angespannt ist vom Grübeln und der Hetze des Tages. Bei ihr kann sie sich völlig fallen lassen. Es kommt Bo vor, als würden sie sich schon Jahre kennen, dabei ist noch gar nicht so viel Zeit vergangen, als sie zum ersten Mal diese Strecke fuhr. In der Ferne sitzen zwei Hasen auf dem Acker. Einer hebt den Kopf, als er ihr Auto hört und schon sausen die Tiere gemeinsam davon. Mit weiten Sprüngen jagen sie über das Feld, die kräftigen Hinterbeine gestreckt. Eine Zeit rennen sie auf gleicher Höhe mit ihrem Auto, dann biegen sie ab und verschwinden schon bald aus Bo Blickfeld. Nur wenige Autos sind unterwegs und so kommt sie zügig voran. Ein Lachen in ihrem Herzen.

Katrin wartet schon ungeduldig. Längst hat sie ihre Wohnung bis in die letzte Ecke geputzt und aufgeräumt, nur um die Zeit tot zuschlagen bis Bo kommt. Zum wiederholten Mal schiebt sie eine Vase mit Rosen auf dem Tisch in eine andere Position. Dabei kräuselt sie die Stirn als müsse sie eine besondere Aufgabe in Mathematik lösen. Dekorieren ist nicht unbedingt ihre Stärke. Sie zuckt mit den Schultern und überlässt die Vase nun endlich ihrem Schicksal. Sie legt sich aufs Sofa und macht es sich bequem. Am liebsten wäre ihr, Bo käme mal für ein ganzes Wochenende. Aber noch stehen ihre Söhne im Vordergrund und da will Katrin sich nicht zwischen drängen. Also wartet sie mehr oder weniger geduldig. Dabei nascht sie ein Gummibärchen aus der Bonboniere und kaut genüsslich darauf herum. Schon schielt sie nach dem zweiten. Grinst und denkt, was soll's. Sie nimmt eine Handvoll und versüßt sich das Warten. Fast wäre sie weggeschlummert, als sie einen Schlüssel hört, der sich knarzend im Haustürschloss dreht. Schnell springt sie auf und läuft Bo entgegen.

„Endlich!"

Schon liegen sich die beiden Frauen in den Armen. Spüren die Wärme der anderen und schweigen für einen Moment. Genießen die feste Umarmung. Ziehen den Duft der anderen tief ein, um ihn nicht mehr zu vergessen.

„Ich dachte schon, du kämst gar nicht mehr."

Scherzhaft wird Bo von Katrin geknufft. Dann schiebt sie sie in die Wohnung.

„Hast du Hausputz gehalten? Hier ist es ja so sauber als wollten wir vom Boden essen."

Bo drückt Katrin einen Kuss auf die Wange.

„Ich musste mir ja irgendwie die Zeit vertreiben."

„Mit Putzen?" Bo lacht. „Okay, wenn es dir Spaß macht. Dann lass uns erstmal etwas ausruhen." Sie sieht die Süssigkeiten und greift zu. „Gummibären. Hmm." Sie fängt an, die roten Bären heraus zu picken. Dabei stopft sie Katrin zärtlich das ein oder andere zwischen die Lippen, die nicht nein sagt. Gemeinsam kauen sie eine Weile vor sich hin, wobei sich ihre Körper dicht aneinander schmiegen. Nicht ein Zentimeter Platz ist mehr zwischen ihnen.

„Gleich wird mir schlecht. Stell die Bären weg."

Bo hält sich den Bauch.

„Man sagt doch, im Bauch verdoppeln sie sich. Also müsste ich gleich platzen." Demonstrativ schiebt sie die Schale mit den Gummibären zur Seite. „Sollen wir noch eine kleine Runde spazieren? Zur Verdauung?"

Bo setzt sich kerzengerade auf und zieht an Katrins Arm.

„Ich könnte noch etwas frische Luft gebrauchen."

„Jetzt noch? Na gut." Etwas zögerlich steht Katrin auf, doch dann schlüpfen sie in ihre dicken Jacken und verlassen das Haus. Wie selbstverständlich gehen sie Hand in

Hand durch die Gassen. In ihrem letzten Wohnort würde sich Bo das noch nicht trauen. Zu groß ist die Neugier all der Personen, die sie kennen. Die Menschen würden sie mit Blicken auseinander nehmen. Hier, in diesem verträumten Dorf, kennt sie niemand und völlig frei kann sie nun mit Katrin in den Abend schlendern. Es ist schon so dunkel, dass die Wege kaum mehr zu erkennen sind. Aber Katrin bugsiert sie sicher am Dorfrand entlang bis zu den ersten Feldern. In der Ferne verraten Lichter die Anwesenheit von Menschen. Kleine Rauchfahnen steigen aus Kaminen hoch und ein leichtes Knirschen beim Laufen verrät, dass der Boden gefriert. Zeichen des nahenden Winters. Die ersten Sterne funkeln am wolkenlosen Himmel und der Mond erleuchtet ihren Weg.

Katrin kuschelt sich eng an Bo. „Hast du mir gar nichts zu erzählen? Heute nichts passiert? Du siehst ein bisschen erschöpft aus. Und irgendwas brennt dir doch auf der Seele."

„Dieses Hin und Her täglich ist schon reichlich anstrengend. Aber ich will dir nicht immer die gleiche Leier ins Ohr säuseln. Ich versuche halt allen gerecht zu werden. Das klappt nicht so leicht und..."

„Was und?"

„Ich glaube, Vera wird bald in die Schweiz gehen." Bos Stimme wird zittrig. „Das hört sich jetzt doof an, aber ich habe das Gefühl, ohne sie bin ich etwas verloren dort in der Wohnung. Sie ist bislang meine feste Säule im Leben, die in meinem Chaos für Halt sorgt. Ich habe ein wenig Angst vor dem Augenblick, wenn sie auszieht." Im Mondschein ist Bos Gesicht nur schwach auszumachen. Aber Katrin sucht trotzdem ihre Augen.

„Kann ich dir nicht genug beistehen?" In Katrins Stimme klingt ein wenig Enttäuschung mit. „Du kannst mir doch hoffentlich alles erzählen - und ich versuche dir dann zu helfen."

„Entschuldige. Natürlich bist du eine wahnsinnige Unterstützung. Es ist nur halt, - ich kann es gar nicht richtig beschreiben. Vera, so klein wie sie ist, so mutig stapft sie durchs Leben. Wie ein Nashorn prescht sie manchmal vor und kommt so ans Ziel. Ich glaube einfach, dass ihre Entschlossenheit mir fehlen wird. Sogar ihre Strafpredigten, wenn ich den Kopf hängen lasse."

„Dann werde ich einfach etwas strenger mit dir umgehen." Wärme umfängt Bo. Katrin umschlingt sie mit ihren Armen und drückt sie fest an sich. „Ich möchte deine Stütze sein. Vielleicht bin ich nicht so strait wie Vera. Aber ich werde mich anstrengen. Zusammen schaffen wir das."

Eine Pause entsteht. Dankbar schmiegt sich Bo an ihre Freundin.

„Das war gerade nicht nett von mir, oder? Entschuldige."

Katrin legt einen Finger auf Bos Lippen.

„Pssst. Vielleicht gibt es ja noch eine bessere Lösung." Sie schweigt für einen Augenblick und Bo horcht auf. „Ich könnte ja zu dir ziehen." Für eine kleine Ewigkeit herrscht Stille. „Oder geht dir das zu schnell?" Unsicher verharrt Katrin.

Bo überlegt. Gerade gewöhnt sie sich an die Freiheiten, die das Alleinsein so mit sich bringen. Vera gegenüber hat sie keine wirklichen Verpflichtungen. Jede tut was ihr gefällt. Und Bo muss zugeben, dass sie diese gewisse Freiheit im Moment genießt. Andererseits hat sie noch nie in ihrem Leben allein gewohnt. Schon die Vorstellung missfällt ihr. Macht ihr Angst. Aber was soll eigentlich schief gehen? Sie drückt Katrin noch fester an sich. Ist es nicht fantastisch wie gut sie beide zusammen passen? Kann das missglücken? Da kommt ihr Nadine in den Sinn. Nadine ist schon so oft zusammen und wieder auseinander gezogen. Sie sagt einfach, ohne Risiko und einen Versuch wird man nicht schlauer. Recht hat sie.

„Ich glaube, ich fände es schön, wenn du bei mir einziehen würdest. Ein Versuch ist es wert." Bevor Katrin antworten kann, sucht sie deren Lippen und für eine ganze Weile gibt es nichts anderes als einen innigen Kuss, der alle Bedenken weg wischt.

„Dann lass uns mal zurück ins Warme gehen und ein wenig planen."

Die Vorfreude von Katrin auf ein gemeinsames Nest steckt Bo an. Weggewischt sind die Bedenken und verliebt tapsen sie durch die dunkle Nacht zurück in die wärmende Wohnung.

***

„Ich finde, wir ergänzen uns doch perfekt. Du bekommst eine nette Wohnung und ich habe die passenden Möbel dafür. Jede von uns hat ein bisschen Geschirr, etwas Bettzeug, Kochtöpfe. Eigentlich fehlt nur ein Wäscheschrank." Kichernd fügt sie hinzu. „Der braucht aber nicht so groß zu sein. Du hast ja auch kaum Klamotten. Aber wir können dann immer unsere Kleidung tauschen, das verdoppelt die Variationen." Katrin springt auf. „Wir sollten den Tag mit einem Glas Wein beenden. Ich finde, wir könnten auf unsere Zukunft anstoßen." Ohne eine Antwort abzuwarten, holt Katrin eine Flasche Rotwein aus ihrem Schrank und befüllt zwei Gläser. Der Wein schimmert rubinrot im Lampenlicht und ein Duft von Himbeere steigt Bo in die Nase als sie zum Trinken ansetzt. Ihr glüht der Kopf von all den Veränderungen in ihrem Leben, die sich so schnell ergeben.

„Prost mein Schatz. Auf unsere Zukunft."

Katrin drückt sie sanft aufs Bett. Sie legt ihren Kopf in die Schulterbeuge von Bo, die sanft über ihre Stirn streichelt, während Katrin ihrer Vorfreude freien Lauf lässt. Immer mehr Vorzüge entspringen ihrer Fantasie. Wie ein Kind, das sich auf Weihnachten freut, sehnt sie scheinbar den Auszug von Vera herbei. Bo merkt zum ersten Mal, dass Katrin die WG zwischen Vera und ihr doch nicht ganz geheuer ist. Ist da doch Neid oder Eifersucht? Katrin hat diesbezüglich nie etwas geäußert. Auf jeden Fall scheint sie ein Zusammenziehen zu beflügeln.

Bo fährt mit ihrem Zeigefinger die Konturen von Katrins Gesicht nach. Über die Augenbrauen, die etwas schiefe Nase, die Lippen, das Kinn. Dann beugt sie sich über sie, schmiegt sich ganz fest an sie und küsst sie lang. Ihre Hände suchen den Körper von Katrin ab. Spüren alle Einzelheiten ihrer Haut. Und für eine Weile ist nur das Rascheln des Bettzeugs zu hören, während sich ihre Körper zu einem einzigen Knoten verschlingen. Erst viel später lassen sie glücklich von einander ab.

Bo schaut ihrer Freundin fest in die Augen.

„Auf unsere Zukunft."

Frühjahr 2013
Aber manchmal gibt es Zufälle im Leben,
die sind unbezahlbar.

Noch vergeht einige Zeit bis Vera wirklich auszieht, aber die Vorbereitungen laufen auf Hochtouren. Kartons stapeln sich in ihrem Schlafzimmer und werden akribisch beschriftet.

„Ich wusste gar nicht wie viel Krempel ich schon wieder gehortet habe. Gibst du mir die CD's mal an, dann geht es schneller." Sie hält Bo die Hand hin und so landen unzählige CD's in einem der vielen Kartons. Ihre Bücher werden aufgeteilt. Nur bis zu zwanzig Bücher liegen ordentlich unten in den Kartons, darüber Tischdecken, Wollpullover und Dekorationsgegenstände. Alles säuberlich in Papier gewickelt. Wie die Berliner Mauer stehen die braunen Pappkisten im Schlafzimmer an der Wand. Eine bedrohliche Silhouette. Doch Vera sieht darin eher ihren Aufbruch in die Schweiz. Endlich wird sie zu ihrer Freundin ziehen. Es werden keine Ferngespräche mehr nötig sein. Kein Twitter und Co. müssen herhalten, um Vera und ihre Freundin zu vereinen. Fröhlich singt sie vor sich hin, während sie weiter packt.

„Was schreibt man denn auf diesen Karton?"

„Krimskrams." Bo fällt nichts Besseres ein. „Davon

hast du scheinbar genug." Dabei hält sie einen grünen Froschmülleimer hoch. „Lustig. Aber praktisch?" Sie runzelt die Stirn und zerknüllt Zeitungspapier, um das Wesen gut einzupacken. „Hoffentlich bleibt alles heil."

„Wenn nicht, ist es die natürliche Auslese." Vera hängt kopfüber in einem der Kartons und bettet ein paar Glasschalen in Schals und Tücher. „Ich hoffe nur, es passt alles in ein Umzugsauto."

Noch Stunden sind die Frauen damit beschäftigt, die Habseligkeiten von Vera einzupacken. Staubflusen und Papierschnipsel haben sich in ihren Haaren verfangen. Ihre Hände sind grau vor Schmutz und ihre Hosen zeigen deutliche Dreckspuren an den Knien, auf denen sie permanent herum rutschen.

„Mein Rücken. Ich brauche eine Kaffeepause." Vera erhebt sich und geht in die Küche. Auch dort herrscht ein heilloses Durcheinander. Doch die Kaffeemaschine ist noch erreichbar.

„Willst du auch einen Kaffee?" Veras Stimme klingt hohl und viel zu laut in den leeren Räumen. Bo zuckt zusammen.

„Ja bitte. Oder haben wir schon alle Tassen eingepackt?"

„Ich lass dir ein paar da."

„Grüne?" Trotz der trostlosen Stimmung, die sie überkommt, muss sie lachen.

„Natürlich nur die anderen. Du magst doch sowieso lieber rot."

Vera steht grinsend vor Bo und hält ihr einen Kaffee hin.

„Jetzt kannst du endlich deinen Geschmack hier walten lassen. Ich sehe schon alles in Rot." Und gespieltes Entsetzen zeigt sich auf Veras Gesicht. „Sieht schon ein bisschen ungemütlich aus. Aber bald ist ja dann Katrin mit ihren Sachen hier drin. Wird bestimmt nett."

Trotz der Freude auf die Veränderungen greift Wehmut um sich. Bo lässt sich auf den Boden plumpsen und lehnt sich müde mit dem Rücken an die Mauer aus Kartons. Die Wellpappe gibt leicht nach und schmiegt sich knarzend an sie. Bo lässt ihren Blick über das entstandene Chaos schweifen und vor ihren Augen entstehen die vielen Bilder und Geschichten, die die beiden Frauen in den letzten Monaten zusammen erlebt haben. So schnell ist die Zeit verflogen, doch die Erinnerung sitzt tief. Die Energie, aber auch die Fürsorge von Vera werden ihr fehlen und Tränen steigen ihr in die Augen.

„Hey, nicht weinen. Ich bin doch nicht aus der Welt. Wir können jeden Tag telefonieren oder skypen. Und du kommst mich doch bestimmt in der Schweiz besuchen!" Vera legt den Arm um Bo und drückt sie sanft. Dabei glänzen ihre Augen auch verdächtig. Wer hätte gedacht, dass zwischen ihnen so ein gutes Verhältnis entstehen würde. Aber manchmal gibt es Zufälle im Leben, die sind unbezahlbar. Hätte Nadine sie nicht bekannt gemacht, wären sie sich wahrscheinlich nie über den Weg gelaufen. Und das wäre eine großes Versäumnis gewesen.

„Ich habe noch etwas für dich." Vera springt auf und holt aus der Zimmerecke ein kleines Päckchen. Um ihre Augen bilden sich Lachfältchen.

„Damit du dir jederzeit warme Gedanken machen kannst."

Bo reißt das Papier auf und in ihren Händen hält sie ein flauschiges Tier mit großen Kulleraugen. Eine langgezogene Giraffe liegt da auf ihrem Schoß und guckt sie treuherzig an. Durch deren Körper kullern Körner, die sich dicht an Bos Bauch schmiegen.

„Die ist ja süss! Ein Körnerkissen als Giraffe. Sieht aus wie ein Mordillo." Bo drückt das weiche Kuscheltier an ihr Gesicht.

„Ein kleiner Seelentröster. Nur die Mikrowelle zum Erhitzen musst du dir dazu kaufen, denn die nehme ich mit. Dann kannst du dich abends schön aufs Sofa setzen und dir damit den Nacken entspannen. - Und an mich denken." Veras Stimme ist belegt. Auch sie schluckt die Erinnerungen hinunter. Doch bevor die sentimentale Stimmung die Freundinnen völlig beschlagnahmt, erhebt sie sich.

„Komm, weiter packen. Sonst werde ich noch zu sentimental." Während Vera schon den nächsten Karton in Angriff nimmt, zwinkert sie Bo zu. „Und wenn es dir zu kalt wird, ist ja demnächst Katrin da."

Mai 2013

Glück gehabt.

Frühlingsduft zieht durch die Straßen. Die Bäume am Bahnhofsplatz leuchten geradezu mit ihren hellgrünen Blättern. Wer kann, hängt sich Pflanzkübel mit bunten Blumen an den Balkon und die Laune der Menschen steigt mit den Temperaturen. Die Wintergarderobe ist verschwunden und luftige Kleidung wird aus den Schränken geholt. Bo sitzt auf dem Balkon und hält ihr Gesicht in die ersten warmen Sonnenstrahlen. Von unten dringt Musik nach oben. Lachen. Ausgelassenheit. Auch Bo wird von der guten Stimmung angesteckt. Endlich Frühling!

Die Wohnungstür geht auf und jemand kommt polternd in die Wohnung. Mit einem Plumps fällt eine Tasche in den Flur, bleiben Schuhe stolperbereit im Gang liegen und Katrin steht strahlend vor ihr.

„Ist das ein Wetter. Herrlich!"

Sie drückt Bo einen langen Kuss auf die Lippen und lehnt sich an das Balkongeländer.

„Wir sollten auch ein paar Blumen aufhängen."

„Aber die muss man alle gießen." Bo sieht es von der praktischen Seite.

„Dafür bist du zuständig." Katrin lacht. „Ich besorge

sie nur."

„Hm. Darüber sprechen wir dann noch."

Katrin hat Bos Leben in der Wohnung schon stark verändert. Überall sind Zeichen ihrer Anwesenheit, auch wenn sie nicht da ist. Vor allem die offen stehenden Schubladen und Türen sind ein ständiger Beweis ihrer Person. Katrin lässt einfach fast jede Tür offen stehen, was Bo mit Unmut bemerkt.

„Wozu gibt es Türen, wenn du sie ewig auflässt?"

„Man könnte sie auch weglassen. Stimmt."

„Aber so stößt man sich dauernd, wenn man nicht aufpasst. Und schön ist anders."

„So bin ich halt." Katrin guckt sie fordernd an. „Problem?"

„Na ja. Gibt Schlimmeres. Aber schön wäre es doch, wenn du zumindest Schubladen schließen würdest. Ach komm her, der Tag ist zu schön für Diskussionen." Sie streicht Katrin sanft über das Gesicht.

„Ich muss mich halt an deine Eigenarten gewöhnen. Ich habe bestimmt auch welche, oder?"

„Klar. Wäre auch komisch, wenn nicht."

Katrin beendet das Thema und räkelt sich.

„Es sollte immer nur Sommer sein. Da hat man einfach bessere Laune. Wofür ist denn der Kuchen? Gibt es was zu feiern?"

Katrin begutachtet einen verführerischen Reisfladen. Seine goldige Oberfläche glänzt in der Sonne und der Duft von Milchreis mit einem Hauch Vanille steigt in ihre Nase.

„Nadine kommt gleich. Einfach so zum klönen und da habe ich uns Kuchen besorgt. Der Kaffee läuft auch schon durch die Maschine."

Wie bestellt klingelt in dem Moment die Haustür und kurz darauf steht Nadine mit ihren zerzausten Locken vor ihnen.

„Hallo Mädels. Schön euch zu sehen. Hm, und lecker Kuchen. Na, dann geht es uns doch gut."

Ungezwungen setzt sie sich zu den beiden auf den Balkon, legt die Füsse auf die Brüstung und hält ihr Gesicht in die Sonne.

„Herrlich!"

„Stimmt. So kann es bleiben."

Bo tut es ihr gleich und sonnt sich ebenso. Nadine schaut sie an und lächelt.

„Hättest du gedacht, dass dein Leben so eine schöne Wendung nimmt? Es ist doch alles recht gut verlaufen! Ich weiß noch ganz genau wie ich deinen Brief in den Händen hielt und erstmal Luft holen musste. Solange ist das gar nicht her. Und jetzt sitzen wir hier und genießen gemeinsam die Sonne, als wäre in den letzten Monaten nichts geschehen. Dabei ist soviel passiert, dass ich manchmal denke, es ist alles ein Traum." Nadine blickt zu Katrin. „Aber der Traum sieht sehr nett aus. Und sehr real."

„Ja, manchmal kann ich es auch kaum fassen. Alles lief ab wie im Zeitraffer." Bo nimmt Katrins Hand und drückt sie fest. „Glück gehabt."

„Aber ich finde, du hast deinen Ausstieg aus der Familie auch gut gemeistert. Schrittweise und sanft für die Jungs. Ich habe sie letztlich auf der Straße getroffen. Sie wirkten ganz zufrieden. Chapeau! Das kriegen nicht alle so hin. Meistens gibt es Rosenkrieg."

„Stimmt. Aber dafür bin ich auch Frank sehr dankbar. Er hat keinen großen Stress gemacht. Natürlich ist er unglücklich und vor allem ratlos, aber er hat mir keine Steine in den Weg gelegt."

„Was soll er auch tun. Gegen die Liebe ist man machtlos. Und gegen diese Liebe sowieso. Aber trotzdem schön, wie ihr als Familie noch zusammen haltet. Seid ihr denn eigentlich schon geschieden?"

Bo zuckt kurz zusammen.

„Nein, aber es gibt jetzt einen Termin. Nächste Woche."

„Oh, da hab ich wohl ins Fettnäpfchen getreten, so wie du guckst."

„Ist halt ein komisches Gefühl. Der letzte Schritt und dann endet eine Beziehung nach 35 Jahren. Das ist immerhin mehr als mein halbes Leben. Nach so einer langen Zeit ist man schon ziemlich miteinander verbunden, auch wenn es nicht mehr als Paar klappt. Aber wir sind doch gemeinsam erwachsen geworden. Das prägt. Mir graut jedenfalls vor dem Termin." Bo versinkt in Gedanken und Katrin lenkt schnell vom Thema ab.

„Kuchen?"

Nadine greift dankbar zu.

„Wenn ich sehe wie besonnen du das alles gemacht hast, glaube ich, dass ihr das letzte Thema auch noch gut über die Bühne bringt."

Juli 2013
Fünfunddreißig Minuten

Ein heißer Tag kündigt sich an. Alle sind froh, dass die Hitze der folgenden Stunden noch etwas auf sich warten lässt. Bo muss kräftig in die Pedalen ihres Fahrrades treten, denn ihr Weg führt sie bergauf. Um nicht zu schwitzen, versucht sie so langsam wie möglich zu fahren. Aber nicht nur die Sorge vor Schweißflecken unter den Achseln lässt sie so zögerlich voran kommen. Es ist auch der Grund ihres Unterfangens. Ihr Ziel: das Amtsgericht. Dort wird sie auf Frank treffen. Heute ist ihr Scheidungstermin.

Nur kurz und unpersönlich hat es in dem Schreiben gestanden, dass nun gefaltet in ihrer Jackentasche steckt.

Scheidungsantrag

Nach einer kurzen Auflistung ihrer beider Namen, dem Heiratsdatum und dem Grund der Zerrüttung der Ehe, steht zu unters: der Antragsgegner ist mit der Scheidung einverstanden.

Termin, Donnerstag, den 25. Juli 2013, um 8.45 Uhr, Amtsgericht.

Einverstanden. Ist Frank wirklich einverstanden? Ihm bleibt ja gar nichts anderes übrig. Tief in Gedanken versunken fährt Bo beinah am Amtsgericht vorbei. In letzter

Sekunde bremst sie ihr Rad ab und springt vom Sattel. Das Gebäude steht drohend vor ihr. Sein Gemäuer besteht aus weißen Putzwänden, der Eingang ist dagegen mit Ornamenten in beigem Stein verziert. Viele Sprossenfenster geben dem Bau das nötige Licht. Die Besucher ducken ein wenig die Köpfe unter dem Vorbau des Eingangs, der sie empfängt.

Bo schiebt ihr Rad vor den Eingang und sucht nach einer freien Stelle, wo sie ihr Rad anschließen kann. Die wenigen Dinge, wie Portemonnaie und ihre Zuladung trägt sie in einem kleinen Rucksack auf dem Rücken. Mit einem Mal wird es ihr zu heiß in ihrer Kleidung. Schnell öffnet sie ein wenig ihre Jacke. Sie blickt sich um und sieht wie Frank gerade das Portal betritt. Schon verschwindet er im Inneren. Bo holt tief Luft. Jetzt ist es soweit. In spätestens einer Stunde wird sie nicht mehr verheiratet sein. Traurigkeit steigt in ihr hoch.

Kahle Flure rechts und links empfangen den Besucher. Zuerst muss jede Person durch die Sicherheitsschleuse. Schon nimmt sie ihren Rucksack vom Rücken und hält ihn wie einen Schutz vor ihre Brust.

„Bitte legen Sie ihre Sachen in den Korb. Auch ihre Jacke, bitte."

Die monotone Stimme eines Beamten durchdringt ihr Gehirn. Frank ist schon durch die Schleuse durch und beobachtet sie. Sie nickt ihm kurz zu, doch eine weitere Beamtin fordert ihre Aufmerksamkeit.

„Bitte hier lang. Arme ausbreiten und die Beine etwas

auseinander.“

Einer Verbrecherin gleich wird Bo mit einem Detektor nach Waffen abgesucht. Dann bekommt sie ihre Sachen zurück und der Weg zu Frank, der im Flur auf sie wartet, ist frei.

„Hallo. Wie geht's?“ Seine Stimme ist tonlos. Seine Haare sind noch grauer geworden und er scheint auch etwas abgenommen zu haben. Trotz der angespannten Situation versucht er normal zu wirken. Aber in seinen Augen spiegelt sich ebenso Trauer wie Resignation.

„Wie soll's gehen. Schon ein seltsames Gefühl hier zu stehen.“ Bo fehlen weitere Worte.

„Weißt du schon, wohin wir müssen?“

In dem Moment betritt ihr Rechtsanwalt den Flur. Geschäftig hält er eine Mappe unter dem Arm und begrüßt zuerst Bo, dann Frank. Bo ist seine Mandantin, daher wendet er sich an sie.

„Folgen Sie mir. Es geht noch durch ein paar Flure.“ Schon hetzt er durch die Gänge. Bo und Frank folgen ihm schweigend. Ihre Schritte hallen über die Marmorböden, prallen an den kahlen Wänden ab und geben ein Echo. Kaum ein Bild schmückt die Flure. Nur die Ziffern auf den Türen zeigen dem Besucher, dass er sich vorwärts bewegt. Ein Flur gleicht dem anderen. Blanke Tristesse.

„Nehmen Sie hier noch kurz Platz. Ich melde uns an.“ Der Rechtsanwalt deutet auf ein paar Stühle, deren Sitzflächen schon blank poliert sind von hunderten Menschen, die unruhig dort auf ihr Urteil gewartet haben.

Schweigend nehmen die Zwei Platz. Schulter an Schulter. So wie sie es seit Jahrzehnten gewohnt sind. Frank schaut noch einmal in seine mitgebrachten Unterlagen. Ein Notizzettel, dicht beschrieben mit seiner kleinen krakeligen Handschrift, fällt Bo ins Auge. Sie ist völlig unvorbereitet hier aufgetaucht. Hätte sie irgendetwas überlegen müssen? Sie runzelt die Stirn. Ihr fällt nichts ein. Ein Kloß steckt in ihrem Hals und sie räuspert sich.

Frank schnipst nervös mit seinem Kugelschreiber und schaut sie an. Dann steckt er den Stift wie gewohnt in seine Brusttasche. Wie oft hatte sie sich über Farbkleckse auf seinen Hemden geärgert, wenn mal wieder ein Stift ausgelaufen war.

„Ist was?"

„Nein, nein. Habe nur einen etwas kratzigen Hals."

Bedächtig öffnet sich vor ihnen die Tür und eine kleine Frau in Robe schaut sie emotionslos an.

„Bitte treten Sie ein."

Bo springt ein wenig zu hektisch auf. Dabei prallt sie an Franks Arm, so dass ihm beinah seine Unterlagen aus der Hand fallen.

„T'schuldigung."

Frank reagiert kaum, sondern betritt langsam den Raum, gefolgt von Bo. Tiefdunkles Parkett und eine mit schwarzbraunem Holz vertäfelte Wand geben dem Zimmer ein finsteres Aussehen. Die Fenster schaffen es nicht, den Raum aufzuhellen, somit ist das Deckenlicht eingeschaltet. Mehrere Neonröhren scheinen grell in das

Gesicht der Richterin, einer Frau in mittlerem Alter. Ihr blondes Haar ist zu einem Pferdeschwanz gebunden. Eine dunkle Brille ziert ihre gerade Nase. Trotz der unangenehmen Situation einer Scheidung scheint sie für Bo milde zu gucken, fast mütterlich.

„Bitte setzen Sie sich."

Professionell eröffnet die Richterin die Verhandlung. Daten, Fakten und Paragraphen schwirren durch die Luft. Bo hört kaum zu. Wie selbstverständlich sitzen Frank und sie auch hier direkt nebeneinander. Nicht wie zerstrittene Leute, die um ihr Recht kämpfen. Mehr wie ein gescheitertes Paar, das die Realität ihres Tuns erst jetzt richtig begreift.

„Sind Sie sicher, dass Sie auf alle Unterhaltsansprüche verzichten wollen?" Die Richterin blickt Bo tief in die Augen. Ihre Stirn leicht gekräuselt, schaut sie sie fragend an.

Bo versteift sich. Was kann sie anderes tun, als darauf zu verzichten. Nur das Haus soll geteilt werden. Da steckt schließlich das Erbe ihrer Eltern drin. Das die Ehe nun beendet wird, ist ja ihre Schuld. Dafür kann sie doch nicht Frank zahlen lassen. Gedanken jagen durch ihren Kopf. Die Richterin wiederholt ihre Frage. Bo nickt nur. Schluckt.

„Dann erkläre ich die Ehescheidung nun für vollzogen. Alles Weitere bekommen Sie schriftlich zugesandt."

Schon erhebt sich die Richterin und verabschiedet sich. Ihr Rechtsanwalt steht ebenfalls auf, kramt seine

Unterlagen zusammen und wendet sich an Bo. Als müsse er sie beglückwünschen, hält er ihr seine Hand hin.

„Ich verabschiede mich auch. Alles Weitere erhalten Sie dann per Post." Er drängt Frank und sie aus dem Verhandlungsraum. Dann geht er eilig durch die Flure davon. Bo schaut ihm nach als wäre er eine unliebsame Erscheinung. Auch Frank verharrt. Er packt seine Zettel weg und klemmt sich seine Mappe unter den Arm.

„Tja, das war's dann wohl. Fünfunddreißig Minuten." Frank schaut auf seine Armbanduhr. Ein Weihnachtsgeschenk von ihr.

„Wie bitte?" Bo versteht nicht.

„Das Ganze hat gerade mal fünfunddreißig Minuten gedauert."

Für jedes gemeinsame Jahr eine Minute, fährt es Bo durch den Kopf. So schnell ist es zu Ende gegangen. Statt Erleichterung umgibt sie Wehmut und Schuldgefühle. Bevor sie es verhindern kann, kommen ihr die Tränen. Strömen aus ihren Augenwinkeln und verschämt dreht sie sich zur Seite. Sie müßte doch jetzt glücklich sein. Sich auf eine Zukunft mit Katrin freuen und ihr neues Dasein genießen. Doch im Moment überwiegt nur die Trauer über ihr Scheitern. Über all das Leid, das sie verursacht hat. Ein Schniefen lässt sie hochgucken. Auch Frank zückt ein Taschentuch und reibt sich über seine Augen. Noch immer stehen sie unschlüssig im Flur. Niemand anderes ist anwesend, vertreibt sie. Jeder von ihnen weiß, das ihre gemeinsame Zeit nun vorbei ist, die doch so euphorisch damals begann.

„T'schuldigung." Mehr bringt Bo nicht über ihre Lippen, die leicht zittern. Langsam fasst sie sich und schaut Frank schüchtern an. Wortlos nickt er ihr zu und beide gehen Seite an Seite zurück durch die langen Flure aus dem Gebäude hinaus.

Draußen scheint noch immer die Sonne, als könne sie nichts trüben.

„Soll ich dich irgendwo absetzen?" Frank findet als Erster die Worte wieder.

„Ich bin mit dem Rad. Danke."

Sie deutet auf die Fahrradständer. Sie zögert kurz. Überlegt, ob sie ihm die Hand reichen soll oder ihn umarmen kann. Dann umarmt sie ihn schnell und wendet sich ab, bevor neue Tränen über ihre Wangen laufen.

Weihnachten 2017

Katrin folgt Bo in die Küche, die sich für einen Moment aus der Umklammerung der Gemeinschaft ziehen möchte. Bo befüllt sich ein Glas mit Wasser. Ganz trocken ist ihr Mund vom vielen Reden. Der Hals kratzt, aber sie empfindet eine innere Ruhe wie lange nicht. Sie hat alles gesagt. Ihr Zittern ist vorbei. Wie viele Gedanken und Sorgen waren ihr vorher durch den Kopf gegangen! Wie sollte sie den Abend locker gestalten, damit es keine sentimentalen Momente oder gar Unstimmigkeiten geben würde? Wie würden die Jungs auf die Situation reagieren, wenn ihre Eltern mit ihren neuen Partnern zum ersten Mal gemeinsam am Tisch sitzen, an einem Tag, der normal platzt vor alten Ritualen? Es war ihr gut gelungen, diesem Traditionsfest die Steifigkeit zu nehmen. Es war ihr sogar gelungen, allen zu erzählen, was ihr jahrelang auf dem Herzen gelegen hatte. Nun würde sie ganz entspannt die Nacht ausklingen lassen können.

Im Schutz des kleinen Raumes nimmt Katrin ihre Frau in den Arm. „Na", flüstert sie und schaut sie neugierig an. „Ist doch alles super gelaufen, oder?" Bo drückt ihr glücklich einen Kuss auf den Mund und ihre Augen schimmern ein bisschen feucht. Langsam pustet sie die aufgestaute Luft durch ihre Lippen. „Ja, alles gut. Es war eine lange Geschichte, die hoffentlich noch weiter geht."

***

Katrin lächelte Bo verliebt an, greift nach dem selbst gemachten Weinlikör und geht zurück ins Wohnzimmer.

„Wie wäre es mit einem Aperitif? So als Abschluss. Es war eine lange und aufschlussreiche Nacht. Ich glaube, niemand von uns wird sie so schnell vergessen." Katrin schaut Bo an und hebt ihr Glas. „Sich so zu offenbaren, ist nicht leicht. Aber um so schöner, dass es für alle einen schönen Neuanfang gegeben hat. Ein Prosit auf Bo." Auch die anderen heben einstimmig ihr Glas.

„Auf Mama." Jannik lacht und schenkt sich noch ein Gläschen ein. „Das nächste Fest organisieren wir." Er schaut Kai auffordern an. Der stutzt ein wenig. „Und wer von uns kocht dann?" „Na, der Ältere natürlich." Janniks Lachen lässt die letzten Zweifel von Bo verpuffen.

Judith erhebt sich feierlich.

„Auf euch, euer nettes Häuschen und eure heimliche Hochzeit! Ihr habt hier ja wirklich sehr geschuftet. Ich habe mir noch schnell das Fotoalbum vom Haus angeschaut. Vorher, nachher. Kaum zu glauben wie es hier ausgesehen hat. Das nennt man Frauenpower."

„Die Jungs haben aber auch ab und zu mitgeholfen. Vor allem bei den ganz schweren Arbeiten." Bo zwinkert Kai zu, der zurück grinst. „Kai hat zum Beispiel, obwohl es schon dunkel war, mit dem dicken Vorschlaghammer den alten Wintergarten zertrümmert. Und Jannik hat mit der Flex die Eisenstreben zerkleinert, als wären es Zahnstocher.

359

Und die riesigen Mengen an Müll. Ohne deinen Anhänger, Frank, läge das Zeug noch hier im Garten."

„Keine Ursache. Ihr habt wirklich schwer gearbeitet."

Katrin und Bo schmunzeln.

„Tja, und dann haben wir gedacht, wenn man so eine harte Zeit gut übersteht, dann passt man auch in einfachen Zeiten zusammen. Also haben wir geheiratet. Die Jungs waren unsere Trauzeugen."

„Und wir haben nichts verraten!"

„Eigentlich schade, ich hätte gerne Blumen gestreut." Judith blickt verträumt an die Decke. „Vielleicht ergibt sich ja noch mal die Gelegenheit." Und ein verliebter Blick fliegt zu Frank.

***

Ein Band des Einverständnisses schlängelt sich um die Körper der Anwesenden. Bindet sie aneinander. Bo pustet die letzte Kerze auf dem Tisch aus. Eine schmale Rauchsäule kräuselt sich zur Decke. Verbreitet den Duft von Paraffin, verzweigt sich, bröselt sich auf und verschwindet. Bo lächelt. Sie hat endlich ihre richtige Art zu leben gefunden.

Auf ein letztes Wort:

Geschrieben habe ich diese Geschichte für all die Frauen, denen es ähnlich oder genauso geht. Mein Weg war nicht einfach, aber er hat sich gelohnt. Heute weiß ich, dass ich richtig angekommen bin. Vielleicht erkennt sich ja die ein oder andere in diesem Buch wieder. Fühlt euch daher ermutigt, den Schritt in eine neue Welt zu gehen. Es ist nie zu spät.

Bedanken möchte ich mich bei all den Menschen, die mir zu Beginn meines neuen Weges, mit Rat und Tat zur Seite standen.

Mein Dank geht im Besonderen an Vera, die mich so offen aufgenommen hat und ohne die ich den Mut vielleicht nicht gehabt hätte, diesen Weg zu gehen. Aber auch Nadine verdient einen Großteil des Dankes, da sie mir völlig diskret die Tür in eine mir damals fremde Welt geöffnet hat und noch heute mein vollstes Vertrauen genießt.

Ein ganz großer Dank geht an Frank und meine Söhne, ohne deren Verständnis ich zerbrochen wäre.

Der größte Dank geht an meine Frau, die mit großer Geduld zu Beginn unserer Liebe mein ‚persönliches Chaos‘ ertragen hat und die mir noch immer Halt gibt, wenn die Angst und die Zweifel mal zurückkommen.

Da es sich um eine wahre Lebenserfahrung handelt, sind alle Namen von Personen und Örtlichkeiten geändert.